KB022093

가톨릭 부제 강제 환속 후 50년 세월

페인터 일기

그 삶과 신앙

페인터 일기

그 삶과 신앙

펴 낸 날 2024년 8월 30일

지 은 이 신승재
펴 낸 이 이기성
기획편집 이지희, 윤가영, 서해주
표지디자인 이지희
책임마케팅 강보현, 김성욱
펴 낸 곳 도서출판 생각나눔
출판등록 제 2018-000288호
주   소 경기 고양시 덕양구 청초로 66, 덕은리버워크 B동 1708호, 1709호
전   화 02-325-5100
팩   스 02-325-5101
홈페이지 www.생각나눔.kr
이 메 일 bookmain@think-book.com

• 책값은 표지 뒷면에 표기되어 있습니다.
  ISBN 979-11-7048-739-5(03810)

가톨릭 부제 강제 환속 후 50년 세월

페인터 일기

그 삶과 신앙

신승재 지음

혼란의 실타래를 풀어내며 발견한

내면의 진실과 신념의 여정

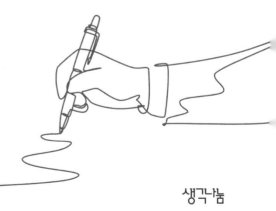

생각나눔

머리말

🗒 살아오면서 여러 겹의 실타래가 서로 꼬인 듯 수많은 생각이 서로 엉켜있는 마음을 느꼈습니다. 서로 엉켜 혼란된 마음의 그 정체가 무엇인가를 자세히 들여다보고 엉킨 실타래를 하나씩 하나씩 풀어간 것을 글로 옮기기 시작하자 그 혼란의 정체들이 밝혀지기 시작했습니다. 그렇게 밝혀진 것들을 모아놓으니 혼란스러웠던 제 마음도 어느 정도 정리가 된 듯 느껴졌습니다. 처음부터 글을 쓰는 것이 목적이 아니라 실타래를 풀어 그 혼란의 정체를 밝히는 것이 목적이었습니다.

성서 신학을 전공했다는 서울 교구 사무처 신부가 '창녀굴에서 뒹굴다 쫓겨난 놈'이라며 교구 출판사에서 일하게 된 동료를 모욕하는 말을 들었습니다. 그렇게 저희는 교회 안에서 영원한 전과자로 낙인 찍힌 채로 취급을 당하며 서자와 같은 일생을 살아왔습니다. 그 말이 사실이든 과장이든 그런 말은 우리 가슴에 뽑히지 않는 화살이 되었지만, 엄청난 위력으로 닥쳐오는 파도 같은 일상을 우선 헤쳐 나가야 하는 삶은 그런 것을 탓할 여유조차 없었습니다. 그러나 박힌 화살에서 흘러내리는 상처와 피는 내 삶을 좀 더 비판적으로 보게 되는 구실을 하지 않았나 생각됩니다.

쌓인 글들을 좀 더 세분화해 보니, 미국의 페인터로서 작업 현장에서 만나는 여러 사람의 모습에서 나를 보게 되고 또 각기 다른 환경에서 사람들이 겪는 여러 감정에서 나의 감정을 보게 되는 경우가 있었습니다. 「살며 생각하며」라는 부분에서는 갑자기 세상 밖으로 던지어져 헤쳐 나가야 했던 삶의 순간들에서 생각되는 나의 모습이 그려져 있습니다. 그리고 마지막 「살고 믿으며」에서는 어쩔 수 없이 어릴 적부터 믿고 자라온 교회 환경 속에서 굳어진 믿음에 대한 교회 안팎에서의 충돌과 신념에 대한 나의 생각을 교직자가 아닌 신자의 입장에서 편하게 서술해 보고자 했습니다.

나의 글들은 신문과 방송과 신학교 강의실에서 성경을 해설하며 위선과 독선으로 점철된 자신의 삶과는 반대로 잘 살라는 내용은 전혀 없습니다. 오히려 나의 내면을 하느님께 솔직히 보여드리고 고백하는 내용이라는 것이 더 어울릴 것입니다. 어쩌면 그것은 땅에 버려진 내 피의 울부짖는 소리라는 것이 더 맞을지도 모릅니다.

목
차

제1장

페인터 일기

제2장

살며 생각하며

제3장

살고 믿으며

페인터 일기

나의 직업, 나의 제사

나의 직업은 집이나 건물을 칠하는 페인터였다.

직업의 귀천이 없다고는 하지만, 실제 사람이 사는 어느 곳에서나 직업에 따라 사람의 위상을 가늠하게 되는 것은 동·서양이 별 차이가 없다. 의사나 판사, 대학교수, 고위 공무원 등등 그 직함만으로도 일반인과 다르게 존경받고 부러움을 사게 되는 이유는 그것이 아무나 할 수 없는 전문직으로, 오랫 동안의 학업과 우수한 두뇌가 뒷받침되어야 하는 특수성이 있기 때문이다. 그래서 자신의 직업에 대한 긍지와 보람뿐 아니라 대인 관계에 있어서도 자신만만해질 수도 있다는 것도 당연한 일일 것이다.

반면에 소위 3D(Difficult, Dirty, Dangerous)라 일컫는 그러한 직업들은 특별한 기술이나 학식이 없이도 그저 육체적 노동력만 있으면 아무라도 할 수 있는 것이기에 상대적으로 그 가치가 별로인 것으로, 자신의 직업에 대한 보람을 느끼기가 힘들게 마련이다. 대개 이런 직업을 갖게 되는 이유는 자신이 목표를 정하고 선택했다기보다 대개가 호구지책으로 선택해 한번 발을 들여놓은 후 그것이 자신의 평생 직업이 되기 때문일 것이다.

 나의 경우도 이 범주를 벗어날 수는 없다. 한국에서 고등학교 교사 생활을 청산하고 미국에 이민 온 후, 페인트 제품을 파는 회사의 세일즈맨부터 시작하여, 직접 페인팅을 하는 회사의 매니저를 거쳐, 주 정부에서 실시하는 건축업 일반에 관한 법률과 페인팅 실기 부분의 면허 시험을 치르고, 정식 주 정부 등록업자로 내 사업을 시작한 지 30년이 훨씬 넘었다. 이 일을 시작하면서 나의 일에 하느님께서 항상 같이해 주시고, 나의 일을 하느님께 봉헌하는 의미로 본당 신부님의 허락을 받고 내가 다니던 성당 안벽과 제대 벽을 가장 좋은 재료를 써서 정성껏 페인팅하는 것으로 시작했다.

 조그마한 페인트 회사 자영업자로서 내가 하는 일은 견적을 보고, 작업에 필요한 페인트 재료를 사는 일 이외에 낮 시간의 대부분은 내가 고용한 페인터들과 함께 현장에서 작업을 지시하고 또 직접 스프레이 기계나 롤러나 붓으로 일을 하는 것이다. 일 자체가 건물에 색을 입히는 것이므로 입고 있는 옷에도 그와 같은 형형색색의 페인트가 묻어있는 것은 물론, 손과 얼굴 여기저기에도 페인트가 묻어있기 일쑤이다. 나는 이 일이 사람들 눈에 그렇게 자랑스러운 직업은 못 될지언정, 내 일에 대한 자부심이 있을지라도 그런 모습으로 어느 아는 사람을 만났을 때는 곤혹스럽기 그지없다. 그러나 나는 이 일을 하면서 나 나름대로 내 직업에 대한 어떤 자긍심 같은 직업관을 형성하게 됐다.

어느 직업이든지 그것은 자신이 속한 사회 속에서의 적극적이든 소극적이든 경제적인 활동임은 틀림없다. 그래서 가장 기본적으로 나의 식구들에게 내 능력껏 안락한 주거 환경을 만들어 주기 위해 노동을 통해 재화를 벌어드리는 활동이지만, 하느님의 자녀로서 지금 나에게 소임으로 맡겨주시는 이 일을 통하여 그분의 뜻이 이 세상에 실현되는데도 한몫한다고 생각한다. 또 다른 면으로 생각해 보면 하느님 창조 사업에 같이 협력하는 것이라 생각한다. 하느님의 창조는 단 한 번으로 끝나버린 것이 아닌 완성을 향하여 이어져 가는 것이라고 생각한다면 모든 인간의 노동을 통하여서 그분의 창조 사업은 이어져 가는 것이리라. 페인트가 어째서 창조 사업과 연관이 있단 말인가? 창조 사업이 그분의 숨결을 불어넣어 새로운 생명을 탄생시키는 사업이라면 페인트 작업 또한 더럽고 부서져 가는 건물이 그 생명력을 잃어가고 있을 때, 나의 손과 노력으로 갈아주고 고쳐주고 새 옷을 입혀 산뜻하고 아름다운 모습으로 다시 태어나게 하는 것이 아닌가? 그렇기 때문에 나의 직업은 단순히 벌어먹기 위한 직업 그 이상의 의미로 나와 하느님과의 관계가 직접 개입이 되는 또 하나의 삶의 영역이므로, 내가 하는 일 자체에 그리 소홀히 대할 수가 없게 된다.

말하자면 적당히 그럴듯하게 일만 마무리해 놓고 끝낼 수는 없다는 것이다. 건물 주인이 페인트 작업에 대해서 아무것도 모른다고 할지라도, 견적을 준 가격만큼 정직하고 성실하게 일을 해주어야만 한다. 건물에 금이 간 곳을 말끔히 메꾸어주고, 부서진 곳을 고쳐주고, 벗겨진 곳을 샌드해 주고, 마무리 페인트 전에 벗겨지고 고쳐준 부분을 적절한 프라이머를 써서 단단히 해주고…. 또한 약속한 기일 내에 마무리 지어주고 등등 기술적인 문제에 있어서나 사업 윤리성에 있어서도 소홀히 해서는 안 된다. 또한 데리고 같이 일하는 남미계 페인터들의 인격을 존중해 주고, 일이 끝난 후 돈을 아직 받지 못해 내가 돈이 좀 급할지라도 이들에게 정한 날짜에 제때 임금을 지불해 주어 그들 가족이 나로 인해 고통당하지 않도록 해주어야 한다.

이러한 목표를 설정하고 일을 하다 보면 현재 내가 하고 있는 노동과 일 그 자체를 하느님께 봉헌하게 된다. 사제가 포도주와 빵을 성작과 성반에 담아 제물로 봉헌한다면, 나는 나의 땀과 페인트를 붓과 롤러에 담아 하느님께 봉헌하는 것이다. 나에게 이 일은 하느님께 드리는 나의 마음을 담은 제사이다. 그러므로 이는 먹을 것을 구하기 위한 제사라기보다는 제사의 부산물로 먹을 것을 주시는 것이라 생각한다. 그래서 내가 일하는 그 현장은 나의 구원의 현장이며 예배의 현장이며 복음 선포의 현장이라고 할 수 있다.

그래서 그런지 모른다. 이제 내 면허로 내 일을 시작한 지 30년이 훨씬 지났지만, 광고를 제대로 크게 한 번 내지도 않았는데 일은 끊어지지 않고 계속 이어져 왔다. 하나가 거의 끝날 무렵이면 다른 일이 기다리고 있고 혹은 미리 2~3주쯤 예약을 하게 되어 이어진다. 나보다 훨씬 전부터 이 직업을 갖고 있었던 가까운 사람들도 참 이상하다고 한다. 우연히 재수가 좋아서 그럴지 몰라도, 나는 이 우연을 또한 감사드린다.

모든 사람이 다 의사요, 변호사일 수는 없다. 그리고 모든 이가 다 지도자일 수는 없다. 사람마다 처지에 따라서 제 할 일이 따로 있고 또 서로 다른 가운데 조화되어 제 위치에서 하느님의 뜻이 이루어지기를 바라며 자신의 소임을 다 할 때, 우리는 그것이 바로 하느님 나라를 이 땅에 건설하는 우리의 노력이라 생각된다.

벌 집단 학살자

　　제대하고 복학한 후 학교 뒷동산 감나무골에 벌 두 통을 사다놓고 직접 양봉 실습을 한 적이 있었다. 벌들의 생활 모습을 파악하면서부터 벌이란 놈은 나에게 쏘아서 고통을 주는 곤충이라기보다는 그 집단적 생활 공동체에서 자신들이 맡은 역할에 죽을 때까지 충실한 감탄스럽고도 경이로운 작은 생명체로 여겨졌었다.

　　처마가 있는 집을 페인트 할 경우 아주 흔하게 처마 밑에 붙어있는 말린 연꽃 봉우리 토막 낸 것 같은 벌집을 발견하게 된다. 작은 것은 밤톨만 한 것도 있고, 큰 것은 어른 손바닥만 한 것도 있다. 그런 집에서 적으면 10마리 정도가, 많으면 40~50마리 정도가 몰려 산다. 이런 벌집들은 꿀을 만드는 벌들이 아니고 생긴 모습도 중학교 생물 교과서에 나왔던 나나니벌 같은 종류의 기다란 몸통을 가진 벌들이다. 집 외벽을 칠하려면 이런 벌집뿐 아니라 집에 붙어있는 각종 벌레집이나 먼지 등을 깨끗이 제거해야 한다.

　　그런데 벌집을 떼버리기 전에 내 양심과 상당한 신경전을 벌여야 한다. 그래도 그 작은 공간이 그들에게는 sweet home이고 안식처인데, 이것을 무자비하게 빗자루나 물총을 쏴서 쓸어버리려니 그 잔인한 행동에 맘이 영 편치가 않기 때문이다. 마치도 내 자신이 재개발 구역 무허가 집을 인정사정없이 부숴버리는 철거반원이 된 느낌이다. 그 벌집을 쓸어버리면 지금 딴 곳 어디서 식구들 위해 한참 먹을 것을 구하고 집으로 돌아올 엄마 아빠 벌들이 집과 함께 자기 새끼들이 없어진 것을 알면 말 못 하는 곤충일지라도 얼마나 놀라고 애통할 것인가!

이렇게 한참을 자기들 불쌍하다고 생각하며 망설이고 있는 나에게 녀석들이 어떻게 눈치를 챘는지 서너 마리 녀석들이 벌써 공격 준비를 한다. 꿀벌들이 아닌 이놈들에게 한 번 쏘이면 그 통증이 만만찮기 때문에 이제껏 가졌던 연민의 정 대신 나도 방어 내지 공격할 자세를 취해야만 한다. 그리고는 정말 무자비한 철거반원이 되어 벌집부터 후려쳐 내리고 독이 올라 나를 향해 공격하는 놈들을 차례차례로 내리쳐 땅에 떨어져 바둥대는 놈들을 재빨리 발로 밟아 없애야 한다. 그래야 나 다음에 그곳에서 일할 사람이 벌침에 쏘이는 일이 없다.

한번은 큰 아파트 외벽 공사를 하는데 어른 머리통만 한 구멍이 스탁코(시멘트 같은 것으로 건물 외벽을 마무리하는 건축 재료) 벽에 만들어져 있었다. 그 속에 꿀벌들이 수천 마리인지 수만 마리인지 대가족을 이루어 그 구멍 주위를 새까맣게 둘러싸고 들락거리고 있었다. 그 큰 구멍을 메꾸고 말끔히 마무리를 한 다음에야 페인트를 할 수 있기 때문에 할 수 없이 꼭 벌통의 벌만큼이나 많은 꿀벌을 대학살시켜야 했었다. 구멍 주위에 몰려있는 벌들을 빗자루로 몇 번씩 내리쳐 내리면 수십 마리의 벌들이 땅으로 우르르 떨어져 내렸다. 그렇게 하기를 수십 번은 한 것 같은데 도대체 끝이 나지를 않는다. 5분이나 10분쯤 지나면 다시 그 구멍 주위로 새까맣게 몰려들었다. 할 수 없이 슈퍼마켓에 가서 벌들을 순식간에 죽이는 스프레이 화학약품을 사다 뿌려야만 했다. 결국 구멍 속에 있는 수천 마리의 벌들을 몰살시키며 공사를 마무리했지만 그날은 기분이 영 찜찜한 것이 좋지를 않았다. 꼭 유대인을 가스실에 몰아넣고 몰살시킨 나치 독일 병사가 된 기분 같았다.

문제는 보금자리를 잘 못 선택한 죄밖에 없는 제 삶에 충실한 생명체를 나 먹고살자고 죽여버려야 한다는 사실이 나를 괴롭히는 것이다. 그것도 한두 마리면 몰라도 그렇게 수천, 수만 마리씩 죽여버리고 난 날은 정말 이 직업이 싫은 느낌까지 든다. 그렇게 맞아 죽고 화학약품으로 숨 막혀 죽으면서 벌들이 얼마나 나를 저주하고 원망했겠는가를 생각하면 끔찍스럽기조차 하다. 또한 비록 미물일망정 모든 살아있는 생명은 그 나름의 아직 우리가 알 수 없는 창조 목적이 있다. 우리는 그들을 그 목적에 맞게 사랑하며 그들이 주는 기쁨을 누리고 살아감으로 피조물계가 서로 공존하고 화목하여 이들을 창조하신 조물주를 찬양하고 그 영광을 드러내야 하는 것이 거늘 만물의 영장이라 스스로 지위를 부여하고 이렇게 원치 않게 귀한 생명의 숨을 짓밟아놓으니 말이다.

그런 몹쓸 짓을 해낸 다음 깨끗하게 마무리 페인트를 칠해 놓으면 집이 한결 깨끗하고 예뻐졌다고 집주인은 아주 좋아하는 것이다. 결국은 한 집단의 희생 위에 딴 집단의 기쁨이 이루어지는 세상살이의 이치가 이해하기 힘들다.

명문이 무엇이길래

우리가 학교 다니던 시절엔 반드시 그랬던 것은 아니지만 대개 있는 집 아이들보다는 좀 어려운 집 아이들이 공부를 더 잘한 것 같았다. 물론 가정환경과 관계없이 원래 머리가 좋아 공부 잘하는 사람이 있는 것은 예나 지금이나 마찬가지이지만 말이다. 그러나 요사이 통계를 보면 가정환경이 좋은 학생들의 명문 대학 입학률이 그렇지 못한 학생들에 비해 약 4배 내지 5배가 많다는 것이다. 대학 입시만을 전문적으로 집중 지도하는 고액 과외를 돈 많은 부모가 극성으로 후원해 줄 수 있기 때문이다. 한국이라는 사회가 그런 명문 대학을 나와야 제대로 군림하며 살 수 있게 만드는 구조를 가졌기 때문이기도 하다.

그렇다면 열심히 노력만 하면 모든 것을 이룰 수 있다는 이곳 미국의 현실은 어떠한가? 여기도 사람 사는 이치는 똑같다는 것이 이민 생활 40년의 나의 결론이다. 그러니까 소위 아이비리그라고 부르는 하버드, 예일, 브라운, 컬럼비아, 코넬, 다트머스, 펜실베이니아, 프린스턴 같은 명문 사립 대학에 자기 자식들을 입학시키기 위해 한국인 부모뿐 아니라 유대인 부모, 백인 부모들도 초등학교부터 학군이 좋은 곳으로 이사 다닌다. 그 학군의 집값은 덩달아 다른 지역보다도 월등히 높은 것은 한국이나 미국이나 똑같다. 그리고 소수민족 집단에 빗대어 말하는 소위 주류 사회를 이루는 전형적 미국인 사회에서도 그런 명문대를 나오면 엘리트 집단이 모여있는 전문 분야에서도 대우받으며 취직도 되고, 출세도 쉽게 되는 것 또한 마찬가지다. 그래서 자식을 둔 부모들은 할 수만 있다면 기를 쓰고 자식들을 명문 대학에 진학시키고자 하는 것이다.

여기 로스앤젤레스에도 아이비리그 못지않은 명문 대학이 있다. 일 년 수업료와 생활비를 합쳐 사오만 불은 족히 필요한 사립인 아이비에 비해 그 10분의 일 혹은 5분의 일만 있어도 되는 주립 대학인 'University of California Los Angeles(UCLA)'가 바로 그것이다. 한국에서는 일단 무슨 수를 써서라도 입학만 시켜놓으면 졸업은 시간만 가면 되는 것이니까 그야말로 대학 생활을 하면서 각종 문화 생활과 함께 낭만적 생활을 즐길 수 있지만, 미국은 그게 바로 고생의 시작이란 점이 다르다. 명문대에 입학한 한인 학생의 경우 중도 탈락이 45% 이상이라고 한다. 중·고등학교 때야 부모들이 가정 교사나 학원 등을 데리고 다니며 입학 자격시험 점수를 높여놓아 주어 입학은 했지만, 대학부터는 완전히 독자적으로 공부를 해야 한다. 그렇지 못하면 적어도 친구들끼리라도 스터디 그룹을 만들어 그 수많은 숙제와 리포트를 제때에 제출해야 겨우 학점을 딸 수 있으므로 그러기 위해서는 잠자는 시간도 줄여야 하고, 최소한의 문화생활만으로 만족하고 지내야만 한다. 그래야 진도를 겨우 맞추어 갈 수 있는데 여기서 한발씩 처지기 시작하면 여간해서 따라잡기가 힘들어 결국 탈락하게 된다. 그래서 명문대에 자식이 입학했다고 동네방네 잔치하고 자랑하던 사람들이 일, 이 년 후 그 자식에 대한 얘기가 쏙 들어가면 분명 그렇게 된 것이 틀림없다.

UCLA 근처의 한 아파트를 칠한 적이 있다. 방 안에 들어서니 뭔가 이상스러운 기분이 든다. 그리고 그 아파트 바로 앞의 전등도 꺼져있고, 방 안도 어둑하고 해서 아파트 매니저에게 새 전구로 빨리 갈아달라고 내려갔다. 꼭 영화배우처럼 예쁘게 생긴 이탈리아 출신 매니저 카를라는 한숨을 쉬면서 그게 또 나갔냐면서 곧 올라가 갈아주겠단다. 전구를 바꾸는 것이 어찌 한숨을 쉬어야 하는 이유가 될지 싶어 그 연유를 물어보았다. 그 방이 빈 지 이제 한 달이 좀 못되는데, 그사이 일곱 번인가 전구를 갈았다는 것이다. 어떤 때는 이틀 만에 나가고, 어떤 때는 일주일 만에 나갔다는 것이다. 40개가 넘는 아파트 방 앞 천장에 달린 전구 모두 다 괜찮은데 오직 그 아파트 앞의 전구만 그렇게 나가기 시작한 것은 그 방에 살던 UCLA 학생이 그 방에서 자살한 후부터란다. 그리고 그 학생은 한국 학생이라는 것이었다.

졸업식 전날 아들과 통화를 한 부모가 졸업식장으로 찾아갔지만 아들이 보이지 않자 아들이 사는 아파트로 와서 매니저와 함께 방문을 열어보니 아들이 음독을 했던 것이었다. 구급차를 불러 병원으로 옮겼지만 숨은 이미 끊어진 지 오래였다고 한다. 나중에 알고 보니 아들은 거의 일 년간 학교 수업을 듣지 않은 사실을 부모에게 속이고 졸업식까지 한다고 거짓말을 했던 것이었다. 부모를 속이고 학교에 안 갔던 동안의 그 불안한 세월과 졸업이라고 부모가 와서 실망할 모습 등으로 죽기로 결심할 때까지 갈등과 초조와 불안의 마음은 그 자신뿐 아니라 그 방 가득히 메워 죽고 나서도 계속 그 영향을 미치는 것이었다. 그래서 그런 기이한 현상을 중지시키려면 마음 좋고 평화로운 마음을 가진 새 입주자가 살면서 그 방의 사기를 점차로 바꾸어 주어야 한다고 한다. 이야기를 듣고 나서 그 방 페인트를 하려니 공부 때문에 목숨을 끊어야 했던 한 맺힌 젊은이의 영혼이 그 방 안을 어슬렁거리는 같아 좀 무서웠기도 했지만, 자꾸만 가엽게 목숨을 끊은 그 젊은이의 모습이 그려진다. UCLA쯤 다닌다면 머리도 상당히 좋은 편이고 공부도 할 만큼 하는 인재라고도 할 수 있지만, 혼자 헤쳐 나가야만 하는 미국 대학 생활에 적응을 못 하고 그만 낙오자로 남아있다가 그렇게 귀중한 젊은 삶을 접어야만 하게끔 만든 사회가 참으로 야속하다고 생각됐다. 그리고 그 젊은이도 그렇게 힘들면 부모에게 솔직히 자신의 처지를 얘기할 것이지…. 그리고 한 학기고 일 년이고 휴학을 하고 마음의 여유를 갖고 홀가분한 마음으로 다시 시작하지…. 그렇게 우물쭈물하다가 목숨을 끊을 게 뭐란 말인가 하고 나 혼자 안타까워해야 했다. 부디

저세상에서는 공부가 주는 스트레스가 없는 그저 하고 싶은 것만을 신나고 자유롭게 하며 훨훨 날아다니는 그런 나라에서 살기를 바랄 뿐이다.

쫓겨나는 사람들

　　　페인트 일을 하다 보면 실내를 할 경우, 사람이 살고 있는 집이나 아파트를 하는 경우도 있지만 빈 집을 하는 경우가 대부분이다. 살고 있는 집에서 먼저 이사를 해놓고 집을 팔기 위해 하는 경우도 있고, 거꾸로 이사 들어오기 위해 할 경우도 있다. 살고 있는 집 안을 페인트칠하기 위해서는 집 안에 있는 모든 가재도구를 비롯하여 벽에 걸려있는 액자나 그림 등 하다못해 조그마한 애들 장난감이나 쓰레기통까지 집 안에 있는 모든 물건을 한 번씩 들었다 옮겨놓은 후 다시 정리를 해야 하기 때문에 꼭 이사 가는 것만큼이나 번거롭고 힘이 들게 마련이다.

　　　그런데 이렇게 모든 물건을 옮기고 하는 일들이 집안 남자들의 일이라기보다는 일의 성격상 대개가 그 집 안주인의 일이므로 살고 있는 집 안을 페인트칠하는 경우는 몇 개의 특수 이유가 있지 않고는 하지 않게 마련이다. 그 특수 이유란 대부분 아이들이 다 자라서 대학 기숙사나 타지로 떠나 부부들만 남게 되었을 경우 그동안 자녀들이 자라면서 집 안 여기저기 그려놓은 낙서나 손때 등으로 집 안

벽이 더러워졌기 때문이거나, 소중한 손님을 맞이하기 위해 하거나, 아니면 안주인의 깔끔한 성격 때문에 사느라고 조금 더러워진 벽을 참고 볼 수 없어 하거나, 집안의 어떤 문제로 분위기를 바꾸기 위해 벽 색깔을 바꾸기 위해 하는 경우가 그런 것들이다.

그런데 이러한 긍정적 이유 이외에 불행하다고 할까 혹은 안타깝다고나 할 경우가 있다. 세 들어 살다가 월세를 제대로 내지 못해 쫓겨난 집을 페인트할 경우이다. 일을 시작하려 그 집 안을 들어가 보면 가구라든가 식기라든가 옷가지들이 여기저기 흩어져 지저분하기 짝이 없다. 정상적인 생활을 오래하지 못한 듯 싱크대 안에 설거지 안 한 식기들에서 썩는 냄새가 진동하고, 집 안 곳곳에는 양말이며 옷가지, 잡동사니들이 여기저기 어지럽게 널려있다. 뭐 하나 제대로 정돈된 것 없는 뒤죽박죽의 살림살이들이 집 안을 가득 메우고 있기 마련이다. 어떤 경우에는 사람이 몸만 빠져나간 것 같이 가구며 식기, 옷가지 등이 그대로 그득그득 있는 경우도 꽤 있다.

세입자가 월세를 안 낼 경우 집 주인이 막무가내로 욕을 해대거나 물이나 전기를 끊는다거나 자물쇠를 바꿔 강제로 세입자를 내쫓을 수 없는 게 여기 현실이다. 그랬다가 돈 안 낸 세입자가 고발을 하면 주인은 징역이나 큰 벌금을 물게 된다. 돈을 몇 달간이건 몇 년이건 안 내더라도 법원의 판결문이 없으면 주인은 그냥 맥 놓고 아무런 조치를 취할 수 없다. 돈 안 내는 세입자를 쫓아내려면 전문 변호사에게 의뢰해서 법원의 판결을 받아내야만 한다. 그 판결의 집행도 주인이 하는 것이 아니고 보안관을 통해서 해야 한다. 일단 퇴거할 날짜와 시간을 명시한 법원 판결문을 얻었으면 그 내용을 보안관이 집 문 앞에 붙여놓는다. 대개 일주일의 여유를 주고, 빠르면 3일 이내에 집을 비워야 한다. 그 시간까지 안 나가면 보안관이 열쇠 수리공을 데리고 와 자물쇠를 바꿔버리면 상황이 끝나게 된다.

이런 집을 페인트칠하는 마음은 참 착잡하다. 나야 이 일을 해서 하루 일당을 벌지만, 잠잘 곳 없는 이 식구들이 오늘밤 어디서 지낼 것인가를 생각하면 마음이 무거워진다. 돈을 못 내는 이유는 갑자기 직장을 잃었거나 해서 벌이가 없는 경우는 아주 드물고 많은 경우 이혼이라든가 마약 혹은 게으름 때문이다. 이유야 어찌 되었든 쫓겨나기 전까지 심적으로 얼마나 불안하고 힘들었겠는가? 가장 혼자만 쫓겨나는 것이 아니고 어린애를 포함한 식구들 모두가 쫓겨나야 하는데 당장 식구들을 데리고 어디 가서 밤이슬을 피할 것인지 막막한 현실 앞에 그 절망적 불안 속에 세상이 얼마나 원망스러웠겠는가?

이러한 나의 생각은 그 집 문 안을 들어서면서부터 그 집 안 공기를 냄새 맡으며 들게 되는 느낌이다. 불안과 절망과 두려움…. 그 모든 부정적 마음의 기운들이 집 안을 가득 채운 것 같다. 그리고 그러한 분위기는 일하는 우리 마음도 처음에는 무겁고 불안하다. 그래서 이런 기분을 털어내기 위해서라도 집 안의 모든 문이란 문은 모두 열어놓아 공기부터 바꿔본다. 그리고 될 수 있는 한 빠른 몸동작으로 일을 하며 나쁜 기분이 더 이상 들어오지 못하게 한다. 그러면서도 누구의 탓이 되었건 지금 어느 한 거리를 가족과 함께 풀죽은 눈빛으로 거닐 그들을 위해 잠시 생각해 본다. 얼른 안정된 직장을 갖고 정상적인 가정생활을 할 수 있도록… 그렇게 정신없이 일을 하다 일을 마무리한 후 집 안을 둘러보면 깨끗해진 벽과 천장과 함께 시작할 때의 그 무겁던 분위기는 참 많이 사라지게 된다. 세상이 좋은 일들만 있다면 오죽 좋으련만, 이런 일을 하면서 참 고되고 힘든 직업이지만 내 손으로 어두운 분위기를 산뜻한 분위기로 바꿔 새로운 입주자를 기다리는 작은 기쁨이 있다.

땅에 앉아 밥 먹는 사람들

밥을 어디서 어떻게 먹느냐에 따라 그 신분의 위상이 결정된다면 나처럼 그냥 일하는 현장의 바닥에 털퍼덕 주저앉아 한 끼를 해결해야만 하는 사람들은 그야말로 사회 구조상 맨바닥 인생이 될 수밖에 없는 것 같다.

소위 반상의 법도에 따라 양반과 상놈의 신분을 엄격히 구분했던 불과 60~70년 전만 하더라도 집주인과 잡일을 하는 하인이 같은 밥상에서 식사를 한다는 것은 상상도 못 했었다. 주인이 먹는 밥상은 9첩 반상, 7첩 반상의 진짓상이고, 하인이 먹는 조촐한 밥상은 그냥 밥상이라고 부르는 호칭도 달랐었다. 그나마 하인들일지라도 방 안에서 밥상을 놓고 먹었지만, 그보다 못한 사람들에게는 밥상조차 주어지지 않았었다. 그러한 관습의 피가 흐르는 요즈음의 우리 한국인들, 더구나 문화가 상이하게 다른 외국에서 살고 있는 이 시대의 한국인들에게도 그 반상의 법도에 대한 애착은 잠재의식의 저변에 짙게 깔려있는 것이 사실이다. 단지 누가 양반이고 상놈이냐의 기준이 혈통이나 관직이 아닌 경제적 능력으로 판단되는 것이

다를 뿐이다.

나 자신은 내 일을 주 정부에서 인정한 전문인으로서, 집주인의 신분에 상관없이 동등한 자격 내지 나와 계약을 맺은 계약자로서 내 자존심을 지키려 하지만, 손이나 얼굴에 페인트를 하얗게 혹은 온갖 무지개색으로 뒤집어쓴 채 땅바닥에 주저앉아 햄버거 조각을 씹고 있을 때는 어쩔 수 없이 옛 관습의 바닥 신분임을 자인하지 않을 수 없게 된다.

한국 사람의 집을 페인트칠할 경우, 주인의 마음이 좋아 점심을 대신 사다 주는 경우는 흔히 있지만, 밖으로 나와 우리와 같이 땅바닥에 주저앉아서 처음부터 끝까지 음식을 같이 나누는 경우는 삼십여 년이 넘는 페인터 경력에 단 두 번이 있었음을 또렷이 기억하고 있다.

그중 한 분에 대한 기억이다.

점심 시간을 이용해 집에 와서 식사를 하고 가는 그분은 치과 의사로서 부부가 모두 독실한 가톨릭 교우분이었다. 집주인 되는 사람의 됨됨이를 첫인상으로 알 수 있는 것은 나 같은 경우 같이 일하는 라티노 페인터들의 인격을 얼마나 존중해 주느냐에 따른다. 그에 따라 그들에 대한 호칭을 어떻게 해주느냐에 따른다. 우리나라보다 문화 수준이나 경제력이 떨어지는 나라 사람들에 대한 한국 사람들의 인격적 차별은 자타가 공인할 정도로 심하다는 것은 세상이 다 아는 진리인 만큼 이곳 미국에서도 예외일 수는 없다. 심한 말로는 '맥작' 또는 '짱구'이고, 대우해 준다는 것이 '아미고(amigo)'이지만 이 말에도 약간의 우월감이 은근히 내포되어 있는 것이 사실이다. 그런데 이분들은 처음부터 나에게와 같이 반갑게 "하이!" 하며 환영의 인사를 해주고 이후 꼭 이들의 이름을 부르며 말을 건네곤 했다. 첫 대면부터 자신들의 인격을 진심으로 존중해 주는 것을 느낀 이 사람들이 얼마나 정성을 다해 일을 해주었는지 설명이 필요 없음은 당연하다.

더구나 이 사람들을 더욱 놀라게 한 것은 일하는 내내 우리와 똑같은 음식을 주문해 와 집 안에 있는 식탁에 앉아 먹는 것이 아니고, 우리가 앉아 먹는 처마 밑으로 와 털썩 주저앉아 스스럼없이 앉아 먹으며 그냥 사는 이야기 또는 집안 식구 이야기 등 아주 평범한 내용의 이야기들을 친구처럼 주고받으며 식사를 마치곤 했다. 그렇다고 이야기의 주도권을 혼자 갖고 가르치듯 하는 것이 아니고, 자기 얘기하고 또 우리 일꾼들 이야기 듣는 등 완전히 인간 대 인간으로 대해주는 것에 모두들 인상 깊게 남은 좋은 분들이었다.

이분들은 우리 인간 하나하나가 '하느님의 모상을 지닌 그분의 숨결로 만들어진' 존재임을, 그래서 그 사는 방식과 경제적 수준으로 사람을 대하지 않고 같은 하느님의 자녀로서 존엄성을 갖고 있음을 말이 아닌 행동으로 인정하고 보여줌으로써 우리 모두를 마음속 깊은 곳에서부터 감사와 기쁨을 느끼게 해주었다. 이렇게 나름대로의 인격을 존중받으며 현장에서 같이 나누는 식사는 비록 그것이 한 조각의 햄버거가 되었건 피자가 되었건 요시노야 고기밥이 됐건 진수성찬이 부럽지 않은 풍요롭고도 행복한 그리고 맛있는 성찬이 아닐 수 없었다.

이렇게 대접을 받는 날은 내 신분에 대한 자존심이 많이 회복된 듯하여 데리고 일하는 라티노 페인터들과 함께 기분이 하늘 저 높은 곳까지 두둥실 나르는 것 같은 날이 된다.

검시소에서

보통 견적 스케줄을 잡을 때는 적어도 몇 가지 기본 질문을 해야 대강의 그림을 가지고 미리 준비할 수 있기 마련이다. 우선 페인트칠할 건물이 가정집인지 혹은 상업용인지, 또 안을 할 것인지 바깥을 할 것인지, 일부를 할 것인지 전부를 할 것인지 기타 등등. 그리고 마지막으로 반드시 묻는 것은 내 전화번호를 어떻게 알았는지 하는 것이다. 나는 전화번호부에 광고를 전혀 안 내기 때문에 95% 이상의 전화는 어떤 손님으로부터 추천을 받은 경우이므로 누군지를 알아야 인사도 하고 또 견적 상담을 할 때도 추천한 손님 집 페인트칠할 때 있었던 일도 주고받으며 이야기를 하게 되면 어느새 그 손님의 일도 내 것이 되기 때문이다.

그런데 전화번호부에서 내 번호를 알았다며 누군가가 전화를 한 것이다. East Los Angeles 동네인데 견적을 와줄 수 있느냐는 것이었다. 내 질문에 그냥 두리뭉실 대답하며 그냥 그 주소로 오면 안다는 것이었다. 별 이상한 견적 요청도 있다 하며 예의 그 주소로 갔다. 그런데 그곳이 가정집이 아니라는 것은 전화 통화 중 감으로 알았지만, 그 주소가 정부 건물일 것이라고는 전혀 상상도 못 했던 것이다. 일반적으로 정부 건물의 일은 해당 기관과 계약을 맺은 회사가 일괄 맡아서 하는 것이 정상이기 때문이다. 건물 기둥에는 '로스앤젤레스 카운티 검시소'라는 간판이 붙어있었다. 신문이나 TV를 볼 때 '부검'을 한다는 얘기는 아주 자주 접할 수 있다. 또한 각종 사고로 숨진 사람들을 푸른 비닐봉지에 쌓아 들것에 실어 구급차로 싣는 장면 또한 어렵지 않게 자주 볼 수 있다.

'그러면 여기가 바로 그 시신들을 모두 실어 와서 검시를 하는 곳이란 말인가!? 그러면 여기 건물 어디엔가 창고처럼 사고로 죽은 시신을 긴 선반에 잔뜩 쌓아놓은 곳이 있겠단 말이지….'

에구, 그런 생각을 하니 등줄기에서 식은땀부터 났다. 그러나 옛날에 지어진 붉은 벽돌 건물이나 현대식으로 지어진 옆 건물이나 시신은커녕 구급차 한 대 보이지를 않는 것이었다. '음, 그러니까 여기는 병원이 아닌 그냥 집에서 죽은 사람들을 그 시신이 있는 집으로 와서 검사는 검시관들만 있는 사무실 건물이겠구나.' 싶으며 두근거리는 가슴을 접고 건물 안으로 들어가 접수원에게 견적 요청을 한 사람을 찾아줄 것을 부탁했다. 전화 건 사람이 오는 동안 흑인인 여자 접수원에게 여기는 그냥 사무실인지, 시신을 두는 곳은 딴 장소 같은데 거기가 어디냐고 물었다. 그 흑인 여자는 나를 놀리려는 듯 손가락으로 내 발을 가리키며 웬걸! 바로 네가 딛고 있는 발아래가 바로 거기란다. 그러면서 내가 섬찟 놀라는 표정을 짓자 킬킬거린다. 나는 그 여자가 정말 날 놀리느라 농을 하는 줄 알았다. 사실 그 사무실 바로 밑은 사무실이 있는 1층보다 몇 배나 더 큰 지하층이 있는데 과연 거기가 정말 거기였던 것이다.

얼마 후 견적 요청을 한 남자 직원이 내려왔다. 나는 너무도 궁금해서 다짜고짜 묻지 않을 수 없었다. 나는 거긴 너무 특별한 장소라 일반 페인트 회사에 시키는 것이 아니라 특별한 회사에 시키는 것이리라 생각하며 지하 부검실이 아닌 위층 어디 사무실 몇 군데를 할 것이라 생각했다. 그러나 그의 대답은 나의 이런 절대 희망 내지 추측을 맥없이 무너트리고 아주 간단하게 그러나 좀 주춤거리듯 대답했다. 바로 그곳이 견적할 곳이란다. 나는 너무 당황하기도 하고 무섭고 떨리고 해서 왜 전화할 때 거기라고 안 했냐고 따지니 그러면 아무도 견적조차 오지 않는다는 것이다. 아마 나에게 전화하기 전에도 수십 군데는 전화를 한 것 같았고, 그 시행착오의 결과로 얻은 지혜로 바로 나같이 순진한 사람에게 두리뭉실 답해서 견적을 보러 오게 했던 것이다.

그러면서 거의 사정조로 견적이라도 좀 보아달라는 것이었다. 아무도 하려고 하지를 않으니 책임자인 자기 입장이 보통 곤란한 것이 아니란다. 정말 그의 눈빛을 보니 참 애처롭고 딱한 마음이 안 들수가 없었다. 이걸 해야 하나 말아야 하나를 놓고 잠시 갈팡질팡하는 중에 우리가 연구과 1학년 때인가, 부제반 때인가 가톨릭 의과 대학

해부학 실습실을 견학 간 적이 떠올랐다. 그때 시체 저장실에 긴 선반 위에 투명한 비닐로 쌓아놓은 시신의 모습들이 너무도 강인해 아직도 선명히 기억에 남았었다. 그날 거기를 갔다 와서 얼굴을 찡 그리고 죽은 열두엇 되는 남자아이의 모습과 곱게 눈을 감고 아무의 돌봄도 없이 혼자 죽었을 젊은 여인의 모습이 한참이나 눈앞에 아른거렸던 생각과 함께 너무도 불쌍하게 죽었구나, 너무도 불쌍하구나 하며 가슴 저민 때가 있었다. 그러면서 나도 모르게 그럼 한번 보기나 하자는 말이 새어 나왔다. 그 사람은 내게 아주 튼튼한 마스크를 하나 주며 그걸 잘 써야 냄새가 덜 난다고 했다. 그리곤 엘리베이터를 타고 아래 지하층으로 안내해 주었다. 의료용 마스크를 직접 쓰고 나니 정말 이제는 꼼짝없이 시체 저장실 층으로 가는 것이 실감이 났다. 오금도 저리고 심장은 벌써 얼어붙는 것 같았다.

엘리베이터 문을 나서면서 위층과는 전혀 다른 썬한 실내 온도며, 이상한 약품 냄새와 함께 두려움과 공포로 몸도 반은 오그라들었다. 겁에 질린 어린아이가 엄마 뒤를 바싹 뒤따르듯 나는 그 사람 옆을 한 발짝도 떨어지지 않고 걷기 시작했다. 과연 시신은 어디 있을까 하며 잔뜩 긴장해서 몇 발짝 걷는데 복도 옆 들것에 푸른 담요 비슷한 덮게 아래로 발이 삐죽 나온 시체가 보였다. 그런데 그 발을 보면서 이제껏 내가 가져왔던 무서움 긴장 으스스한 기분이 어느새 누그러진 것 같았다. 그러니까 사람의 시신이라는 것이 그렇게 무서움의 대상이란 생각은 단순히 상상이요, 선입관인 것 같았다. 저 앞에서 수술복 비슷한 복장을 한 사람이 또 밀차에 또 다른 시신을 밀고 온다. 이젠 얼어붙었던 간덩이도 좀 풀어진 듯 조금의 여유를 갖고 지나칠 수가 있었다. 사각형으로 생긴 지하실은 가운데 각각 다른 용도의 방들을 둘러싸고 복도는 회랑처럼 죽 이어져 있었다. 그리고 바깥쪽으로도 크고 작은 방 혹은 창고가 있었다. 사람이란 그래서 세상을 살아갈 수 있는 것이 아닌가 싶다. 단 몇 분도 안 되는 사이에 나같이 무서움 잘 타는 겁쟁이가 두 눈 똑바로 뜨고 시신을 바라볼 수 있으니 말이다. 그래서 세상이 무너져도 살아날 구멍이 있다는 말은 이런 사람의 무서운 현실 적응력을 두고도 하는 말일 게다.

시신 몇 구를 지나치니 큰 창고 안에 쇠 파이프로 만들어진 선반들 위에 놓여있는 시신들이 문에 붙어있는 유리창을 통해 보이고, 또 복도 다른 쪽에서는 직접 부검하는 모습이 보인다. 좀 심한 부검인 듯 거기엔 전기톱 같은 것이며 칼, 집게 같은 것들이 눈에 뜨인다. 집도의는 마치 고무 인형 다루듯 능수 능란하게 다룬다. 얼마를 좀 더 가니 부검을 마친 시신을 무릎 위에 팔을 척 걸쳐놓고 머리를 실로 꿰매는 중년의 여자 모습이 보인다. 삼삼오오 모여있는 직원들은 마침 간식 시간인지 거기 한 사무실에 모여 쌓아온 간식들을 먹고 마시며 희희낙락 잡담들을 하고 있었다. 다 상처 난 시신을 방금 전까지 닦고 만지고 그랬던 그 손으로 말이다. 이제 내 마음도 무서운 생각보다는 호기심이 더 커진 것 같았다.

또 얼마를 지나니 아무것도 가리지 않은 채 복도 쪽으로 반쯤 내놓은 거의 삭발을 한 20세 전후의 남자 시신을 만나게 됐다. 얼굴이며 팔에 문신이 가득하다. 머리에 총을 맞은 듯 옆 이마에 양쪽으로 구멍이 나있다. 그 모습을 보는 순간, 지금 여기에 와있는 시신들의 정체가 팍 떠올랐다. 그래 여기 와있는 사람들의 죽음은 일상적인 죽음이 아니고 사고사 아니면 타살 혹은 자살 등 자연 순리적인 죽음이 아니라 모두 다 급작스러운 어떤 사건으로 인해 죽은 사람들이다. 결코 그런 식으로 죽기를 원치 않았던 비명횡사인 것이다. 그러니 그들이 죽으면서 얼마나 원망과 저주와 한을 품었겠는가 생각을 하니 이 건물 전체가 원한 맺힌 그들의 혼령으로 가득 차있는 듯한 느낌이다.

이제는 호기심보다는 그러한 현실이 주는 느낌으로 마음도 무겁고 우중충한 기분이 든다. 그런 맘으로 건물을 서너 바퀴 더 돌아보고 보통 견적의 3배 정도를 더 생각하며 건물을 나왔다. 내가 제시한 가격은 받아들여졌지만 일해야 하는 시간(자신들의 업무가 끝난 오후 5시 이후 밤 2시까지)를 내가 받아들일 수 없어 결국 한 번 둘러보는 것으로 그쳤지만, 거기 그렇게 누워있었던 한 많은 영혼의 죽는 그 순간의 상상된 모습들이 오랫동안 내 머리를 떠나지 않는다. 주님! 그들에게도 당신의 자비를 베푸소서. 한 많은 영혼이 세상을 떠돌며 분을 토하지 않고 당신의 그 넓은 품 안에서 편히 쉴 수 있도록 받아드려 주소서.

삥땅- 그 음흉한 기쁨

숫자 감각이 남들보다 좀 무딘 나보다 다른 여인들도 그러하듯 아내도 이 점은 나보다 탁월하다. 누구 생일이며, 기념일 제삿날, 모임날 등등 살아가면서 챙겨야 할 이런 날들에 대한 기억은 다 아내의 몫이다. 여자들에게 그렇게도 중요시되는 결혼기념일도 처음 몇 년간, 아니 오랫동안 그냥 지나치다 안 되겠는지 아예 달력 에다 크게 표시를 해놓아 미리 입력시키는 작전을 쓰고 있다. 무심 한 증손주는 할아버지 제삿날도 전날 아내가 알려줘서야 안다.

아내는 단지 날짜 기억만 탁월할 뿐 아니라 내가 하는 일에 대한 돈 흐름도 손바닥 보듯 훤히 꿰뚫고 있다. 삼천오백 불 West Hills 하우스를 끝내고 아직 못 받은 돈 450불을 몇 주가 지나도 잊지를 않는다. 어제 일하고 받아 온 돈 천오백 불이 원래 견적에 백오십 불이 어째서 모자라는지도 잘 알고 있다. 그리고 월급으로 나간 돈 이 수표가 얼마이고 현찰이 얼마인지 아는 것은 기본이고…. 그리 고 일 나갈 때는 페인터들과 점심 먹을 값 꼭 40불만 준다. 나까지 4 명 먹을 것을 잘 계산해야지 잘못했다가는 계산대 앞에서 망신당하기 십상이다. 그렇게 해서 남은 자투리 돈은 아무리 모아야 자투리 돈으로 끝나고 만다.

그런데, 그런데 말이다. 아내가 절대 알 수 없는 돈이 생기는 경우가 더러 생긴다. 일을 하다 보면 원래 준 견적보다 추가로 일을 하게 되는 경우이다. 금액이야 큰돈은 안 되지만 그래도 자투리 돈 모은 것보다는 비교도 안 되게 큰돈이 되는 것이다. 이백오십 불이 되기도 하고, 사백 불이 될 때도 있다. 항상 그런 것은 아니지만 필요에 따라 이것은 아내 모르는 순전히 내 삥땅이 된다. 이런 횡재의 돈이 생기면 우선 마음부터 여유로워진다. 두둑한 지갑 덕에 호기를 부릴 수 있는 기회도 가질 수 있다. 무엇보다도 신나는 것은 아내 모르게 거금을 손에 쥐었다는 쾌감이다.

그런데 발각이 나면 자존심이 긁히는 인격적 수모와 함께 한동안의 매가 담긴 잔소리를 들어도 찍소리도 못하게 된다. 범죄 비슷한 짓을 해놓고 벌어드린 삥땅의 용처는 사실 그렇게 별난 곳은 아니게 된다. 원래 돈 쓸 궁리를 해놓고 삥땅을 저지르는 것이 아니고, 우선 돈부터 챙기고 스름스름 써버리기 때문이다. 그리고 아내 모르게 슬쩍한 돈이라고 아내 모르는 이상한 곳에 쓸 주제도, 환경도 아니기 때문이다. 원래 화투나 트럼프 같은 잡기는 재주가 없어 도박 같은 것은 생각도 못 하고, 미국 살면서 한 번도 가보지 않은 술집을 일부러 갈 이유도 없고, 비밀로 사귀어 놓은 애인이 있는 것도 아니고 나 혼자 비싸고 맛있는 식당에서 산해진미를 즐길 그런 틸 난 양심도 없기 때문이다.

　뚜렷한 용처가 사실 없다. 그런데 얼마 지나면 억울하게도 별 쓴 데 없이 지갑은 빈털터리가 되고 만다. 사실 그 큰 부분은 과외 인건비로 지출되거나 별난 축의금 내지 격려금 등으로 지출이 되고 일일이 용돈을 아내에게서 타는 번거로움만 없어졌을 뿐이다. 별난 축의금이란 같이 일하는 사람들에게 수고의 감사 표시로 크지 않은 선물을 사 준다거나 일 끝나고 애들 주라고 켄터키 프라이 치킨 같은 간식을 아내 허락 없이 사 준 것을 말한다. 그러니까 따로 삥땅을 해야 할 이유는 없는데도 가끔 그런 경우가 생기면 도둑 같은 내 심보가 작동하여 비밀스러운 돈을 가진다는 미묘한 즐거움 그리고 그 속박되지 않는 자유로운 여유 때문에 그 짓거리를 아주 드물게 하게 되는 것 같다.

미국을 지키는 사람들

항상 운전하며 이곳 저곳 현장이나 견적지를 돌아다녀야 먹을 것을 구할 수 있는 직업이라, 일반 사람들에 비해 운전하는 시간이 훨씬 많은 편이다. 여기 로스앤젤레스도 해가 갈수록 교통 상황은 날로 악화돼 가고 있다. 3년 전만 해도 30~40분 만에 갈 수 있는 거리도 이제는 그 배 이상 혹은 그보다 더 한 시간을 길에서만 허비해야 한다. 요즈음은 아예 한 시간 반 혹은 두 시간 이상을 예상하여 일찌감치 집을 나서곤 한다.

아침저녁 출·퇴근 시간대의 고속도로는 미 전국이 거의 악마 같은 수준이지만, 이곳 로스앤젤레스의 수준은 거의 사탄의 수준임은 전국 교통 위원회가 이미 공인한 바 있다. 그러니까 이런 곳에서 운전하며 살고 있다는 것 자체가 수많은 유혹과 분노와 증오의 일상과의 싸움에서 훈련되고 세련되어 도인이 되어 가는 과정 중에 있다고 보아도 큰 과장은 아니라고 본다.

특히 주요 간선 고속도로로 이어지는 인터체인지 부근에 이르면 그쪽으로 진입하게 되는 두 개 내지 세 개의 차선들엔 수많은 차량이 길게 늘어선 채 달팽이 수준의 속도로 그것도 가다 말다를 반복하다 몇십 분을 소비해서야 거기를 지나 다른 도로로 진입하게 된다. 그러나 직진 차선의 차량 속도는 날쌘 퓨마 같다. 그래서 꽤 적지 않은 사람들이 직진 차선으로 계속 운전을 하고 오다 인터체인지 바로 부근에서 갑자기 차선을 바꾸어 길게 늘어선 차량 행렬의 맨 앞쪽으로 새치기를 하고 들어온다. 이렇게 새치기해 들어오는 사람들의 표정을 보면 어쩌면 그렇게 당당한지 모르겠다. 조금도 미안한 기색이 없다. '길게 늘어서서 기다리는 네놈들이 바보지, 이 경쟁 사회에서 잠깐만 뻔뻔하면 쉽게 앞서갈 수 있거늘…. 한심스러운 것들.' 뭐 이런 의식들인 것 같다. 그렇게 새치기하는 사람들의 앞 유리 앞에는 십자가나 묵주가 걸려있는 것을 어렵지 않게 보게도 된다. 그렇게 남들에게 피해를 끼치면서도 하느님과 성모님의 보호만은 기대하는 것 같다.

그러나 그래도 아직은 새치기하는 사람들보다는 시간이 걸리더라도 제 줄에 서서 원칙을 따르는 우직한 사람들이 더 많은 것이 참으로 다행이다. 미국이란 나라가 정치 지도자들부터 아전인수 격인 윤리 규정으로 부패하여 많은 다른 나라 사람들로부터 욕을 먹고 개인들은 극단적 개인주의에 점차 물들어 가며 청교도 정신으로 시작된 나라의 근본이 점차 흔들려 가고 있을지라도, 이렇게 고속도로에서 우직스럽게 제 차례를 기다리며 길게 늘어서 있는 사람들이 훨씬 더 많기에 이 나라의 뿌리는 이만큼 튼튼하고 지탱되어 가는 것이 아닌가 한다.

미국인의 이상한 가족 관계

　　　　　내 손님 중에 이곳 유력 방송국에서 연예계 담당 뉴스 앵커가 있다. 이 사람은 그때 나이가 거의 60 중반에 가깝지만 아직도 현역에서 일하고 있었다. 연예계만 수십 년을 담당했으니 그 자신도 유명 연예인만큼이나 인기도 있고 돈도 잘 번다. 미국의 연예인치고 가정생활을 제대로 하는 사람이 거의 없듯 이 사람도 예외가 아니다. 첫 부인과 결혼해서 딸과 아들을 하나씩 두었다. 딸이 서른 대여섯 돼 보이고, 아들은 갓 서른을 넘긴 것 같다. 딸이 부동산을 꽤 많이 가진 남자와 결혼해서 딸 집을 페인트 해주면서 관계를 갖기 시작한 것이 그 사람과 관련지어진 모든 식구 집을 차례로 일을 해주게 되었다.

　딸이 현재 재혼하지 않고 혼자 사는 자신의 친어머니인 그 사람의 첫 부인에게 나를 소개시켜 주는 것이야 당연한 일이지만, 놀라운 일은 그 딸이 제 어머니와 이혼하고 재혼을 한 아버지의 두 번째 부인에게도 나를 소개시켜 주었다는 것이다. 나중에 안 사실이지만 두 번째 부인인 작은엄마(?)와 딸의 관계는 아주 친한 이모와 조카 같은 관계를 가진다는 것이다. 티브이 방송국에서 드라마 관계 일을 하고 사는 두 번째 부인과도 이혼했으나 이 여자도 고등학교 다니는 어린 딸하고만 단둘이 산다. 여자가 딸만 데리고 사니 큰 집을 관리하는 데 여러 가지로 도움도 필요하고 물어야 할 것이 한두 가지가 아니다. 이 두 번째 부인의 상담역이 바로 전처의 딸이다. 하루에도 몇 번씩 전화를 걸어 사소한 일을 상의하곤 한다. 그리고 고등학교 다니는 딸도 배다른 큰언니를 정말 언니같이 대하고 또 언니도 친동생처럼 챙겨준다.

이 사람의 세 번째는 결혼이 아니고 동거하는 젊은 여자다. 자기 딸과 같은 여자와 같이 사는 것이다. 두 번째 부인의 집에서 일할 때 마침 딸 아이의 생일이 있었다. 그런데 내 눈을 휘둥그렇게 만든 사건이 있었는데, 그날 큰엄마만 제외하고 아버지와 현재 동거하는 젊은 부인, 그리고 큰딸 내외가 각각 선물을 한 아름 사 오고, 케이크 직접 구워오고…. 아주 큰 잔치가 화기애애하게 이루어졌다. 거기에는 전혀 우리 아빠 뺏어간 나쁜 여자란 증오심도, 이혼하고 재혼하고 하는 못된 아버지를 욕하는 원망의 눈초리도, 전처 자식이라는 어색함도, 자기 친구 같은 또래의 아버지 동거녀에 대한 무시함도, 아무것도 없는 정말 신나는 축제의 날이었다. 그들의 관계는 정말 애정과 배려로 이루어진 좋은 관계였다.

도대체 내가 살아온 상식으로 옛날도 아니고 서로서로 딴 집에서 살고 있으면서도 따뜻한 관계를 갖고 배려해 주는 생활 방식은 도저히 이해가 안 되는 것이었지만, 보기는 그렇게 흐뭇할 수가 없었다는 것이다. 이혼을 몇 번씩이나 하면서 방종한 생활을 하는 것이야 참으로 개탄스럽고 한심스러운 일이지만, 그 피해자인 동시에 조금도 정이 갈 사이가 아닌 사람들끼리 서로를 배려해 주며 의지하며 사는 삶은 미국의 또 다른 한 면인 것 같다.

버려진 성물

　　일을 하다 보면 십자고상이나 상본, 작은 성모상 그리고 묵주 같은 성물들이 이사 가고 난 집이나 아파트 카펫 바닥이나 옷장 구석에 아무렇게나 널려있는 것을 아주 가끔 보게 된다. 그냥 아무 가치도 없이 쓰레기로 전락해 버린 그 성물들은 그들이 처음 사거나 선물을 받았을 당시에는 나름대로 소중하고 성스럽게 여기던 것이었으리라. 성물들을 아무런 느낌도 없이 그렇게 버릴 수 있는 사람들의 마음은 과연 어떠한 것일까?

　　아마도 그들은 그 성물들 자체가 은혜를 내려주는 도구나 혹은 자신을 보호해 주는 어떤 부적과도 같은 효과를 지닌 것이라는 생각이 그 저변에 깔린 것이 아닌가 싶다. 그러므로 자동차 운전을 하는 사람이라면 누구나 십자고상이나 크리스토퍼 상 혹은 성모님 상본 같은 것을 앞 유리에 매달아 두게 되면 그 성물로 인해 날 사고가 방지되리라는 생각을 누구나 갖고 있게 마련이다. 그러나 사실 성물은 그 자체가 거룩한 것이라든가 혹은 무슨 효험이 있는 것이 아니라 그 성물을 통하여 성물이 뜻하는 바 대로 내 생각과 말과 행위를 일치시키려는 과정에서 은혜가 있다고 본다.

성물이라는 것도 내가 좋아하는 것이라야 나도 갖고 싶지 남이 쓰다 버린 것을 성물이라고 내가 간직하고 싶기는 좀 꺼림칙하다. 그렇다고 그것들을 모른 체하고 다른 쓰레기들과 함께 쓰레기통에 버린다고 생각하면 마치 그 성물을 상징하는 그분을 그렇게 버리는 것 같은 죄책감 때문에 그럴 수 없고…. 그래서 더러워졌거나 손상되었거나 혹은 이렇게 버려진 성물은 이미 성물로서의 가치는 끝이 난 것이라도 더 이상 다른 사람의 손에 의해 손상되고 함부로 다루어지는 것을 막기 위하여 내가 챙길 수 있을 만큼 챙겨 집으로 가져와 땅속에 묻는다.

그런데 이렇게 버려진 성물들을 묻다 보니 우리 집에 있던 성물들이 어느 때부터인가 보이지 않게 되는 경우를 종종 알게 되는데 그 성물들은 지금쯤 어딘가에서 나를 원망하고 있을지 꺼림직하다. 특히 묵주는 여러 사람에게서 받기도 하고 사기도 하는데, 그 많았던 묵주들이 하나씩 둘씩 없어져 가는 것을 보면 성물을 버리는 사람들 마음과 내 마음이 다를 게 없다는 생각이 든다.

법대로 내 차를 씻워!

이곳 캘리포니아에 있는 집 외벽의 80 내지 90%는 거의 스탁코로 마무리되어 있다. 스타코라는 재료는 시멘트처럼 생겼지만, 성질과 용도가 다르다. 시멘트로 기본 형태를 만들어 준 후 스타코에 색을 넣기도 하고, 거칠거나 고운 다양한 형태의 무늬를 만들어 외벽을 마무리하여 준다. 그 스타코 벽은 주인이 특별히 다른 방법으로 해달라고 주문하지 않는 한 페인트 스프레이 기계로 뿌려주어 색을 입히게 된다.

문제는 짧은 시간에 많은 양의 페인트가 강력한 파워로 곱게 분사되기 때문에 적지 않은 양의 페인트가 아주 미세한 입자 형태로 먼지처럼 주위로 퍼져 날아가는 데 있다. 그래서 스프레이를 하기 전, 벽에 있는 창문이나 외등, 벽돌 등등 페인트가 묻어서는 안 될 것들을 모두 잘 싸주거나 가려주어야 한다. 그리고 가까이 주차된 주인을 알 수 없는 자동차도 모두 얇은 플라스틱 비닐로 잘 싸주어 페인트 가루가 날아가 앉지 않게 해주어야 한다. 그러나 자동차 한 대를 모두 감싸는데 드는 플라스틱 비닐도 만만치 않은 데다(여기서는 이것을 이렇게 한 번 쓰고 버리게 된다.) 시간 또한 제법 걸리기 때문에 될 수 있는 한 주인을 찾아 차를 옮겨달라고 부탁을 하거나 아예 일찌감치 주차 금지 표시를 해놓아 주차를 못 하게 유도한다.

집을 페인트칠할 때는 그래도 주위 정리가 용이하다. 페인트칠할 집 앞 주차 공간만 적절한 방법을 써서 통제하기만 하면 별문제가 없기 때문이다. 그러나 상가나 아파트 같은 사람과 차량 통행이 잦은 곳에서는 잠시 주차를 했다 떠나는 모든 차를 그렇게 일일이 싸주다가는 일을 제대로 진행할 수 없다. 그러나 그렇게 통행이 바쁜 곳에서도 일을 할 수 이유는 대부분의 사람이 일하는 분위기를 스스로 파악해서 주차를 멀리에다 해주기 때문이다. 잠시 모르고 주차를 한 경우라도 사정을 이야기하면 기꺼이 협조해 주기 마련이다. 이것이 상식이 통하는 일반 사람들이 사는 사회의 모습이다. 그렇게 서로 상대방을 조금이라도 배려해 주는 마음을 만나면 고마움과 착한 마음에 조그만 감동마저 느껴 온몸에 희열이 흘러넘치게 된다.

그러나 막무가내로 꾸역꾸역 밀고 들어와 주차를 하는 사람들도 있다. 이 시간 이곳에 나는 주차할 권리가 있고 너희는 내 차를 비닐로 씌워야 할 책임이 있다고 얼음장 같은 얼굴에 묘한 웃음을 띠고 자동차 문 열쇠를 딱 잠그고 횡하니 가버리거나, 어째서 주차를 못 하게 하느냐며 고래고래 소리를 지르며 제 하고 싶은 대로 다 하고 가버리는 사람들도 있다. 우리로서야 일단 경고를 했고 협조를 부탁해서 페인트 가루가 날아와 앉아도 책임은 없지만, 이것은 책임의 유무를 생각하기 전 거대한 콘크리트 벽을 마주하고 있는 막연한 답답함과 극단적 이기주의에 대한 분노의 마음으로 자글자글 끓어오르게 된다.

더구나 문제가 되는 것은 페인트칠할 건물과 마주 혹은 옆에 붙어있는 다른 소유주 건물에 주차하는 경우는 하라, 하지 마라 할 권리가 없으므로 그냥 말로 협조를 요청하는 수밖에 없다. 이런 건물을 페인트칠하려면 며칠 전부터 주차 문제 때문에 걱정이 되어 잠도 제대로 오지 않을 때도 있다. 그렇게 법 대로를 외치는 사람들과 같이 부대껴 피곤하게 살아가야 하는 것이 세상의 이치이지만, 법이 없어도 서로의 이해와 협조로 조금씩 양보하며 살면 세상이 얼마나 살만한 곳인가 싶다. 사실 일반 도덕적 규범과 기준으로 서로의 암묵적 동의에 의한 행위를 떠난 법 대로라는 것은 서로의 이해득실에서 남보다 조금 더 많이 취하려는 욕심 혹은 조금 편하려는 이기적 생각에서 나온 인간 서로 간의 마지막 단계에서 취할 행동이 바로 그것이 아닌가 한다.

여인네, 그 영원한 유혹자

견적 요청의 대부분은 전화로 온다. 이 첫 번째 전화 대화에서 그 일을 따게 될 것인가 아닌가 하는 감은 거의 70~80%는 맞는다. 특히 여자들에게서 온 경우는 확률이 훨씬 더 높아진다. 손님 중 한 5%나 될까 말까 한 한국 손님들, 그중에서 여인들에게서 온 견적의 성취율은 거의 99%라고 해도 좋다. 그중 반은 아는 사람에게서 소개받아 나를 어느 정도 아는 사람이고, 반은 전혀 나를 모르는 사람들이다. 참으로 이상스러운 일이다. 한국 여자들에게서 전화가 온다 해서 내가 특별히 섹시한 목소리로 나긋나긋하게 여자들 가슴을 후벼놓는 것도 아닌데 말이다. 대부분이 중년을 훨씬 넘긴 40대 후반부터 50대 후반의 여성들인 그들과의 약속된 시간에 가면 그 몸짓과 표정에서 내가 어떤 사람인가 무척 궁금해했던 흔적을 읽을 수 있다. 내 용모야 뭐 볼 것 있는가? 키가 큰 것도 아니고 얼굴이 미남형도 아닌 그런 별 매력을 끌 만한 남자는 아닌 것이 분명하다.

잠시 대화를 나누면서 그 여인네들의 신상을 어느 정도 파악을 하게 되어 그 수준에 맞는 설명을 해주게 된다. 단지 그것이다. 그런데 그러는 사이에 부자건 아니건 의사건 변호사건 어떤 여인들도 나를 그냥 뺑기쟁이로만으로 대하지를 못한다. 물론 남의 남자라서 별 호칭이 마땅치 않아서도 그렇겠지만, 나의 호칭은 어느덧 '신 선생님'이란 공손한 호칭으로 바뀌게 된다. 일은 당연히 내 것이 되는 것은 물론이다.

그러던 중 일본서 자라 결혼한 지 얼마 안 돼 이혼하고 일찍 미국에 건너와 골동품상을 하면서 적지 않은 돈을 번 이혼녀의 집을 페인트칠하게 되었다. 견적 갔을 때부터 무척이나 예의 바르고 깍듯이 대해 주었다. 며칠 일을 하는 중에도 점심을 모두에게 사 주기도 하고 마실 것을 사다 주기도 하며 참으로 친절히 대해 주었다. 포도주를 아주 좋아하는 그녀는 일이 끝나는 날 고급 포도주 한 병씩을 우리 일꾼들에게 하나씩 선물을 하고 나에게는 좀 특별한 포도주 잔까지 딸린 포도주 세트를 우리 애 엄마 주라고 선물을 해주었다. 문제는 그 집 일을 하면서 아내와 나이가 같은 그녀에게 이상한 성적 호기심 같은 것이 어느새 내 맘에 휘돌고 있는 것을 알게 된 것이다. 임자 없이 오랫동안 혼자 사는 여인, 그러면서도 나에게 아주 공손히 친절을 베풀어 주는 여인이라는 이유가 나도 모르는 사이 벌어진 틈을 마귀- 마귀란 놈은 존재 그 자체 때문에 이렇게 남의 죄까지 덮어쓰게 마련이다. -라는 놈이 놓치지를 않은 것 같았다. 하루 일을 끝내고 자리에 누워 내일 일을 생각하노라면 어느 틈인가 내

일 어떤 핑크빛 사건이 일어나지는 않을까 하는 기대로 갈 데까지 가는 이런저런 공상 속에 푹 빠지게 된다. 그리고 그런 기대에 찬 공상의 실현을 아주 정당화시켜 주는 자비로운 근거도 만들어 준다. 즉 혼자 사느라고 얼마나 외롭겠는가? 불쌍한 사람인데 한번 포근히 안아준다면 덕이 되면 됐지 죄가 될 게 무엇이란 말인가?

그런데 그 집 일이 다 끝나고 잠깐 덧칠할 일이 있어서 며칠 후 나혼자 그 집에 가게 되었다. 당연히 집에는 그녀 이외에 아무도 없었다. 새 페인트를 하고 커튼도 새롭게 단장을 하고 가구나 그림도 다시 장만하고 꼭 신혼살림 같은 분위기로 바뀌었다. 손 봐줄 것 이것저것을 봐주는 동안 그녀는 일에 관계되지 않는 사생활 이야기를 이것저것 늘어놓으며 내 뒤를 졸졸 따라다니고 있었다. 곱게 세탁해온 침대보가 예쁘게 깔린 침대가 있는 안방에 딸린 옷장 속에 페인트칠할 때 떼어놓은 옷걸이를 다시 달아 주는데, 나 혼자 그 긴 옷걸이를 들고 자동 스크루 드라이버로 나사를 박을 수는 없는 일이었다. 그 꽉 막힌 옷장 속에서 나는 앞에서 스크루를 꽂고 있고 그녀는 바로 뒤에서 옷걸이를 들고 받쳐주었다. 그녀의 젖가슴이 내등 뒤에 닿았다 떨어졌다 하는 느낌이 온다. 그리고 여자의 분 냄새와 바로 머리 뒤에서 여인이 내쉬는 숨소리 그리고 살 냄새가 함께 진하게 코끝을 자극한다. 내 머리는 벌써 벌겋게 물들었고, 심장은 아주 가쁘게 요동을 친다. 문제는 이 여자가 언제 나를 뒤에서 덥석하니 안아버릴 것인가를 기대하는 것이다. 그리고 내 양심은 이미

재빠르게 기막힌 자기 합리화의 변명을 만들어낸다. 이혼한 지 오래된 외로운 저 여자가 나를 안아서 나는 그냥 따라간 것뿐이라는 발뺌이 그것이다. 아담이 그 최초로 행한 그 짓을 내가 반복하는 거였다. 그러나 그 좁은 공간 그 숨결이 느껴지는 벌건 순간은 허무하게도(?) 아무 일 없이 그냥 지나갔다. 거기서 나오자 그 무위가 아쉬운 듯하기도 하고 잘했다 싶기도 하고 하여간 가슴은 아직도 벌렁벌렁 뛰는 한편 그런 맘이 있었다는 것이 자신에게 부끄럽기까지 한 죄책감이 벌써 몰려오기도 했다. 여인네, 그 영원한 유혹자 앞에서 나는 그냥 불쌍한 아담이 되어버렸다.

소송을 할 것인가?

엔시노라는 산동네에서 일한 적이 있다. 부자일수록 높은 곳에 집을 짓고 살므로 집의 규모나 모양 또한 일반 주택과는 상당히 다르다. 일반 집들은 한 2~3일이면 집 한 채 외부를 3~4명의 사람이 말끔히 페인트칠을 할 수 있다. 그러나 이런 곳의 집들은 최소한 열흘 이상 내지 한 달은 잡아야 겨우 마칠 수 있는 그런 수준이다. 일 주문 또한 까다로워 세심한 주의와 기술이 요구되기도 한다. 그곳에서 작년 8월 말에 한 열흘 일하고 다른 공사가 끝나고 한 달쯤 뒤에 한 반나절 정도 남은 일을 마치기로 하였다. 새로 산 집에 이사 들어오기 전 최소한의 공사로 집 일부분만을 칠하는 작업으로 공사 계약금 사천칠백 불에 계약한 것이 조금씩 조금씩 늘어나 육천칠백 불까지 됐다. 일을 하면서도 '야, 이런 좀생이는 첨 본다.' 싶었다. 이렇게 좋은 집을 사고서도 그 돈 들어가는 것이 아까워 찔끔찔끔 이것 빼고 저것 하고 하며 주문하는 것이 영 편치가 않았다. 요구한 모든 일을 끝내고 미리 받은 착수금 이천 불은 제하고, 이제 남은 사천칠백 불을 받아야 하는데, 주인의 태도가 미적미적대는 것이 영 이상스러웠다.

작은 키에 바짝 마른 이 사람의 목에는 큰 수술을 한 자국이 있고 몸이 많이 약한 그런 인상이었다. 그리고 바로 은퇴한 이 유대인은 마누라에게 꼼짝 못 하고 쥐여사는 듯한 인상을 받았다. 일이 끝나면 점검을 한 후 바로 돈을 지불하는 것이 원칙이고 당연한 순서인데 이 사람은 일한 것을 아주 꼼꼼히 둘러본 후에 나는 됐는데 우리 마누라가 보아야 돈이 지불된다는 것이다. 그렇다고 마누라 올 때까지 언제까지고 하릴없이 마냥 기다릴 수도 없는 노릇이었다. 참으로 어이없고 분통 터지는 경우지만 그렇게 말하고 그냥 차를 타고 붕 떠나는 그를 붙잡고 돈 내어놓으라고 멱살을 쥘 수도 없었다. 그렇다고 돈 안 준다고 붉은 페인트 검은 페인트로 벽이고 유리문이고 그냥 막 휘갈겨 놓을 배짱도 없었다. 내 아는 사람은 그렇게 했단다. 돈 영 안 받을 셈 치고 성질에 못 이겨 집 안에 깔린 카펫도 칼로 북북 긁어 놓아 못 쓰게 만들었단다. 그랬더니 놀래서 다음 날로 즉시 돈을 갖다주더라는 것이다. 그날 밤 전화 통화 끝에 그 부인이 일하는 학교로 찾아갔다. 그러나 또다시 어이없게 반나절밖에 안 남은 일에 대하여 일방적으로 천 불을 제하고 삼천칠백 불만을 적은 수표를 들고나와 건네주는 것이었다. 사람이 모질어야 이런 경우 적어도 합리적인 타협점을 만들어 낼 수 있는데, 이렇게 막무가내인 사람들을 만나면 난 그냥 어이없이 당하고만 만다. 속으로 분을 삭이느라 힘들지만….

준비되면 다시 부르겠다더니 한 달이 되어도 소식이 없고, 두 달이 되어도 소식은 없었다. 전화를 하면 아직 다른 일이 안 돼서 자기

네가 부를 때까지 전화도 말라는 것이다. 그렇게 한참을 잊고 있다가 이번 5월에 다시 전화를 했더니, 이번에는 불평이 말이 아니었다. 집 정면의 붉은 벽돌 벽과 나무 빔 사이에 틈새를 메꾸지 않아 비가 샌다는 것이다. 자기네도 몰랐는데 어느 시공업자가 알려줘서 그런단다. 그러나 계약할 당시 정면은 위 처마와 창문들 그리고 맨 아랫부분의 나무 빔만을 하기로 한 것인데 새 페인트 색과 오래된 색이 보기가 안 좋아 내가 덤으로 앞면의 나무 빔들을 그냥 칠해 준 것인데 그것을 가지고 트집을 잡는 것이었다. 엄격히 그 부분을 해달라고 계약을 했더라도 그 부분은 페인트 일이 아니고 벽돌 벽 만드는 사람의 분야이므로 나와는 전혀 상관이 없는 것을 막무가내로 돈 받기 싫으면 그만두라는 것이다. 환장을 하고 복장이 터지겠다는 것은 바로 이런 경우를 두고 하는 말일 게다. 정말로 정신이 회까닥 돌아버릴 것 같았다. 아무리 이야기를 해도 부부가 합작으로 우기는 데는 도리가 없는 것이다.

대개 이런 경우 일반 사람들은 사정을 이야기하고 이왕 하는 것할 수 있으면 조금 인건비를 부과해서라도 한꺼번에 해달라고 부탁을 한다. 그러면 나도 한발 물러나 약간의 재료비와 일꾼 일당 정도나 붙여서 일을 해준다. 모두가 만족한다. 일이 그렇게 되면. 그러나 이런 유대인의 경우는 남에게 손해를 끼치더라도 내 주머닛돈이 나가는 것은 무서운 일이라고 살아온 사람이므로 절대로 타협이 안되는 것이다. 오죽하면 셰익스피어가 『베니스의 상인』에서 유대인의 그 잔인한 인색함을 그렇게 표현했을까? 돈 못 갚는 사람의 심장 부근 살 한 파운드를 판사 앞에서 도려내려고 할 만큼 말이다.

한참 실랑이를 하다 결국 내 입에서 "좋다. 그러면 할 수 없이 법정에서 다시 만나자." 하는 말로써 막을 내렸다. 그 집 언덕을 내려오면서 이런 무경우, 이런 악독함, 약한 자를 빨아 먹는 흡혈귀를 생각하며 '야 히틀러야, 네놈의 잘못은 유대인들을 죽인 것이 아니고 그놈들을 한 놈 남김없이 몽땅 잡아다 씨를 말리지 못한 것이야, 이놈아!'라는 흉측스러운 생각이 다 들었을까? 분이 한참 오른 사람의 입김에는 몇 사람의 목숨을 죽일 수 있는 독이 들어있다던데, 이만큼 분이 차오를 때까지 내 신심은 얼마나 강펀치로 두들겨 맞았겠는가!

그날 밤은 낮에 당한 일과 그리고 내가 속으로 내뱉었던 죄 없는 유대인 모두를 싸잡아 독기 품은 저주를 퍼부은 것 등으로 잠도 제대로 오지를 않았다. 정의롭지 못하고 공평치 못한 세상사에 대한 억울하고 분하고, 그리고 한없이 초라해진 내 모습에 슬퍼지기도 하며, 한편 그동안 마음을 다스립네, 용서와 화해에 어느 정도 정진했네 하는 내 자신이 이런 일로 그냥 다시 무너져 내리는 종잇장 같은 허약한 이중성 인격에 나 자신을 불쌍히 여기기도 하며 이것저것 한참을 생각하다 한 가지 결론을 갖고 새벽녘 어느새 잠이 들었다.

정의롭지 못한 일에 타협하지 말고 시시비비를 명확히 가려 그놈의 잘못된 생활 방식을 혼내주고 뜯어고쳐 주어 정의 사회 구현을 실현할 뿐 아니라 상처 난 내 자존심도 회복시킬 수 있을 것 같은 그 '고소' 내지 '소송'은 하지 말자는 것이 그 하나였다. 왜냐하면, 그놈의 천 불이라는 돈이 내게는 과히 적지 않은 돈이었지만, 그 소송을 하기 위하여 내가 소비할 시간과 정력과 돈이 과연 천 불밖에 안 되겠는가 하는 것이다. 증빙 자료 갖추기 위해 사진 찍으러 또 거길 가야 해, 서류 준비해야 돼, 증인들 확보해야 돼, 소송 날짜 하루를 법정에서 보내야 돼 등등 거기 소비하는 시간에 내가 돈을 벌면 그보다 훨씬 많이 벌겠다는 것이다. 또한 이 미국이란 나라가 어떤 나라인가? 돈 많은 놈이 이기는 나라가 아닌가? O.J. Simpson처럼 분명 지 마누라를 죽여놓고도 유능한 변호사 써서 무죄를 만들어내는 곳인데, 법정 경험이라고는 전혀 없는 내가 그런 돈 많은 사람의 자문을 맡고 있는 변호사를 상대로 싸움을 한다는 것은 정말로 어린 다윗과 골리앗의 싸움에도 비유가 되지 않는 실정이었다. 그런 실제적 이유 말고도 소송을 준비하며 내 마음은 얼마나 많은 미움과 분노로 들끓을 것인가? 이것은 정말 돈으로 계산할 수 없는 손실이 아닌가?

그래, 대신 그 사람들을 나와 똑같은 사람으로 생각하지 말고 돈에 노예가 된 상처투성이의 불쌍한 '인색병 환자'로 생각하며 피해자, 가해자의 논리로 생각하지 말자. 그리고 사실 내가 그렇게 완벽

한 일을 해주었는가? 그들은 모르지만 9개월이 지난 현재 창문 몇 군데에 미세한 균열이 생겼는데, 전문가인 나로서 그런 나의 일을 나 자신이 받아들일 수 없었으므로 잘못된 부분까지 몽땅 다시 해주자. 그리고 좀 손해를 보겠지만 그 말도 안 되는 억지 주장도 그냥 받아들여 그것도 해주자. 이렇게 생각을 바꾸니 마음에든 납덩이가 순식간에 녹아내린 듯 그렇게 가벼울 수가 없었다. 결국 몸이야 좀 고되고 돈은 좀 손해를 볼지 몰라도 악착같이 내 것은 하나도 손해를 보지 않겠다는 생각만 바꾸면 이렇게 맘이 편하고 평화스러운 것을…. 조금 바보가 되는 것도 영 잘못되는 것만은 아닌 것 같았다.

다음 날 굳고 딱딱하고 화난 표정 대신 진지한 얼굴로 내 생각을 밝히고 애초 반나절 남은 일을 집 전체를 점검하며 거의 이틀간을 소비해서 모두 모두 해주었다. 그 인색한 부부는 희색이 만면하여 이제부터 페인트칠할 친구들이 있으면 모두 나를 소개시켜 주겠단다. 그날 일을 모두 마치고 산길을 내려오는 내 맘은 천둥 치고 구름 낀 그제의 그것과는 180도 달라진 정말 청명하고 맑은 하늘, 바로 그것이었다.

아는 사람이 더 해

전에 다니던 성당에서 알게 된 한 교우가 있었다. 남편은 의사였고, 부인은 그 병원 사무실에서 남편의 업무를 도우며 집 안팎의 일을 관장하는 것 같았다. 물론 두 분 다 아주 심신이 돈독하고 성당 일과 신심 활동에도 열심히 참여하는 분들이었다. 일에 관한 모든 사항은 여자분이 주로 담당했다. 그분네 집 안팎을 모두 일해 준 후, 그분네들이 갖고 있던 몇 동의 아파트 내부를 세입자들이 이사 나가면 페인트칠을 해주었다. 세를 주는 아파트 내부 페인트는 페인트 작업 중에서도 제일 싼 작업이다. 왜냐하면, 세입자들이 바뀔 때마다 페인트를 새로 해야 하기 때문에 주인은 그냥 깨끗하게만 보여 또 세를 놓기만 하면 되기 때문에 가능한 한 싼 가격으로 일을 처리해 줄 것을 요구하고 또 응당 업계에서도 그렇게 받아드리고 있다.

일을 부탁하며 조건이, 아주 깨끗하니 약간 덧칠만 해서 빨리 끝내 달라는 전화 요구였다. 다음 날 바로 새 입주자가 들어온다고 말이다. 현장에 도착하니 주인 말대로 깨끗하기는 한데, 방마다 짙은 다른 색이었다. 사용했던 페인트가 남아있으면 모를까 표준색도 아닌 그런 맞춤 색은 컴퓨터로 색을 혼합한다 해도 덧칠한 부분이 표가 나는데 그냥 눈대중으로 색을 섞어 만들어 덧칠만 한다면 덧칠한 부분이 여기저기 헝겊 누더기 기운 것처럼 보여 안 하니만 못하기 때문이다.

사실 이런 경우는 일주일 내지 한 달간의 작업 계획을 세워 일하는 우리 같은 사람들에게는 너무도 황당한 상황인 것이다. 그런 조건에서는 주문한 대로 일을 할 수도 없고, 일을 못 하게 되면 내 일당은 물론, 내가 데리고 현장에 온 두 사람의 일당도 날아간다. 심지어는 다음에 맞춰 둔 작업 스케줄이 모두 엉망이 되어버리니까 말이다. 상점에서 물건을 팔거나 한 영업 장소에서 오는 손님들을 짧은 시간 안에 처리해 주어 많은 일을 조금씩 조금씩 해주며 돈을 버는 경우와 우리 같이 하루 일을 계획하고 왔다가 못 하게 되면 하루 수입 모두를 잃게 되어 한 달의 예산에도 큰 타격을 주기 때문이다.

전화를 하니 받지를 않는다. 소리함에 메시지를 남기고 응답이 오기를 기다렸지만 오지를 않는다. 이럴 때는 하는 수가 없다. 최대 공약수를 찾아 예전에 했던 대로 내가 알아서 처리하는 수밖에…. 그래서 아파트용으로 가장 많이 쓰이는 나바호 화이트로 전부 바꾸어 칠하고 일한 청구서를 정상 가격으로 해서 보냈다. 작업에 대한 간단한 설명을 첨부한 청구서를 보내면서 다시 한번 전화를 했으나 여전히 전화 응답기만이 응답할 따름이었다. 같은 이유로 똑같은 내용을 반복하여 응답기에 남긴다는 것이 내가 뭐 궁하거나 뒤가 꿀리는 것 같다는 생각이 들어 그냥 끊고 말았다.

얼마 후 비싸다 싸다 어떻게 된 일이냐 등등 아무런 연락 없이 정산된 수표 한 장이 달랑 우송된 이후 다시 일을 해달라고 하는 부탁은 두절되었다. 오랫동안 소식이 없자 뒤끝이 떨떠름하니 개운치가 않았다. 같은 교우라 싼 가격을 예상하고 믿고 맡겼더니 다른 사람과 다르지 않은 비싼(?) 가격으로 일방적으로 일을 끝냈다는 것에 많이 실망하고 더는 상대할 인간이 못 된다고 생각했던 것 같다. 업무상으로나 예의상으로라도 나에게 전화하여 어찌된 일이냐고 묻기라도 하고 인연을 끊든지 해야 하는 것이 도리일 텐데도 말이다.

나로서는 이런 싼 아파트 일을 비슷한 색도 아니고 영 다른 색을 시간이나 재료를 거의 두 배나 들여 일해 주고도 extra charge도 하지 않은 채 그냥 정상적인 가격만을 준 것도 아는 사람이라고 크게 인심을 써준 것인데 나의 호의는 완전히 묻힌 채 자신만의 오해로 나라는 사람에 대한 마지막 인상을 그냥 '죽일 놈'으로만 각인해 버린 채 연락을 끊어버렸다는 것이 영 불쾌하면서도 개운치 않았다. 더구나 페인트 이야기가 나올 때마다 나라는 사람에 대한 나쁜 인상을 이야기하며 돌아다니는 건 아닐까 하는 기분 나쁜 예감이 들어 그분네들이 사는 동네 혹은 아파트 건물들을 지날 때마다 개운치 않은 뒷맛이 길게 남아있었던 터였다. 그러던 터에 한 2~3년이 지나서인가 부인이 새벽 신심행사에 참가하러 가는 중 고속도로 인터체인지 부근에서 교통사고로 세상을 떠났다는 소식을 들었다. 나로서는 언젠가 직접 대면하게 되는 날이 오면 당시 일을 설명해 주어 나에 대한 불신의 생각을 덜어줄 맘으로 있었는데 그렇게 갔다니 안 됐다는 마음과 함께 아쉬운 생각에 안타까워했다.

아마도 우리네 인생들은 자신만의 주관적 판단으로 이러한 풀리지 않은 수많은 오해를 안은 채 서로에게 불신의 벽을 쌓고 살아가는 가련한 존재들이 아닌가 한다.

야물딱스럽지 못한 페인터

견적을 주기 위해 40대 중반의 독신인 백인 모리스를 처음으로 만났을 때, 놈은 사람 좋아하는 그리고 음악이나 그림을 진정 사랑하는 예술인으로 말께나 통할 수 있는 녀석인 줄 알았다. 여러 인종을 대하지만 그래도 백인들이 가장 합리적인 거래를 하는 사람들이기 때문이다. 어린애들 낙서 같기도 하고, 외계인 그림 같기도 한 요상스러운 그림을 그려 전국을 돌며 전시회를 하기도 하고, 차고를 완전히 개조해서 드럼이며 기타, 전자 오르간 같은 각종 악기를 차고 가득 어지러이 놓고 밤새 들락거리다 새벽에 잠자리에 든다.

클래식이건 경음악이건 록음악일지라도 순수한 열정을 가지고 혼신을 다해 연주하는 그들의 모습을 보면 나도 모르게 그들 영혼 속으로 빨려 들어가는 듯한 느낌이 들었노라고 말문을 열자, 녀석은 물 만난 고기처럼 한 시간씩이나 나를 붙들고 음악과 그림에 대한 나의 생각을 마치 지도 교수나 된 것처럼 열성적으로 설명하고 이야기해 주었다. 그리고 한국 음식을 너무도 좋아한다며 한인타운의 유명 음식점 이름과 자기가 좋아하는 음식들, 그러니까 낙지

무침, 비빔밥, 갈비, 순두부 같은 것들을 맛있다고 입맛 다시며 먹는 시늉까지 하며 좋다고 내게 법석을 떨었다. 그러나 사람 좋은 녀석이란 생각은 단순한 나의 판단 실수였다. 감정 기복이 무지 심하고, 이해타산적이고 약삭빠른 모습에 혀가 나올 지경인 것을 몰랐다. 또한 영어 표현이 무디고 독하게 끝까지 따지지 못하는 소수 민족의 약점도 최대한 이용할 줄 알며, 무자비하게 노예를 부렸던 백인 바로 그 피를 가진 놈이란 것을 그놈 집 일을 거의 다 끝날 즈음 감춰진 발톱을 내밀 때에야 알았다.

마침 작업 스케줄이 좀 느슨했기 때문에 일감 하나라도 더 따려고 내가 제시한 값보다 좀 싸게 견적을 준 다른 페인트 회사 가격을 받아들였다. 그야말로 나와 우리 사람들 일당이나 겨우 떨어질 그런 가격에 시작한 일이었다. 녀석이 정말 내가 좋아서 그랬는지 혹은 내가 좀 어리숙하게 보여 이용해 먹기 좋아서였는지 모르겠다. 놈은 페인트 일 외에 다 썩은 문지방 하나를 새로 갈아줄 것과 창문 유리 한 개, 그리고 창문에 두르는 나무 테 세 개를 다른 페인터가 그 가격에 고쳐준다고 했으니 나도 그래야 한다고 우겼다. 그렇게 하면 정작 페인트 작업에 드는 시간 외에 하루 정도는 더 해야 일이 겨우 끝날 일이었다. 일해 봐야 내게 떨어질 것이 별로 없을, 그러나 그냥 포기하기는 좀 아쉬운 일이었다. 내가 이 일을 그냥 포기한다면 우리 일하는 사람들이 한 3일 일당을 못 받을 것이 신경 쓰여 계륵 같은 이 일을 맡아 했다.

워낙 값이 박했기 때문에 과외로 더 생기는 일은 그에 대한 인건비와 재료비를 청하지 않을 수 없어 값은 정하지 않은 채 몇 가지 더 생기는 일들을 해야 한다고 해서 일을 마쳤다. 그런데 일이 모두 끝나고 나니 이에 대한 지불을 말을 돌려가며 안 하려는 것이다. 예를 들어 창문 유리 깨진 것이 두 개가 더 있어 그에 대한 정산을 요구하자 원래 창문은 깨진 것들을 수리한다는 조건이었단다. 이 집 창문 유리를 새로 가는 것은 그리 간단한 일이 아니었다. 10년 넘게 말라 거의 시멘트 수준이 다 된 유리를 받쳐주는 윈도우 퍼디를 깨끗이 갈아내야 하고 다시 새 유리에 퍼디를 붙여주어 고정시켜야 하는데 두 개 유리 가는데 나 혼자 꼭 반나절을 보냈다. 원래 견적서를 보여주며 유리창 한 개만 원래 견적에 포함되어 있음을 보이자 페인트칠 한 일에 대하여 구석구석 꼼꼼히 살펴보며 말도 안 되는 이 트집 저 트집을 잡기 시작한다.

사정이 이렇게 되면 이것은 페인트값조차 내지 않을 수도 있겠다 싶어(물론 법으로 따지고 고소를 하면 받아낼 수 있지만) 억울하지만 그냥 포기하는 수밖에 없다. 안 내려고 하는 놈에게 강제로 받아내기까지 내 신경이 너무 피곤하고 지치기 때문이다. 그동안 그놈 미워하며 분하게 생각하는 동안 내 심신은 또 얼마나 상처를 받을 것인가…. 그래서 그냥 페인트값만 받고 말았다. 그렇게 하고 차를 몰고 집으로 돌아오면서 야무지게 그런 놈 하나 제대로 다루지 못하고 또 맥없이 그냥 그렇게 당해버리고만 내 자신이 참으로 한심하고 초라하게 생각되어 쓸쓸한 생각이 맘을 우울하게 했다. 사실 그런 일은 서로의 신뢰감과 상식을 바탕으로 해서 무언의 계약이 성립되어 처리되어야 하는 것이 우리 일반 사람들이 살아가는 규범이 되어야 하는데도 말이다.

장미야! 장미여!

　　로마 시대 박해 당시 신자들은 사자 밥이 되기 위해 원형 경기장 안에 끌려 들어가며 장미 화관을 머리에 쓰고 들어갔다 한다. 그리고 남은 신자들은 밤중에 그날 낮에 치명한 순교자들의 시신을 거두며 떨어진 장미꽃들을 모아놓고, 꽃송이마다 기도를 바쳤다고 한다. 이는 당시 이교도들이 자신의 신에게 자신을 바친다는 의미로 장미로 화관을 만들어 머리에 썼다는 풍습을 초기 교회 신자들이 받아들여 그렇게 했다는 것이다.

　　여자의 환심을 사는 가장 효과적이고 빠른 방법 중 하나가 장미꽃다발을 한 아름 안겨주는 것이라 한다. 장미꽃 향기에는 여성 호르몬을 자극하는 성분이 있어 여성들이 장미꽃을 코에 대고 향을 맡으면 자신이 섹시해 보이고, 스트레스가 해소되며, 밝은 기분이 된다고 한다. 따라서 남성들이 프러포즈할 때는 다른 꽃보다는 장미꽃을 선물할 때 성공 확률은 높아진다. 아무튼 장미는 사랑의 명약이며, 사랑을 쟁취하는 데 가장 희망적인 선물이라고들 한다.

동·서양을 막론하고 꽃 중의 여왕을 장미로 칠 만큼 장미는 오랜 세월 동안 많은 사람에게 사랑받아 왔다. 특히 그 포악한 네로의 장미 축하연 그림에는 그가 장미로 목을 장식하고 관을 썼으며, 장미 꽃잎으로 채운 베개에서 자고 있는 것이 그려져 있다. 네로는 마루에도 장미를 뿌려놓고 생활했으며, 분수에서는 장미 향수가 뿜어 나오도록 했다. 네로의 연회에 쓰이는 술에는 장미향이 들어있었으며, 디저트에는 장미 프딩그가 나왔다. 축하연에서는 손님들이 대리석으로 둘려진 풀장의 물에도 장미 향수를 섞어놓았다. 이렇게 많은 장미를 사용한 네로는 하룻밤 식사에 15만 달러 상당의 장미를 소비했다 한다. 장미를 너무 사랑하다 장미 가시에 찔린 상처가 화농이 되어 백혈병 증세와 맞물려 두 달 만에 죽었다는 독일 시인 릴케, 그의 묘비에조차 자신이 직접 쓴 "장미여, 오 순수한 모순이여, 그토록 많은 눈꺼풀 아래 누구의 것도 아닌 잠이 고픈 마음이여."라고 장미를 빗대어 자신을 표현했다.

우리 집 앞뜰에도 열 그루 정도의 장미 나무가 있다. 전 주인이 심어놓은 것을 우리가 그대로 키우는 것이지만 말이다. 그런데 난 그게 그냥 그렇다는 것이다. 그렇게 세상 사람들이 호들갑 떨며 좋아한다는 것이 영 마음이 내키지도 않는다. 그런데는 나의 직업상 저변 심리가 그렇게 영향을 끼친 것이 아닌가 한다. 장미 나무를 벽 주위에 쭉 심어놓은 집을 견적 볼 때는 원래 가격에서 아예 20% 정도를 더 얹어 값을 준다. 하면 하고 말면 말고 하는 배짱으로 말이다.

장미에 물을 주기 때문에 항상 습기가 벽에 남아있어 뒤에 바짝 붙은 벽들은 많이들 헐고 부서져 있다. 그 손상된 벽을 우선 철저히 갉아내고 시멘트로 말끔히 새 단장을 하고 프라이머를 해준 다음 페인트를 해야 하므로 장미를 헤집고 손이나 머리를 몇 차례씩 들이밀고 일을 하다 보면 손이며 팔이나 어떤 때는 얼굴까지 찔리게 마련이다. 장미 가시에 찔려본 사람이라면 난데없이 살갗 깊숙이 파고드는 그 짜릿한 아픔이 얼마나 고통스러운 것인지 알 것이다. 그 날카로운 아픔을 갑자기 당하고 나면 분풀이로 그놈의 가지를 확 꺾어 던져버리고 싶을 정도다. 좀 덜 찔리려고 두꺼운 천으로 만든 가리개포로 나무를 감싸고 일을 해도 난데없이 찔리곤 한다. 그렇게 몇 번을 당하고 나면 장미가 아니라 그건 원수다. 정말 원수…. 그런 장미를 집 벽 주위에 심어놓은 주인까지 보기가 싫어지게 마련이다.

그러니 페인터인 나에게 장미가 주는 의미는 고통이면 고통이지 결코 꽃의 여왕이니 기막힌 향내니 아름다운 모양이니 하는 말들은 전혀 나와는 상관없는 장식어일 따름이다. 같은 꽃을 두고 직업에 따라 느끼는 감정이 자신의 이해관계에 따라 이렇게 달라질 수 있다는 사실이 그리 새삼스러운 일은 아닐 것이다.

좋은 뜻도 타이밍이 맞아야

처음 미세스 김에게 전화를 받았을 때 매우 상냥하고 예의 바르면서도 꼼꼼한 사람이라는 것을 느낄 수 있었다. 목소리가 약간 허스키에 낭랑한 것이 상상으로 매우 매력적인지라 어떤 인물인지 그 모습이 무척이나 궁금했다. 약속한 날 한인타운 중심부에 있는 10세대가 거주할 수 있는 2층짜리 아파트 앞에서 그녀를 기다리고 있었다. 주인이 오기 전 건물을 한번 둘러보았는데 타운에서 이렇게 관리가 잘된 건물은 보기가 쉽지 않다는 생각이 들었다. 이 정도의 건물 소유주라면 한인들이 과시용으로 즐겨 타는 벤츠나 렉서스류의 고급 승용차를 운전하며 도착하기를 기다렸지만 의외로 그녀가 타고 온 차는 중류 가정에서 많이 타고 다니는 도요타 캠리였다. 그것도 색상이나 모델로 보아 몇 년은 꽤나 지난 듯싶은 차였다.

차에서 내리는 그녀는 내 상상과는 달리 40대 후반 내지 50대 초반의 그냥 평범하게 생긴 아줌마였다. 그러나 얼굴에서는 뭔가 세상을 열심히 살아가는 듯한 단단한 인상과 밝은 미소가 금세 옛날부터 알고 지낸 듯한 가깝고 친근한 느낌이 들었다. 건물을 돌아보며 건물 구석구석 문제점들을 훤히 꿰뚫고 하나하나 계획을 세워 고

치고 바꾸고 치우고자 한다는 설명을 듣고 그 깐깐하고 치밀한 성격에 혀를 내두르지 않을 수 없었다. 그리고 대부분 많은 건물주는 건물에 문제가 생겼더라도 세입자들이 불평을 하지 않는 한 그냥 갈 데까지 내버려두는 것이 상례인데, 이분은 이 건물이 마치도 자식이라도 되는 듯 애정을 갖고 직접 관리한다는데 마음으로부터 존경심까지 생기는 듯했다.

그 건물을 시작하기로 한 전날, 먼저 하던 작업이 세 명까지 필요하지도 않을 뿐더러 일이 오전 일찍 끝날 것이 분명했으므로 미구엘 한 명을 마저 데려갈 필요가 없었다. 그러나 그렇게 놀리면 빤한 수입에 더 쫄려야 하는 한 주가 되는 것이 마음에 걸려, 건물 주인에게 하루 일찍 작업을 시작하겠다고 통고를 해놓고, 미구엘을 그곳에 떨어트려 놓고 우리는 전에 하던 작업을 마치러 다른 곳으로 갔다. 미구엘은 페인트 경력이 그리 많지 않은, 나와 같이 일을 한 지 3개월쯤 되는 젊은 청년이다. 그래서 어렵고 기술이 필요한 일은 시키지 않고, 누구나 할 수 있는 쇠창살과 철제 담장을 롤러와 붓으로 칠하도록 했다. 그렇게 쉬운 일을 하고 있으면 우리가 일찍 다른 곳 일을 끝내고 합류해서 본격적으로 일을 하도록 말이다. 그러면 미구엘도 하루 놀지 않고 일당을 벌 수 있어 좋고, 우리도 일을 일찍 끝낼 수 있어 좋았기 때문이다.

그런데 오전 일찍 쉽게 끝나리라던 예전 작업은 예상치 않은 문제로 거의 하루가 꼬박 걸려서야 끝나게 되어 미구엘 혼자서 그곳에서 일하게 되었다. 그사이 주인 여자분은 몇 차례나 혼자 일하는 미구엘의 모습을 관찰한 것 같았다. 저녁에 내게 배신과 실망이 가득 찬 목소리로 격앙된 전화가 왔다. 일을 따기 위해 만나서 말할 때는 갖은 전문적 기술로 책임 있는 일을 한다 해놓고 주인은 나타나지도 않은 채 어째서 길에서 주워온 일용직 사람에게 혼자 일을 맡기는 무책임한 속임수를 쓰냐는 것이었다. 주인 입장에서 그날의 상황을 보면 그렇게 생각할 수밖에 없는 것이 너무도 당연해서 처음부터 끝까지 그녀의 분노 섞인 질책에 나는 한마디 변명도 못 하고 그렇게 벌 받는 학생처럼 당하고만 있어야 했었다.

다음 날 현장에서 어제 일에 대해 간략히 설명을 하고 양해를 구하려고 했으나, 한 번 돌아선 마음을 다시 돌이키기에는 무너진 신뢰감에 대한 분노가 너무 컸다. 결국 건물 전체를 페인트 하기로 했던 그 일은 쇠창살과 철제 담장만 끝내놓고 그렇게 끝나고 말았다. 데리고 있는 페인터 한 사람 일당 벌게 해주려고 선처한 그 일로 나에 대한 신뢰감도 잃은 채 큰 일감이 그냥 떨어져 나가 버린 결과가 된 것이다. 전날 마무리짓지 못했던 일만 계획한 대로 오전에 끝났기만 했어도 이런 오해 없이 또 한 명의 좋은 고객과의 인연이 맺어지는 것인데 타이밍이 안 맞아 사람 놓치고 일감도 놓치는 결과가 되고 말았다. 지금도 그 건물 앞을 지나치노라면 참으로 열심히 살아가는 한 사람에게 나라고 하는 사람의 구겨진 인상을 심어놓은 채 그렇게 끝나버린 관계가 너무 아쉬워 안타까운 마음이 나를 덮는다.

추억을 버리기가 너무 아까워

할리우드 뒷산 기슭에 자리한 Hollywood Hills라는 산동네에서 일을 한 적이 있다. 이제는 한국도 그렇겠지만, 이곳에서는 산 위로 올라갈수록 달동네가 되는 것이 아니라 공기 좋고 인적 한적하고 전망도 좋기 때문에 집값 비싼 부자 동네가 된다. 앞으로 그리고 아래로 전망이 탁 트인 곳에 집을 지으려 하기 때문에 많은 집이 산비탈을 깎아내고 기다란 쇠기둥을 네댓 개 땅속 깊숙이 박아 내린 위에 침실 밖으로 통하는 널찍한 베란다를 짓는다. 그래서 그 베란다에 서서 탁 트인 할리우드와 저 멀리 태평양 바다까지 아물거리는 전망을 내려다보면 막힌 가슴이 뻥 뚫리듯 후련하고 시원하다.

집주인은 78세 된 백인 할머니다. 두 아들이 벌써 분가해 나가고 혼자서 3층 높이의 집에 살며 관리를 한다는 것이 너무 힘들다는 것이다. 그래서 이 집을 처분하고 산타 모니카 시에 한국의 아파트 같은 콘도를 하나 사 두었다. 집을 팔기 전에 여기저기 흠집 난 것이나 비 샌 자국 같은 것도 고칠 겸해서 페인트를 하고 싶다고 했다.

견적을 보면서 집안을 휘둘러보면 집주인의 분위기를 어느 정도 파악하게 된다. 학력이나 성격까지 대개 짐작이 가기 마련이다. 층층마다 방방마다 물건들로 가득가득 차있었다. 책이 무지 많고, 옛날 레코드판도 5단 높이의 장 안으로 가득 차있다. 세계 여러 나라를 여행하면서 기념품으로 사 온 물건들도 여기저기 보인다. 한쪽 방 벽에는 미국 고등학생들이 제일 가고 싶다고 하는 New York University 학사 증서가 붙어있었다. 값을 주기 전에 그 학사증이 누구 것이냐고 물으니 자기 것이라며, 자기는 Harvard 대학에서 상담 심리학 박사학위를 받고 줄곧 대학교수와 상담 심리학자로 그리고 정부의 고위 상담역으로 일생을 살았노라고 자랑스럽게 답해 준다. 당연하지! 그런 학력에 그런 경력이면 당당히 자랑할 만하지. 진정으로 부럽고 존경하는 태도로 말을 경청해 주며 이런저런 사는 얘기를 잠시 나누는 동안 신뢰가 갔는지 처음 본 내게 선뜻 작업 스케줄을 가능한 한 빨리 잡아달라고 한다. 이미 다른 집을 하나 산 것이 있어 두 집 할부금을 대기가 무척 부담스러우니 빨리 팔아야 한다고 했다. 제일 빨리 잡아도 2주는 기다려야 한다고 하니 좋다고 했다. 그사이 짐 정리를 하고 집은 완전히 비워놓는다고 했다.

약속된 예정일 3일 전 주말에 확인 전화를 했다. 그러지 않아도 자기가 전화를 하려는데 잘 됐다며 짐 정리가 그렇게 힘들고 시간이 드는 줄 몰랐다며 얼마간 스케줄을 미룰 수 없냐고 통 사정을 한다. 마침 그사이 새로 들어온 일감이 있어 예정보다 이틀 후에 할 수 있다고 하니 반색을 한다. 그사이에는 짐 정리가 될 줄 알았나 보다. 그러나 웬걸! 미룬 예정일 전날 밤에 다시 전화가 와서 아직 짐 정리가 안 됐으니 우선 나중에 하기로 한 새로 산 콘도를 먼저 해달란다. 그래서 새 콘도부터 하루 만에 먼저 일을 해주었다. 그래도 정리가 안 된 듯하여, 다음 주에 하기로 하고 시작한 것이 이번 월요일이었다.

집에 도착하니, 정리는커녕 방마다 널려놓은 짐들로 그득그득 했다. 할머니는 약속을 못 지킨 것이 무척이나 미안한 듯 참 난감한 표정이다. 일을 다시 미루면 다음 일들까지 계속 지장이 있어 가능한 한 많이 치워놓은 공간부터 일을 시작한 것이 이제껏 하는 것이다. 원래 아무 짐도 없는 집을 페인트칠하는 것과 널려진 짐으로 그득한 집을 페인트칠하는 것은 가격에서도 약 30% 이상 차이가 있다. 시간이 그만큼 더 들고 힘들기 때문이다. 그러나 값은 변경하지 않고 그대로 해주기로 했다.

우리가 한쪽에서 일을 하는 중에도 허리를 꾸부정한 채 40은 훨씬 넘어 보이는 아들 한 명을 데리고 주섬주섬 이것저것 정리를 하는 것 같은데 짐은 도대체 줄어들지를 않는다. 옆에서 도와주는 아들에게는 챙기고 버릴 권한이 없는 듯 하라는 부스러기 일만 도와주다 피곤하고 짜증 나 그만하고 가자고 조른다. 그도 그럴 것이지 산더미 같은 짐을 하나하나 캐내 분류하고 쌓아두고 한켠으로 놓아두고 하니… 답답하고 짜증이 날 법도 하다. 할머니는 그러면서도 옛 추억을 더듬는 듯 계속 중얼중얼 물건 하나하나마다 토를 붙이며 어쩔 줄을 모르는 것이다. 당연하다. 그냥 버릴 물건이 어디 있겠는가? 물건 하나하나에 처녀 시절부터 남편 만나던 시절, 그리고 큰아들 낳고 학교 보내고… 작은아들 낳고… 사랑하는 남편과 같이 여행하며 또 그를 먼저 보내며… 얽힌 추억이 있는데…. 절대로 이 심리학 박사 할머니는 우리가 시간이 더 걸려 일을 끝내고 나서도 이 집 정리는 못 할 것 같다. 확실하다. 애절한 그 추억거리의 상징들을 그렇게 썩은 무 토막 잘라내듯 싹둑 잘라내고 버릴 수가 없다. 그렇다고 이제 방 두 개 콘도로 이 많은 물건을 가지고 갈 수는 없다. 이 심리학 박사님은 아마도 인생에서 아주 힘들고도 잔혹한 결단을 내려야 할 때가 이때가 아닌 듯싶다.

노인들이 사는 집을 또는 살다가 양로원으로 들어간 집을 또는 이미 죽어 나간 집을 페인트칠한 적이 꽤 있다. 그 특징이 오래되고 다 낡은 물건들이 집 안 가득하다는 것이고, 또 그 물건들은 대부분 그냥 큰 쓰레기통 속으로 그냥 버려진다는 것이다. 임자가 떠난 물건은 당사자에게는 소중한 추억이 있는 것이라 가치가 있지만, 그 이외의 사람들에게는 쓰레기에 지나지 않는 고물일 뿐이기 때문이다. 노인들의 특징은 물건을 버릴 줄 모른다는 것이다. 마음은 이미 나이와 함께 약해져 있어 고집은 있지만, 결단력은 없다는 것이다.

이 할머니의 눈동자를 가만히 들여다보면 뭔가 무서운 슬기가 있는 듯 맑고 투명하지만, 마음은 결단을 내리기에는 이미 너무 약해져 있는 것 같다. 나는 아들보고 이렇게 하지 말고, 꼭 필요한 것만 빼내 챙기고 아깝지만 대형 쓰레기통을 빌려다 모두 집어넣어야 집 정리가 되지, 할머니로서는 절대 정리를 못 한다고 일러주었다. 나는 이 할머니가 정리도 끝나기 전에 너무 힘들어 그만 쓰러져 버릴까 걱정이 된다. 그래서 방 빨리 치우라고 재촉할 수가 없어 힘들지만 괜찮다고 하면서 그냥 일을 하지만 옛 물건 속에 묻혀 헤어나질 못하는 이 박사님 할머니가 너무 안타깝다.

제2장

살며 생각하며

첫사랑 이야기

그녀는 내가 대학 1학년 때 같은 성당(불광동)에서 주일 학교 교사를 하던 나와 학년과 나이가 같았던 여학생이었다. 방학을 하고 본당 새벽 미사에 처음 갔을 때, 참으로 눈부시게 예쁜 한 여학생이 내 눈에 빨려들어 오는 것이었습니다. 하얀 미사보를 쓰고 조용히 무릎을 꿇고 기도하는 옆 모습의 얼굴은 약간 쌍꺼풀 진 눈에 하얀 얼굴 하며 오똑한 콧날…. 그녀를 보는 순간 정말 숨이 멎는 듯한 느낌이 그런 것이라 생각했다. 미사를 하는 중 내내 어떻게 저렇게 예쁜 여자가 세상에 있을 수 있나 하는 것이 오로지 관심이 되었던 것이다.

미사가 끝나고 마당으로 나와서 그 여자의 정체가 과연 무엇인가 무척 궁금했지만, 나는 여자들에게 전혀 관심이 없는 듯 태연히 그냥 소신 학생 한 명과 본당 청년 한 명과 잡담을 나누고 있었는데…. 아! 그 여학생이 내게 걸어오면서 본당 신학생이라고 인사를 하는 것이었다! 이런 당황하고 설레고 가슴 콩닥거리고 얼굴 빨개지고…. 공연히 제 맘을 들켜버린 것 같아 내심으로 무안하기까지 했다. 그녀는 당시 이화여대 수학과에 다닌다고 했다. 여학생이 평일 미사에 나온다면 어느 정도의 신심 있는 학생이 틀림없어 믿을 만한 사람은 되겠다는 생각이 들었는데 집으로 가는 방향 또한 우연히 같았다. 솔직히 이렇게 자연스럽게 만들어진 기회를 나는 얼마나 하느님께 감사(?)를 드렸는지! 아마 생각건대 그것도 내 일생에서 내 나이 또래의 여자와 이렇게 단둘이서 걸어가 보는 것도 그때가 생전 처음이었을 것이다. 방학 때만 집에 오게 되어서도 그랬지만, 그 전까지는 까까머리 고등학생이었고 그럴만한 대상도 기회도 없었기 때문이었다. 그런데 대학생으로서 맞는 방학 첫날, 미사 중 온통 맘을 뺏어가 버린 바로 그 여학생과 그렇게 단둘이 걸어가며 이야기를 할 수 있었다는 것은 참으로 큰 행운이 아닐 수 없었다. 그런 상황도 데이트라고 표현을 해야 할지 모르지만, 하여튼 설레는 맘으로 무슨 이야기를 어떻게 나누었는지는 모른다. 단지 지금 기억에 남는 것은 말하는 것이 상당히 똑똑하다는 것과 주일 학교 교사를 하고 있으며, 명랑한 성격은 아니지만 상당히 예의가 바른 여학생이란 것이다.

이미 사제가 되겠다고 결심하고 신학교 생활을 3년 반씩이나 한 내가 한순간에 이쁜 여학생을 보고 이렇게 맘을 빼앗겨 버리고 달콤한 기분에 젖어 그녀와 이야기하고 걸어가는 그 순간을 그렇게 즐거워하고 있다는 것이 참으로 이해가 가지를 않았다. 이럴 때 옛 신부님들은 '에이, 마귀 새끼! 썩 내 맘에서 사라져라!' 하고 단호히 물리쳐버리셨겠지만, 나는 그러지를 못했다. 오히려 다음 날도 성당을 가면서 그 여학생을 만나겠지 하는 기쁘고 설레는 맘으로 미사 준비(?)했고, 그녀가 미사에 안 나오는 날엔 궁금해 견딜 수가 없었다. 집으로 전화를 해보고 싶었지만 신학생 신분이므로 여학생 집으로 그럴 수는 없었다. 그런데 하필이면 왜 그녀가 내 맘에 그렇게 무조건 와닿았는지는 모르는 일이다. 아무리 신학생 신분이었지만 그 눈이라고 해서 그동안 맘을 설레게 할 만한 예쁘고 상냥한 여자가 안 보였을 리도 없었을 텐데 말이다. 그러니까 한 이성에 대해 달뜨는 느낌은 어느 신분이나 어느 나이나 상관없이 또한 별다른 이유도 없이 한 사람 맘에 정말 큐피드의 화살 같은 것이 꽂히게 되면 불이 나기 시작한다고밖에 설명이 안 되는 것 같다.

그렇게 한 달이 지나면서 정말 이제는 스스럼없이 상당히 친해졌던 때였다. 어느 날 성당 사무실에서 교적 정리를 하고 있는데, 신부님이 부르셔서 사제관 방으로 들어가니 거기 그 여학생이 다른 여학생 한 명과 같이 있는 것이었다. 신부님 속옷과 빤 양말을 정리해주면서…. 그런 건 식복사 아줌마 일인데 아마 그때 그 아줌마가 휴가라 없었던 때인 것 같았다. 아마도 거기서 그렇게 있은 지가 꽤 되었던 것 같았다. 아~ 그때 그 실망감이란…! 나한테 그렇게도 친절하고 예쁜 여자가 신부님한테는 더 잘해주었구나! 정말 사랑이란 탑이 있다면 그것이 내 맘속에서 와르르 무너지는 것 같은 느낌에 그냥 맥이 풀리는 것 같았다. 그것이 나를 제 위치로 바로 돌려놓았다. 가슴 설레고 몸 더워지는 것은 나 혼자 그랬지 그녀는 전혀 그런 것이 아니었기 때문이다. 그냥 본당 신학생이니까 부담감 없이 나를 대한 것이었고, 해서 친해진 것일 뿐이었는데…. 그런 것을 짝사랑이라고 하는 것 같다. 내 맘에 불질러 놓았던 첫사랑은 이렇게 어이없게 소위 짝사랑이라는 것으로 내 맘에 기록이 되어있다.

군에서 제대하고 돌아오니, 그녀는 졸업하고 계성여고에 수학 선생님이 돼있었다. 가끔 성당에서 마주칠 때마다 그녀는 여전히 친절하고 상냥했지만, 그녀 얼굴에서 신부님 양말 개켜주는 모습이 어우러지고 또 한때 잠시나마 내가 그녀로 인해 설레는 마음을 가졌다는 것이 부끄러워 영 보기가 편치를 못했다. 후에 그녀는 일본 교포인가 혹은 결혼해서 일본에서 산다든가 하는 얘기를 들었다. 일생을 살면서 그녀는 이런 내 맘을 전혀 눈치도 못 챘을 것이다.

추억의 여인, 그 두 번째

　　내 첫사랑 이야기 이후, 나에게 다가온 두 번째 여인과
의 만남은 제대 후 3학년에 복학한 후에 일어났다. 지금도 하는지 모
르겠지만, 당시(71년)에 서울 교구 측에서는 서울 교구 전체 신학생(1
학년에서 4학년까지)들을 여름 방학이 시작되면서 바로 한 일주일간 합
숙 캠핑을 시키기 시작했다. 우리만 시킨 것이 아니라 짝을 맞추기
위해 여학생 부대를 동원해 주고 말이다. 당시 그 혁명적 아이디어
를 구상하여 실현시킨 이가 누군지 궁금하다. 신학생 숫자만큼이나
타 대학 가톨릭 여학생들을 동원해 주었으니…. 주로 성심 여대생들
이었지만 그 외 다른 대학교에 다니는 여학생들도 몇 명 참석했었다.
지금 서울 교구 캠핑장으로 사용하고 있는 용문 캠핑장을 그때 우
리가 처음 갔었다. 당시에 거긴 아무것도 없고 큰 개울이 흐르고 있
었고, 한 200명 정도 들어갈 수 있는 낡은 강당 같은 건물이 있었다.
아마 교구의 생각으로는 캠핑장을 만들 젊은 신학생들의 노력 봉사
가 필요했던 것 같았다. 왜냐하면, 캠핑 당시에 낮에는 주로 길을 만
들고 개울을 넓히고 하는 노동을 했으니 말이다.

저녁에는 전문 오락 프로그램 진행자를 아예 같이 합숙을 시키며 여러 가지 프로그램을 짜서 놀았다. 그래도 나같이 순진한(?) 신학생들은 삽질하고 흙 나르고 하는 노동이 힘들기는 했지만 여학생들과 같이하니까 힘은커녕 무지 재미있었다. 같이 밥해 먹고, 같이 개울에 가서 설거지하고, 프로그램 짜서 포크댄스 추면서 여학생 손도 만져보고 안아도 보고… 히히히…. 그런데 그게 우리 남자들만 좋아한 게 아니라 여학생들은 더 좋아한다는 걸 알 수 있었다. 지금 생각해도 그때 지냈던 일들이 너무도 즐거운 추억으로 남아있다. 박인희 씨의 "모닥불 피워놓고 마주 앉아서…." 하는 노래가 주는 감정만큼이나 비슷한 분위기였으니까. 별이 총총한 밤에 졸졸 흐르는 맑은 개울가 옆에 따뜻이 타오르는 모닥불을 피워놓고 둘러앉아 도란도란 얘기를 나누는 것을 상상해 보라. 밤이 가는 것이 얼마나 아쉬운지…. 아~ 옛날이여! 한 번만 다시 와줬으면….

에구구, 서론이 너무 길었나 보다.

그런데 거기서 나와 같은 조를 이루었던 여학생들이 있었다. 한 조가 열 명가량이었는데, 4명이 성심 여대생이었고 한 명만 동국 여대생이었다. 그런데 요 깍쟁이 성심 여대생들이 동대 여학생을 따돌리는 것이 아닌가? 참말로 여학생들 매섭게 왕따시키는데 보기에 얼마나 민망스러웠던지. 그래서 내가 좀 신경도 더 써주고 잘 대해주었던 거 같았다. 뭐 반드시 그래서 그런 것은 아니었지만, 그 학생이 처음부터 무척 나를 따르기는 했다. 원래 서울 사람인데 엄마가

진해 여자 고등학교 교장으로 오래 계셔서, 거기서 어린 시절을 보내다 보니 억양에 경상도 악센트가 좀 남아있는 것이 아주 귀여운 학생이었다. 그렇게 용문 캠핑장에서 일주일을 같이 보내는 동안 많은 여학생과 참 자연스럽게 친해질 수 있었다. 문제(?)는 개학 후 소위 그 POST-MEETING에서 다른 여학생은 안 그랬는데, 그 여학생이 특별히 관심을 보이며 이것저것 신앙에 관한 것이라든가 학교생활이라든가 그런 것을 물어와 나와 이야기를 많이 하게 되었다. 그리고 그 후 개인적인 만남이 여러 차례 있었다(이거 꼭 고백 성사하는 기분이네.... 사실 잘못한 것도 아니었는데...). 같이 식사도 하고 영화도 보고 그냥 다방에서 이야기도 하는, 뭐 그런 정도였다. 그 애는 어떤지 몰랐지만 저는 이 애와 내가 연애를 한다거나 혹은 어떤 장래를 한번 생각해 볼까 하는 마음은 조금도 없었다. 아니! 그 애가 부족하고 그래서가 아니라 내 성소에 대한 확신 때문이었다. 그 점은 3년이 지나서 내가 옷 벗는 그날까지 한 점 의혹이나 망설임이 없었다고 말할 수 있다. 그 애도 나의 신분 때문에 솔직히 자신의 맘과 감정을 내 앞에서는 아주 조심스럽게 다스렸다고 생각한다.

그런데 한 번은 내가 학교의 섭외부 차장을 맡고 있었기 때문에 가톨릭 대학 학생회의 의견에 따라 타 대학 가톨릭 학생회와 접촉을 가져 서로 모임을 만들어 이야기도 하고 토론회 같은 것을 주선하기 위해 그녀가 있는 동국대에 방문하게 되었다. 이야기를 마치고 그 애와 나는 동대 정문을 걸어 나왔다. 그때가 오후 4시쯤이었는데 학교에서 나가는 사람보다도 야간부 수업을 들으러 학교로 올라오는 사람들이 아주 많았다. 그런데 그 언덕길을 내려가는데 글쎄 그 애가 살짝 내게 팔짱을 끼며 바짝 달라붙는 것이 아니겠는가? 세상에 태어나서 이런 경우를 처음 당해보는 것이었다. 갑자기 피가 온몸을 쏜살같이 흘러가는 것 같기도 하고, 얼굴은 화끈거리고, 현기증이 날 것 같기도 하고, 앞에 걸어오는 것이 사람인지 나무인지…. 하여튼 정신이 하나도 없었다. 잠시 동안. 좋다고 하는 것보다는 당황하고 멋쩍고, 뭐 그런 거였다. 그렇다고 내가 그 손을 떨쳐버리면 그 애는 얼마나 무안하겠는가? 그래서 이러지도 저러지도 못하며 그냥 어정쩡하니 걸어가는데 번쩍 이런 생각이 나는 것이었다. 에고, 이러다 나를 아는 사람이 보면 우째? 더구나 그 애는 그날따라 사람들의 시선을 금세 집중시킬 만큼 상당히 화려한 원피스를 입고 있었다. 내가 여학생과 팔짱까지 끼고 거리를 활보할 정도로 연애하고 있다는 악소문을 퍼트려 학교에 투서해 버리면…? 그렇지만 어째? 도망갈 수도 없고 이거 빼라고 할 수도 없고…. 그래서 얼른 작은 골목으로 그냥 들어가 버렸다. 그리고 버스 정류장까지 어떻게 왔는지 정신이 하나도 없었다. 학교 귀교 시간이 5시까지라 시간이 없어 다방이고 뭐고 갈 시간이 없어서 그랬지 시간이 좀 더 있었으면 어찌 됐을는지… 허허 참.

그 후 우리(?)는 자주는 아니지만 내가 부제품 받는 날까지 몇 번을 더 만났다. 그 애가 학교로 찾아오기도 하고, 전화로 약속해서

밖에서 만나기도 하고. 애가 귀엽고 예쁘고 만나면 마약 먹은 사람 (정말 그런지 모르지만)처럼 기분이 날아갈 것 같고…. 그러나 그 후 아쉽게도 다시 팔짱은 안 꼈다. 정말 나나 그 애나 나의 신분을 지키려고 상당히 애를 썼던 것 같았다. 차마 그 애도 나를 사랑(?)한다고 말은 할 수 없었던 것 같았다. 참 이상도 하지? 그렇게 예쁜 여자아이와 사귀고 있으면서도 나는 나의 성소에 대한 확신만은 정말 아주 확고했었으니까. 그럼에도 불구하고 이런 여학생에게 맘을 홀라당 빼앗겨 버리다니 그게 무슨 도둑놈 심보인가? 우리의 사건이 터진 것이 부제품 받는 날, 바로 그날이었기 때문에 나는 그 애로부터 일단 서품 축하까지만 받고 내가 모두에게 연락을 끊고 지냈기 때문에 그 후 소식은 아직 모르고 있다. 그 애 아버지는 동대 경제학 교수이지만 사근동에서 산부인과 의사도 겸업을 하고 있다고 들었다. 지금도 그녀는 누구와 어디서 사는지 궁금하기 짝이 없다. 미국까지 멀리 와 살고 있으니 만나고 싶어도 참으로 막막한 가운데 그녀는 내 추억의 여인으로 내 가슴에 살아있다.

어느 간첩 사형수의 죽음

그날 수업은 오전에 두 과목이 일찍 끝나고 점심 식사 전까지 약 한 시간의 여유 시간이 있었다. 기숙사 침실에서 느긋한 한가로움을 즐기고 있던 참이었다. 갑자기 침실 문을 다급하게 두드리는 소리에 반사적으로 자리에서 벌떡 일어나 황급히 문을 열어보았다. 기숙사 사환이 조그맣게 접힌 흰 쪽지를 내밀며 지금 즉시 저 아래 성당으로 가보란다. 쪽지에는 "박아오스딩 씨의 영결 미사가 아래 혜화동 성당에서 곧 있을 예정입니다. 너무 갑자기 결정된 것이라 미리 연락을 못 드렸습니다. 쪽지 받는 즉시 성당으로 와주셨으면 합니다. 나 크리스티나."라고 써있었다.

기숙사로 온 전화를 사환이 내용을 받아 적어 내게 가지고 온 것이었다. 뭐라고! 박아오스딩 씨가? 도저히 상상이 안 되는 일이었다. 한 달에 한 번씩 만날 때마다 하얀 한복에 고무신을 신고 나를 보고 빙긋이 웃으며 면회실 문을 들어서는 그분의 모습이 선듯 다가왔다. 아! 오늘 아침에 형 집행이 있었구나…. 아무리 사형을 언도받고 언제일지 모르는 집행일을 기다리는 사형수였지만, 막상 그것이 현실화된다는 것은 어느 일반 지인의 갑작스러운 죽음만큼이나 놀랍고도 충격적인 소식이 아닐 수 없었다.

황급히 외출복으로 갈아입고 성당으로 뛰어갔다. 성당 마당에는 그날 처음 보는 그분의 어머니와 누이가 함께 기다리고 있었다. 그분들도 누군가에게서 막 연락을 받고 그곳 성당으로 방금 온 것 같았다. 아직 영구차가 오지 않은 모양이었다. 옷차림으로 보아 생활이 아주 어렵겠다는 것이 짐작이 갔다. 어머니는 침통한 표정이었지만 감정을 노출시키지 않는 어떤 기품이 있어 보였고, 나이가 29살쯤으로 보이는 여동생은 어머니 팔을 붙잡고 흐느껴 울고 있었다. 얼마 안 있어 뒷 덮개도 없는 중형 용달차 한 대가 성당 마당으로 들어섰다. 나는 그것이 어느 장의사 집에서 보낸 차량인 줄 알고 별 신경을 쓰지 않았는데 언뜻 화물칸을 보니 맙소사, 거기에 송판으로 만든 긴 관이 실려있는 것이었다. 어떻게 시신이 모셔진 관을 아무 가리개도 없이 이렇게 짐짝처럼 실어왔을까 하며 기가 막혀 어리둥절하는 사이 어머니와 동생은 관을 붙잡고 "우리 오빠는 억울해! 억울해! 우리 오빠는 죄 없어!"라고 울부짖으며 통곡을 하기 시작했다. 그런데 더 깜짝 놀랄 만한 것은 관이 키에 비해 작어서인지 관 아래 쪽편을 뜯어내 버려 시신의 맨발이 관 밖으로 삐죽이 나와 있었다는 것이다. 우리나라 교도소 당국의 수인에 대한 인권 의식에 대해 분노가 치올랐다. 그날의 장례 미사는 참석자가 단 10명 내외뿐인 지극히 조촐한 미사였다. 참으로 쓸쓸한 마지막 길이었다.

박아오스딩, 내가 이분을 알게 된 것은 같은 본당 교우로 교도소 후원 사업을 아주 열심히 하셨던 여류 화가 나크리스티나 씨를 통해서였다. 아무도 찾아오는 사람이 없는 그분을 위해 2주에 한 번만 시간을 내달라고. 그분은 간첩죄로 사형을 언도받고 기다리는 중이라고. 간첩죄 그리고 사형수, 당시 울타리 안에서 공부만 하고 있던 나로서는 그 두 마디가 그리 예사로운 말마디는 아니었다. 간첩이라는 말은 당시 무장 공비 김신조 사건과 울진 삼척 무장 공비 침투 사건으로 인하여 그 인식이 상당히 무시무시하고도 흉악스러운 것이었다. 더구나 사형까지 선고받고 언제일지 모르는 집행일을 기다리는 사형수라는 어감이 주는 느낌도 만만치 않은 부담을 주는 단어였다. 그 요청은 내게 상당히 두렵고도 부담이 되는 제의였다. 크리스티나 씨도 나의 이런 심정을 선배로서 이해하는 듯 자신과 같이 한 번만 만나보면 인식이 달라질 것이니 그냥 한 번만 같이 가보자고 했다. 그분도 하시는 일이 많아 아는 분들이 꽤 될 터인데도 굳이 나에게 이런 부탁을 하는 것으로 보아, 내 적성이 이런 일 하기에 다른 사람들보다 좀 낫게 보인 것 같아 그다음 주 화요일 오후에 서대문 교도소 앞에서 만나기로 약속을 해두었다.

영화나 텔레비전에서만 보는 예의 그 교도소 정문 옆의 조그만 쪽문을 밀고 들어서는 느낌은 한편으로는 무섭기도 하고 한편으로는 이 단절된 사회에의 모습이 궁금하기도 하였다. 교도관 행정실에서 약간의 서류 작성을 끝내고 안내된 면회실에서 간첩 사형수를 기다리는 마음은 두렵고 초조하고 떨리기까지 하였다. 만나면 또 무슨 말을 해야 하는가?

얼마 안 있어 한복에 고무신을 신은 그분이 싱긋이 웃으며 면회실 문 안으로 들어섰다. 그런데 그분의 얼굴을 보는 순간 그 두렵고 초조한 마음은 눈 녹듯 사라지고 마치 성당에서 처음 만나는 어떤 교우 같은 편안한 마음이 들었다. 그분의 모습은 험상궂은 유격대원의 모습도, 살기가 눈빛을 감도는 그런 얼굴도 아니었다. 그냥 평화로운 그리고 신성일처럼 짙은 눈썹에 아주 잘생긴 키가 큰 아저씨였다. 도대체 어떻게 이런 분이 그런 간첩 같은 일을 저질러 사형을 선고받았는지 납득이 가질 않았다. 성가를 부르는데 그분은 처음 보는 성가를 악보를 보면서 2부로 불렀다. 첫날은 이런저런 일상사의 안부의 말로 면회 시간을 보냈지만 두 번째, 세 번째 시간이 가면서 서로의 어색함도 없어지면서 속 이야기가 자연스레 나오기 시작했다. 그분은 정치면 정치, 경제면 경제, 사회 역사 예술 종교 등등 한마디 말이 나오면 그야말로 백과사전처럼 술술 쏟아져 나왔다. 그분의 박학다식에 난 그저 아무 말도 못 하고 그냥 그분이 논리 정연하게 펼쳐가는 이론에 넋을 잃고 들어줄 뿐이었다. 감옥소에 갇혀있는 분을 위로하러 갔던 내가 오히려 큰 위로와 어떤 확신 같은 것을 받아가지고 돌아오곤 했다.

그분은 비록 자신이 간첩죄로 사형 선고를 받았지만, 자신은 하느님 앞에 아주 결백하다는 것이었다. 분단된 조국을 누군가가 나서서 연결을 해주지 않는다면 조국은 영원히 분단된 상태로 서로에게 상처만 주고 분단의 한은 더욱 깊어질 것이므로 자신이 행동에 옮긴 것뿐이라는 것이다. 자신은 공산주의자도, 민주 투사도 아니고, 이 잘못된 시대에 살면서 단지 자신의 조국을 사랑한 것 때문에 정치적 제물이 된 것뿐이라는 것이다. 처음에 나는 이 말이 자신의 행동을 합리화하는 변명인 것으로 생각했지만, 그분을 만나면 만날수록 그것은 너무나 순수한 그분의 신념이었음을 확신케 되었다. 나는 52년이 지난 지금까지도 그것은 잘못된 신념이라고 생각하지는 않는다.

순교자들께서 자신의 신앙을 지키기 위해 목숨을 바치셨다면 그분은 목숨을 내놓고 분단된 조국을 아파하고 사랑했던 것이다. 그리고 그것 때문에 결국은 형장의 이슬로 사라지게 된 것이다. 지금 우리에게는 성인으로 시성되어 널리 공경받는 103분의 순교 성인이 계시지만, 우리나라에 신앙의 뿌리를 깊게 내릴 수 있게 피로서 거름을 준 이름없는 수만의 순교 성인이 계셨듯이, 우리 조국이 통일되면 이렇게 이름 없이 자신의 생명을 바치신 분들의 피도 있었음을 기억해야 할 것이다.

그렇게 1년 반인가를 만나고 있던 터에 그분의 갑작스러운 형 집행 소식은 정말 내게는 크나큰 충격이 아닐 수 없었다. 아쉬운 것이 있다면 그분이 자신의 이력과 생각을 담은 원고지 뭉치를 맡아서 언젠가 내가 힘이 있을 때, 그것을 책으로 출판해 자신의 뜻을 조금이라도 이 세상에 남기고 가고 싶다는 제의를 같이 들어와 있었던 교도관의 제지로 못 받아들였다는 것이다. 아직도 그 온화한 얼굴 모습에 해박하게 이야기를 들려주던 그분의 모습이 가끔가끔 국가 보안법이니 간첩이니 하는 단어를 대할 때마다 그립게 떠오른다.

숙직, 그 끔찍했던 추억

　　　　내가 생전 처음 직장이라는 것을 갖고 일하기 시작한 것은 충북 음성에 있는 남자 중학교였다. 거기서 1학년 담임을 하며 영어를 담당했다. 한 학년에 네 반밖에 안 되는 조그만 학교였지만 학교 뒤터는 아주 큰 사과 과수원이 딸려있는 대지가 무지 큰 학교였다. 74년 12월 초 나의 소망이 무너져버린 사건을 겪으며 두 번에 걸친 병원 입·퇴원의 고역을 치르며 혹시 교사를 할 의향이 없느냐는 장호원 매괴 학교 교장 수녀님의 전언을 듣고 12월 30일에 성가 병원을 퇴원하고 그냥 서울이 아닌 어떤 다른 곳, 나를 아는 사람이 아무도 없는 멀면 멀수록 좋은 곳을 택한 곳이 바로 그곳이었다.

　　모든 것을 잊고 온 열성을 다해 가르치는 일에만 전념을 했다.
　　저녁이 되면 파죽이 되어 하숙집으로 돌아와 저녁 식사 후 바로 뻗어버리곤 했다. 일도 좋았고 애들도 좋았고, 선생님들끼리 서로 어울려 지내는 것도 재미있었다. 문제는 그놈의 날밤을 새우는 숙직이란 놈이었다. 지금도 한국에서 선생님들이 아직도 숙직을 하는지 모르겠다. 정말로 학교 같은 곳에서는 필요 없었던 일인데 그 당시에는 그거 안 하면 금방 학교에 간첩이 숨어들어 와 비밀 서류를 훔쳐가거나(학교에 무슨 국가 보위에 관한 서류가 있겠냐만은) 학교가 폭파당할 것 같은 그런 분위기였던 것 같았다. 몇 되지도 않는 선생님 중 여선생님들은 빼고 남자 선생님들만 하니, 한 열흘에 한 번은 해야 하는 것 같았다.

어려서부터 무서움이 워낙 많았던 나는 다 자라 성인이 된 그때도 낮이라도 텅 빈 학교 건물은 나 혼자 못 들어갔다. 복도를 걸으면 뒤에서 누군가가 내 어깨를 휙 하고 낚아챌 것 같은 느낌, 저기 복도 끝 모퉁이에 귀신이 숨어 날 기다리고 있을 것 같은 느낌에 온 머리털이 치올라가는 것 같았는데, 하물며 밤에 그 큰 학교에, 학교 건물 뒤 후미진 곳에 원래 과수원지기 집으로 지어진 초가를 변형하여 사용하는 그 숙직실에서 나 혼자 밤을 보내야 한다는 것은 정말 고문 그 자체였다. 숙직실 주위는 나 이외에 아무도 없다. 아니! 학교 전체 건물과 큰 야산 같은 뒤편 어두컴컴한 사과나무 과수원에조차 사람의 그림자라곤 찾아볼 수도 없는 그야말로 세상에 나 혼자 격리되어 여기 묶여있는 듯한 그런 밤들이었다.

바람 부는 소리, 나뭇가지 흔들리는 소리, 그리고 전깃줄이 바람에 울려 바이올린 비슷한 소리를 내는 것이 어찌나 그렇게도 무섭게 들리던지…. 그냥 산발한 여자가 숙직실 창호지 문을 슬그머니 열고 들어와 히히거리며 날 덥석 덮칠 것 같은 느낌…. 저기 뒤쪽 창문을 뚫고 어디선가 시체를 방금 뜯어먹고 시뻘건 피를 묻힌 큰 손톱 달린 팔이 불쑥 내 머리를 향해 뻗쳐 오지는 않나 하는 그런 상상…. 밤새 이런저런 생각들로 무서워 얼굴도 못 내밀고 이불을 푹 뒤집어쓴 채, 이 고통스러운 밤이 언제 지날 것인가를 생각하며 지새우기를 얼마나 했는지!

무서운 생각이 나니 오줌은 왜 그리 마려운지. 시골 변소는 본채에서 좀 떨어진 외지고 후미진 곳에 있는 것이 보통이다. 귀신은 바로 그런 장소를 좋아한다고, 어려서부터 달걀 귀신, 처녀 귀신의 아지트가 그런 데라고 얘기를 들었던 터였다. 방 안에 있어도 몸이 새하얗게 얼어붙었는데 밖 후미진 곳에 있는 변소라니…! 감히 나갈 생각은 못 하고 끙끙거리며 참다 참다 더 이상 안 되겠다 할 때는 죽기 살기로 이불을 걷어차버리고 숙직실 문 앞 마당에다 그냥 후다닥 싸버리고 속옷도 못 올린 채 벼락같이 돌아와야 했던 그 비참함…. 생리 문제 해결을 죽기 아니면 까무러치기로 해야 한다니…!

그렇게 처음 두 달인가를 지내다 정말 숙직 때문에 이 학교 선생은 못하겠다고 생각이 들 즈음에 그 고통에서 벗어날 기발한 꾀가 우연이 떠오른 것이었다. 남학교니까 학생 한 녀석을 불러 같이 자면 어떤가 하는 것이었다. 아! 인간 사고력의 위대함이여! 그러나 선생님이 무서워서 그렇다는 소리를 어찌할 수 있겠는가?! 잘하는 녀석은 잘하는 대로, 못 하는 녀석은 못 하는 대로 영어 개인 지도를 해준다는 명목으로 말이다(만일에 미국에서 이런 일이 있었다면 당장에 미성

년자 성추행으로 파면은 물론 쇠고랑을 찼을 일이다).

　그러니까 나하고 숙직 같이하겠다는 녀석들이 줄을 서는 것이 아닌가?

　더욱이 야참 드시면서 우리 아들 잘 가르쳐 달라는 부모님의 부탁과 함께 말이다. 궁하면 통한다는 것이 바로 이런 경우를 두고 말하는 것일까?

　그런데 아무리 생각해도 내 수호천사도 귀신을 무서워했던 것이 사실인 것 같다. 그러니까 자기가 돌보는 내가 그렇게 귀신을 무서워했지 힘이 더 셌으면 그런 끔찍한 세월이 있었을까?

내가 마누라에게 야단맞는 이유

머리를 김신조(68년 북한 무장공비)처럼 깎았다.

머리를 너무 짧게 깎았다는 불평이다.

같은 말이라도 이왕이면 박정희 대통령처럼 깎았다고 하면 좋을 텐데 말이다. 불평을 하려니 표현도 그렇게 살벌한 무장공비를 빗대어 해야 하는가 보다. 내가 보기에는 옛날 공무원 머리보다도 훨씬 길게 다듬어졌는데도 그렇단다. 머리를 한 달만 안 깎아도 안경대를 덮고 귀에 닿기 시작하여 갑갑해져 못 견디기 때문에 최대 공약수로 너무 짧지도 갑갑하지도 않게 잘 깎고 돌아왔는데도 그게 마음에 안 든다는 것이다. 그리고 내 머리를 깎는 미용사 아줌마는 25년 경력의 베테랑이다. 아니면 적어도 10년 이상 경력의 애기엄마 미용사가 내 나이에 맞게 그리고 유행에 맞게 잘 깎아줬는데도 말이다. 더 억울한 것은 내가 자기 머리를 자른 것도 아니고 머리는 내 머리인데도 말이다.

커피 필터를 두 번씩 쓰려고 한다

지지리 궁상을 떤다고 한다. 그게 그렇게 아까우면 아예 커피를 마시지 말란다. 냉동칸을 뒤지다가 커피 봉지를 보았다. 여름에 딸아이가 Costa Rica에 갔다 오는 길에 거기서 제일 맛있다고 사 온 커피였다. 얼마간 마시다 냉동칸에 두고 이제껏 잊고 있다 우연히 다시 찾아낸 것이었다. 커피 팟에 내려먹는 것인데, 나만 마실 것이니까 두 잔 정도만 나올 수 있게 조금만 넣고 끓였다. 애엄마는 커피를 잘 안 마시기 때문이다. 자기는 커피보다 말린 시래기하고 몇 가지 야채를 넣고 끓인 야채 주스나 당근 차나 뭐 그런 게 더 좋단다. 맛보다 몸에 좋은 것을 마셔야 한다고…. 며칠 동안 커피를 조금만 넣고 끓일 때마다 새 필터로 갈아 넣다 보니 이게 낭비가 아닌가 하는 생각에 조금 자책감 같은 것이 느껴졌다. 집에 사람이 많아 한 번 끓일 때 커피 팟 가득 나오게 끓이면 문제가 없는데, 달랑 두 식구 사는 집에서 나 혼자, 그것도 한두 잔 정도만 나오게 끓이다 보니 그런 생각이 드는 게 자연스러운 것이 아닌가 싶다. 그래서 젖은 커피를 털어내고 물로 닦아낸 다음 뜨거운 냄비 뚜껑 위에 놓고 말리는 현장을 애엄마한테 들킨 것이었다. 그러다 그런 소리를 들은 것이다. 아무리 한 장에 2~3센트밖에 안 하는 것이라도 이런 경우 난 참 아깝다고 생각해서 어떻게 좀 해볼까 하다, 괜히 못된 짓 하다 들켜 야단맞는 꼴이 되고 말았다. 정말 내가 지지리 궁상인가?

찌개만 먹지 말란다

아까 아침에 다 먹지 않은 김도 같이 먹어야 한단다. 그것도 두 장씩 겹쳐서. 요새 김은 옛날에 집에서 들기름 묻혀 직접 구워 4조각으로 낸 것이 아니고, 김 공장에서 손바닥 반 만하게 잘라 진공 포장된 채로 파는 좀 감칠맛 나는 것이다. 그래서 2장은 집어야 밥 한 번 제대로 쌀 수 있다. 그것도 한 봉지 뜯으면 다 먹고 비워야지 두었다 다시 먹으려면 벌써 누굴누굴한 것이 바삭한 맛이 없어져 버린다. 거기에는 손이 안 가게 마련이다. 애엄마는 그게 아까운 거다. 어떻게 돈 주고 산 김인데 무슨 재벌이라고 남은 김을 안 먹느냐는 거다. 어떻게 그렇게 고급 입맛만 가지고 사느냐는 거다.

그런데 그것은 고급 입맛 때문도 아니고 바삭한 느낌이 사라져서도 아니다. 무슨 음식이건 기름을 묻혀 불에 구운 것이든 튀긴 것이든 해서 바로 먹어야지 시간이 지나면 공기 중에 산소를 빨아들여 기름과 같이 섞여 무슨 나쁜 화학 작용을 한다는 거다. 그래서 햄버거 살 때 나오는 감자튀김도 얼른 그것부터 먹고 햄버거를 먹곤 했었다. 비록 배가 불러 햄버거를 다 못 먹더라도 말이다. 20년이 넘게. 아깝지만 남은 김은 그냥 버릴지라도 몸에 독이 된다는데 어떻게 먹는단 말인가?

나 정말 야단맞아도 싼가?

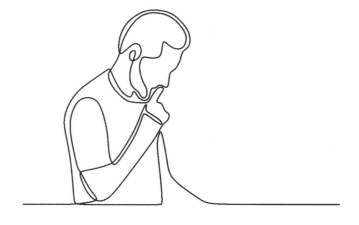

너의 가는 길에

주의 나라 위하여 다시 길 떠나는 우리 목자여,
거칠은 광야 위에 꽃은 피어나고
세상은 당신 안에서 주님의 영광 보리라.

당신 새 소임에 주님 축복 있으리.
은총의 주 함께하시리.
당신 걸음걸음 주 함께하시고
주의 강한 손 당신을 인도하시리.
당신 가는 길에 주의 보호 있으리.
자비의 주 함께 가시리,

당신 만나는 모든 이들
주 보내신 이들이니
주님 받들 듯 그들을 맞이하여
그들 얼굴에 웃음 떠나지 않게 하소서
가난하고 힘없는 자들에게

주의 사랑 당신 손으로 전하라.

주의 나라 그곳에 임하게 하고

세상이 당신 안에서 주님의 영광 보게 하소서.

당신 가는 길에 주의 영광 있으리

평강의 왕 함께 가시리.

당신 걸음걸음 주 인도하시리.

주의 강한 손 당신을 이끄시리.

당신 가는 길에 주의 축복 있으리.

영광의 주 함께 가시리.

- LA 교포 사목 3년을 마치고 귀국하시는

박병준 신부님 환송연에서

라스베이거스의 무희들

　　라스베이거스의 밤 풍경은 인간의 손에 의해 만들어진 조명 예술의 극치를 보는 듯한 느낌이다. 카지노와 놀이 시설들이 들어서 있는 거대한 호텔들이 양 길가로 늘어서 있는 라스베이거스 블러버드는 각 호텔의 이름을 알리는 광고탑과 호텔 건물을 장식한 형형색색의 수만 개의 전구와 네온 불빛은 뱅글뱅글 이리 돌고 저리 돌고, 올라가고 내려가고, 켜지고 꺼지고 쉴 새 없이 번쩍거리며 밤거리의 수만의 관광객을 유혹한다. LUXOR 호텔은 이집트의 스핑크스와 피라미드를 지어 각종 불빛으로 장식해 놓고 피라미드 맨 위 꼭대기 부분에서 레이저 빔을 사방으로 마구 쏘아대며 눈길을 끌고, 건물 안팎을 모두 고대 로마식으로 지은 Caesars Palace 마당에는 인공 폭포수와 호수를 만들어 놓고 30분마다 화산 폭발의 장관을 음향과 함께 신비한 조명으로 보여주고 있다. 프랑스의 에펠 탑을 그대로 옮겨놓은 듯한 Paris La Vegas, 뉴욕의 자유의 여신상을 그대로 복사해 놓은 New York New York, 옛 해적선을 그대로 복원해서 인공 강 위에 띄어놓은 Treasure Island 등등 라스베이거스는 갬블을 하는 카지노 이외에도 도시 관광과 놀이 시설만으로도 충분히

한 번쯤 다녀갈 만한 가치를 지닌 도시가 되어가고 있다.

　또한 각 대형 호텔들에는 자기 나름의 특색을 지닌 세계적으로 이름난 유명 쇼 프로그램을 매일 저녁 두 차례씩 공연하는데, 서커스와 마술을 전문으로 하는 곳, 캉캉춤 미희들의 쥬빌리 쇼, 세계 유명 배우나 가수를 초대하여 공연하는 이벤트 쇼, 춤과 노래와 무용 그리고 요사이는 시대의 조류에 편승한 레이저 빔 쇼 등 복합한 버라이어티 쇼 같은 것들이 있다. 나는 한인 동포 사이에도 선전을 많이 하는 Stardust 호텔 식당에서 저녁 식사로 $20불 이상 주문하면 그 호텔 쇼를 무료 관람시켜 준다는 쿠폰을 이용하여 그 쇼를 동료들과 같이 관람했다.

　여러 가지 프로들이 모두 입을 다물지 못할 정도로 감탄스러웠지만, 특히나 인상 깊었던 것은 거의 반라에 가까운 몸에 여러 가지 별스러운 치장들을 바꿔 입어가며 노래하고 춤추고 관중석 깊은 곳까지 이어진 무대 앞까지 와서 공연을 했던 무희들의 모습이었다. 대리석 조각으로 빚어진 듯, 바비 인형이 살아 돌아온 듯 그 얼굴과 아름답게 균형 잡힌 몸매는 세상에 이보다 더 예쁜 여인들이 있을까 싶을 정도였다. 20여 명쯤 되는 그들은 무대 여기저기서 그룹을 지어 공연을 하는데, 화려하고 선정적이었지만 결코 난잡스럽지는 않았다. 물론 그네들이 여자라는 사실이 내겐 우선 매력적이었다. 그러나 그보다는 표정이 차가운 돌덩이인양 무표정한 모습의 무희도 있었지만, 대부분 무희의 진지한 표정과 그 몸짓에 나는 내 혼을 뺏긴 듯 넋을 잃고 바라보고 있었다. 관중들은 외국에서 특히 중국과 일본 그리고 한국에서 단체로 관광 온 사람들 그리고 미국 다른 지방에서 관광 온 사람들이 대부분이었지만, 그네들은 나 같은 백인 미녀가 당신들 같은 사람 앞에서 반라의 모습으로 공연할 사람은 아니었는데 팔자 사납게 이렇게 풀려 이 짓을 하고 있다는 모습은 전혀 찾아볼 수 없고 한결같이 자신이 맡은 역에 진지하고 그렇게들 충실할 수가 없었다. 미국이라고 직업의 귀천이 없을 리 없지만, 이들 무희는 그 직업에 선택된 것이든 자신들이 선택한 것이든 자신들의 역할에 대해 아주 혼신의 힘을 다해 공연을 하고 있다는 것이 피부로 와닿아지기까지 했다. 어느 순간엔가 그들의 진지한 표정과 움직임의 동작에 생명력이 있는 듯 참 순수하고 어쩌면 그 모습들이 성스럽기까지 한 것 같은 생각이 들었다. 반라의 무희의 모습이 성스럽게 보인다는 나의 생각이 우습게 생각될지 모르겠으나, 자신의 역할에 그 대상을 따지지 않고 열과 성을 다하여 감동을 자아내게 하는 그 모습은 적어도 내겐 세상의 어떤 성스러운 모습만큼이나 아름다운 행위라고 생각되었다.

아직도 미국이 건강한 이유

내 나이 41살에 얻은 우리 외동딸 로사는 노틀담(University of Notre Dame) 대학을 졸업했다. 미국 내에 약 13만 개의 고등학교에서 전교 1, 2등을 해야 들어갈 수 있는 미국 내 가톨릭계 대학 중 거의 최고 명문에 속하는 사립 대학교이다. 지금 하늘나라에 가있는 아들의 장애 때문에 다음 아이 갖기를 두려워하다 존경하는 수녀님의 권유로 억지로(?) 갖는 바람에 늦둥이가 됐다. 다행히 제 아비보다 똑똑하게 자라 따로 과외를 시킨다거나 학원을 보내지 않았는데도 공부도 잘했고(이곳 한국 사람들이 많이 사는 큰 도시에서는 한국처럼 엄마들의 극성은 여전하다), 봉사 활동이나 그룹 활동도 잘해서 여러 명문 대학으로부터 입학 허가를 받고 선택한 곳이 노틀담 대학이었다.

1849년에 세워진 이 대학은 가톨릭 계통의 학교 중에서도 학생 지도에 있어서 최상위권에 속하는 대학으로도 유명하다. 졸업반을 제외한 거의 모든 학생이 기숙사 생활을 해야 하는데, 미국에서 유일하게 남녀 기숙사가 따로 있는 곳이다. 저녁 10시 이후는 이유 여하를 막론하고 어떤 남자라도 여자 기숙사에 머무를 수 없다. 여학생이 임신을 하면 자동 제적이 된다(미국의 어느 대학은 물론 고등학교에서도 이런 엄한 학칙은 없다). 재학생들의 졸업률은 거의 96%에 가까워 어느 군사학교를 제외하면 미 전국 최고의 졸업률이다. 그만큼 학생들의 생활뿐 아니라 성적 등 모든 면에서 철저한 지도를 한다는 것이다.

나같이 돈벌이 못 하는 학부모들에게 특히 이 학교가 좋은 이유는 너무도 합리적인 장학 정책 때문이다. 미국의 많은 명문 대학들이 처음에는 좋은 입학 성적 때문에 많은 장학금을 주어 입학을 허락하지만, 성적이 떨어지면 돈이 줄어 학생들이 상당히 어려움을 느끼게 되며(대부분 학생 대출 제도를 이용한다.) 졸업을 하게 된다. 그러나 이 학교는 학년 내내 장학금을 주는 기준이 성적이 아니라 부모의 재정 상태에 따라 준다는 것이다.

우리 딸의 경우 등록금을 비롯한 식대를 포함한 기숙사비와 교과서 기타 부대 비용이 1년에 약 5만여 불 필요하다. 이 중 약 4만 3천여 불이 학교 자체의 장학금고와 8~9천 불의 연방 정부의 장학금으로 주어지고, 약 7천여 불은 학자금 대출을 통해 융자를 해주고 졸업 후 낮은 이자로 조금씩 갚아나가게 해준다. 학교에서는 전 학년을 통해 학생 융자금이 3만 불을 넘지 않게 조정을 해준다. 그래서 학생이 열심히 공부를 하겠다는 의지만 있다면 돈 때문에 공부를 못 하는 억울한 일이 생기지 않는다.

이렇게 장학금으로 지급되는 돈은 일 년에 안 되어도 수천만 불이라는 천문학적 금액이 필요할 것인데, 이 모든 것이 졸업생을 포함한 수많은 기업인 같은 있는 사람들이 그만큼 많은 액수의 돈을 학교에 기부금으로 내놓기 때문인 것은 누구나 다 아는 일이다. 있는 사람들이 나누는 것, 이것은 단지 이 학교뿐 아니라 다른 수많은 학교에서도 행해지고, 학교에서뿐 아니라 다른 많은 자선 공공 단체 그리고 도움이 필요한 많은 곳에서 행해지고 있는 것이 어제오늘의 일만이 아닌 것을 다 알고 있다.

일부 한국 사람들이 반미 감정을 갖고 있는 것은 사실이지만, 그래도 미국 사람들만큼 다른 사람들을 위해 가진 것을 내어놓는 국가는 없다. 그리고 다른 나라를 위해 원조든 다른 형태의 도움이든 미국만큼 하는 나라는 없다. 돈이 많다고 가진 것을 내어놓는 것은 아니다. 우리나라의 재벌들을 보면 알 수 있다. 다른 사람을 배려해 주는 마음이 있어야 한다. 미국이 돈이 많아서, 자원이 많아서 부자가 아니라는 사실을 우리 딸의 대학 학자금을 통해서 더욱 절실히 깨닫게 된다. 그래서 미국은 누가 뭐래도 아직은 건강한 나라임이 틀림없다.

"야, 니 husband냐?"

결혼한 지 꼭 25년이 되는 해였다.

둘이서 한 가정이라는 운명 공동체를 이루어 산 것이 결혼하기 전 내가 혼자서 산 세월만큼이나 됐다. 청소년기와 청년기를 혼자서 일생을 살아야 한다는 의식 구조로 생활을 하다 거의 마음의 준비도 안 된 상태에서 나 아닌 다른 한 사람을 나처럼 생각해 주어야 하고 또 자잘한 일상사를 서로 나누며 살아가야 하는 실제적인 공동생활에서 나는 내 아내에게 무의식적으로나마 많은 상처를 주었을 것이 틀림없을 것이다. 가정을 만들어가는 결혼 생활은 그 시작부터 끝까지가 기본적으로 나와 내가 결합되고 나누고 누리고 생각해야만 하는 생활인만큼 독신으로 살아야 하는 사람들과는 살아가는 생활 방식뿐 아니라 그 의식 구조에서도 근본적인 차이가 있기 때문이다. 도대체 내 곁에서 나와 운명을 같이하는 사람이 있다고 꿈도 꿔보지 못했던 생활에서 시작된 결혼 생활이므로 내 성격 탓도 있지만 거의 모든 결정이 혼자 생각하고 결정했던 대로 타협 없는 독단이었다. 한편으로는 내 생각 이외에 이러고 저러고 하는 다른 생각(아내의 생각)이 참 거추장스러웠다. 그래서 지금도 아내가 눈 흘기며 내게 하는 말이 있다.

"나니까 살아주지…. 자기 같은 사람하고 누가 살아? 고마운 것도 모르고."

하긴 시집오기 전 아내는 나이 차이가 아주 한참인 큰오빠와 언니의 엄한 환경에서 그저 순종만 하고 살았기 망정이지 고만고만한 형제들 사이에서 티격태격 싸워가며 살았었더라면 나에 대한 태도도 사뭇 달라졌을 것이다.

대학 다닐 때 한번은 학년 대표로 선출된 적이 있었다. 그때 나는 나를 뽑아준 급우들에게 한마디 다짐을 했다.

"앞으로 우리 학년에 관한 일은 아주 중요한 사항 이외의 거의 모든 것은 나와 내가 지명하는 부대표와 총무가 의논하여 결정하여 통보하겠다. 그리고 여기서 결정된 사항은 반 전체의 의사로 받아들여야만 한다. 그리고 무엇이 중요한 것인지는 내가 판단한다. 이 제의를 수락하면 대표를 수락하고, 못하면 지금 다른 사람을 다시 뽑으라."

유신 독재보다 더한 수락 제의를 급우들은 내게 '신승재'라는 이름에 '신독재'란 별명을 붙여 받아들인 적이 있다. 그 후 나의 별명은 '독재'로 고정되었다.

이런 사람과 25년씩이나 살아줬으니 참 고맙기 그지없는 일이다.

더구나 나는 아내의 표현대로 '참 멋대가리도 없는 구닥다리' 성격을 가졌다. 무슨 말인고 하니 옛날 할아버지들처럼 도대체가 고맙다거나 사랑한다거나 말로나 몸짓으로 무슨 다정한 표현이 없다는 거다. 뭐 다정스럽게 손을 잡아주기를 하나, 어깨를 감싸주기를 하나, 맛있는 거 먹어보라고 따로 집어주기를 하나…. 오죽하면 방금 결혼한 신혼부부도 자연스럽게 하는 '여보'니 '당신'이니 하는 표현을 아직까지 쑥스러워 한 번도 못 했으니 말이다.

그래서 더 이상 나에게 기대했다가는 안 되겠다 싶었는지 아내는 얼마 전부터 나에게 적극적인 사랑 확인 표현을 하기 시작했다. 아침 식사를 하고 일하러 가려 신발을 신고 현관 앞에 서면 얼른 달려와 두 팔로 내 가슴을 꼭 안는 것이다. 아내의 이런 행동에 나는 내 자신에게 꽤 부자유스러운 느낌을 떨칠 수 없어 같이 안아주는 대신에 쑥스러워 한마디한다.

"아이구, 이 여편네가 주책을 부리고 있어!"

그래도 아내는 그러기를 매일 계속한다. 가끔 이제는 키가 내 어깨만큼 자란 딸 로사가 보고 쫓아와 둘 사이를 붙잡아 떼어놓고 엄마를 한 대 툭 친다. 어떤 때는 딸애가 엄마 대신 선수를 쳐 엄마를 가로막고 제 뺨을 내민다.

"야, 니 husband이냐? 왜 막니 왜 막어!"

"엄마 아빠야? 엄마 아빠야? 내 아빠지!"

딸과 아내는 아침에 나를 가운데 두고 가끔씩 쟁탈전(?)을 벌인다.

현관을 나서며 자상하고 적극적으로 내가 먼저 표현은 못 하고 사는 나무토막 같은 남편 노릇을 했지만, 과히 싫지 않은 느낌이 나를 행복하게 만든다.

남자와 여자의 생각하는 법

지난 목요일부터 주일까지 3박 4일간 예수 고난회 수도원 피정 센터에서 은사 쇄신 세미나에 참석하고 돌아왔다. 봉사자로서 나는 9명이 한 그룹이 되는 조장과 전례 전반에 관한 일을 맡았었다.

기도와 찬미와 강의 그리고 그룹 토의로 이어지는 피정을 마쳐가면서 참석한 사람들의 내적인 변화에 대한 감동과 감사로 3박 4일간이라는 시간의 봉헌이 그렇게 값지게 느껴질 수가 없었다.

그런데 이번 그룹 토의 과정에서 예전에 발견하지 못했던 점 하나를 발견했다. 제한된 50분내에 9명이 모두 발언을 해야 하므로 기도 시간과 질문 답변 시간을 제외하면 한 사람에게 배정된 시간은 3~4분 내외여야 겨우 마칠 수가 있었다. 따라서 자신의 내적, 영적, 외적 상황을 아주 간결하게 요약해서 말을 해야만 한다.

문제는 남자들에게는 시간이 그렇게 문제가 되지 않는다는 것이다. 왜냐하면, 남자들은 그래도 여자들에 비해 말도 조리가 있고 또한 다른 사람에 대한 이야기보다는 자신의 문제에 대해 이야기하기 때문이다. 이에 반해 남의 얘기, 즉 배우자나 자식 또는 부모, 친구 등 다른 사람 이야기 말고 자기 얘기만을 하라는 조장의 강력한 주문에도 불구하고, 대부분의 여자는 남편 아니면 자식 얘기를 먼저 해야만 하고 자기 얘기를 하기 때문에 쉽게 자신에 할당된 시간을 초과한다. 나중에 발언해야 할 사람은 시간이 없어 못 하고 마는데, 아무리 자신의 얘기만 하라고 해도 그게 안 된다.

결국 젊거나 아줌마인 여자들에게 남편을 빼놓고서는 자신의 존재란 도대체 없는 듯한 느낌을, 그리고 나이 든 여자분들, 특히 혼자된 여자분들에게는 자식들이 그 자리를 차지하고 있다. 그만큼 여자들의 삶이란 자신을 위한 삶이라기보다는 남편이나 자식에 녹아내린 삶이므로 자신의 내면을 이야기하기 위해서는 남편과 자식 이야기를 하지 않을 수가 없는 것이다. 이에 비해 남자들은 식구들을 먹여살려야 한다는 의무감 이외에는 자신만을 생각하는 이기주의적인 성향이 거의 본능적인 것 같았다.

나 자신과 내 아내를 생각해도 그렇다. 나라는 별 볼 일 없는 존재가 내 아내에게는 자신의 존재 이유의 거의 전부라는 느낌이다. 그러니까 남편을 자식처럼 챙겨주게 되고 잔소리를 하게 되고 걱정을 해주게 되는 것이 아닌가 한다. 그러니까 남자들이란 본성적으로 아내란 존재의 그늘에 보살핌을 받는 존재라는 것이다.

그룹 토의를 진행하며 토의 주제 이외에 사람들의 모습에서 우리가 살면서 발견하지 못했던 이러한 인간 존재의 의미나 삶의 의미를 깨닫게 되는 나를 본다.

우리 딸, 로사

　우리 집 외동딸 로사가 10살이 되는 날이었다.

　큰아이가 몸이 성치 못해 더 이상 아이를 갖지 않겠다고 결심한 지 10년이 훨씬 지난 후에 태어난 늦둥이다. 내 나이 마흔을 넘겨서 얻었으니 늦둥이 소리 듣는 것은 당연하나, 늦둥이 갖기 유행에 편승해 얻은 것은 결코 아니다. 학교 다닐 때 정릉 산 언덕배기를 오르락내리락하면서 성서 모임을 하면서 친해진 마오로 수녀님이 미국에 성서 모임 보급을 위해 오셨을 때, 우리를 걱정하고 또 우리 큰아이를 걱정하시면서 모두를 위하여 하느님께 은혜를 구하라고 간절히 부탁, 부탁하신 결과로 얻어진 선물이었다. 그러나 아이가 배 속에 있는 동안 믿음 부족한 나의 심장은 얼마나 쪼그라들고 애가 탔는지…! 또 그러면 어쩌지? 어쩌지? 새 아기를 가졌다는 기쁨보다는 납덩이처럼 무겁고 어두운 불안한 감정이 항상 나를 감싸고 있었다.

　아기를 가진 지 얼마 되지 않아 큰아이가 속해있던 M.D.A.(muscular dystropy association)에서 연락이 왔다. 자신들이 모든 비용을 댈 터이니 원한다면 검사를 해서 결과를 알려주겠노라고. 그러나 결과를 이제 안다면 어쩔 셈인가? 한참을 망설이다 '그래, 이왕 맞을 매라면 일찍 맞아두자.'란 심정으로 검사를 받았다. 양수 샘플을 텍사스 어딘가 유전공학 연구소로 보낸 지 3달 만에 답이 왔다. 답은 우선 M.D.A 담당자로부터 전화로 내가 일하고 있던 직장으로 왔다. "미스터 신, 기쁜 소식입니다. 당신의 딸은 아주 정상이라는 통보를 받았습니다. 지금 텍사스 연구소로 전화로 확인해 보았습니다. 저도 기뻐서 우선 전화로 알려드립니다. 진심으로 축하합니다". 기쁜 소식이라는 것, 그것은 알고 있으면 결코 가만히 자신 안에 가만히 둘 수 없는 것이 아닌가? 밖으로 튀어나오기 마련인 것은 그 미국인 협회 직원도 마찬가지였나 보다.

미국인 회사에 한국인은 나 혼자뿐인 거기서 나는 이제껏 불안해서 쪼그라들었던 심장이 마치 터져나가는 듯한 감격에 나도 모르게 소리 내어 울어버렸다. 그냥 아무 말도 나오지 않았다. 그냥 입에서는 울음 섞인 한국말로 "하느님… 하느님… 하느님…" 이것밖에는…. 그동안 큰아이로 인한 하느님께 대한 원망만큼이나 한 감사와 기쁨의 눈물이 뒤섞여서 두 손으로 눈을 움켜잡고 소리를 최대한 억제해 가며…. 주위에 있던 미국인 동료들이 미친듯한 나의 모습에 멍하니 있다가 갑자기 나에게 도대체 무슨 일이냐 집에 무슨 안 좋은 일이 있느냐며 몰려들었다. 말이 안 나와 설명도 못 하고 그냥 머리만 가로저었다. 얼마 후 진정이 되고 "딸이래요. 그리고 그 아이는 정상이래요!"라고 말 문을 텄다. 누가 죽었다는 말이 나올 줄로 알고 있었던 직원들의 눈은 나의 엉뚱한 말에 그냥 이거 정말 간 거 아닌가 하는 모습들이었다. 그간의 집안 사정과 새 아이 임신 사실 등 얘기를 해주자 이 친구들은 정말 진심으로 축하해 주었다. 어떤 친구들은 눈물이 둥그렁하니 맺혀있는 얼굴로 나를 안아주며 같이 좋아해 주었다. 참 좋은 사람들…. 직원들에 둘러싸여 있던 중 한 사람이 "피터, 너의 아내도 이걸 알고 있느냐"며 집으로 전화해 보라고 한 후에야 아내의 얼굴이 떠올랐다.

전화를 걸자 나는 말이 잘 나오지 않아 한참을 머뭇머뭇거리며 "새 아이 정상이래." 하며 겨우 운을 떼었다. 그러나 아내의 반응은 의외였다. 마치 당연한 것 아니냐며…. 이런! 이렇게 주파수가 안 맞을 수 있는가?

나는 이렇게 기쁜데 아무렇지도 않다니! 나는 좀 맥이 빠졌지만 전화 온 내용을 간단히 설명을 해주고 전화를 끊었다. 아내는 자기는 조금도 의심을 안 했다는 것이었다.

너무나 평범해 나의 회사에서의 행동이 쑥스러워 보이기까지 했다. 이것이 믿음의 차이인가? 하여간 그렇게 해서 얻은 딸이 10살 생일이라고 며칠 전부터 아침밥부터 외식을 해달라는 것이었다. 나는 일 나가야 하므로 낮에 데리고 갈 수 없어 아침에 데니스 식당으로 데리고 갔는데, 시켜놓고 얼마 먹지를 않고 다 먹었다는 것이었다. 아내는 또 딸과 실랑이를 시작했다. 그렇게 먹을 것을 왜 아침부터 바빠 죽겠는데 식당을 가자고 했느냐, 그 남은 음식은 아까워 어찌하느냐, 다시는 식당에 오나 보자 등등 딸과의 설전이 계속됐다. 사실상 딸은 음식 자체보다도 자신의 위상을 그렇게 별난 방법으로 부모로부터 인정받고 싶어 하는 것인데도 아내는 그것이 도대체 받아들여지지를 않는 모양이다. 딸은 그게 또 불만이다. 생일날 좀 별나게 행동하면 어떻냐고…. 어제 아내는 10살 두 자리 숫자 첫 생일 기념으로 딸에게 파마를 해주었다. 규율이 엄한 가톨릭 학교에서 파마를 하면 안 되지만 마침 어제부터 방학이라고 방학 동안만이라는 단서하에 말이다. 긴 생머리를 했을 때보다 약간 자르고 파마를 하니 훨씬 성숙해 보인다.

딸 10살 생일을 지내며 25년 전 일이 생각나 생각나는 대로 이야기해 보았다.

새를 기르며

한 20년도 더 된 일이다. 오렌지 카운티를 떠나 엘에이 한인타운 근처의 아파트에 살 때였다. 딸아이가 어렸을 적부터 강아지 한 마리를 기르자고 항상 졸라대곤 했었다. 길을 가다가도 지나는 강아지가 있으면 크든 작든 괴성을 지르며 쫓아가 만지고 다독거리고 참 정스럽게도 같이 놀다가 아쉽게 헤어지곤 한다. 막내면서 평소 집 안에서 같이 놀아줄 다른 형제가 없으니 더더욱 이나 자신의 정을 쏟아줄 대상이 필요했던 것 같았다. 한 마리 구해다 기르고 싶었지만 좁은 아파트에서 강아지를 기른다는 것이 여의치 않아 차일피일 미루다, 강아지 대신 새들을 키우면 어떠냐고 제안을 하자, 그거라도 괜찮다고 펄쩍펄쩍 뛰며 좋아했다. 그래서 기르기 시작한 것이 십자매 비슷하게 생긴 핀치라는 작은 새였다.

여섯 마리로 시작한 핀치는 알 잘 낳는 한 쌍 덕분으로 금방 10마리, 20마리, 30마리로 늘어 작은 새장이 큰 새장으로 바뀌고 한 개가 두 개로 늘어갔다. 새가 한 마리, 두 마리 늘어난다는 것은 단순히 새의 수효가 늘어가는 것뿐 아니라 그만큼 새로운 생명이 알껍

데기를 스스로 쪼며 나올 때 삶과 생명의 신비함을 느끼게 해주고, 모이를 주고 보살펴주는 가운데 스스로 정신적 위안을 얻게 해주었다. 마음의 어떤 상처들조차 치유되는 듯한 느낌으로 큰 기쁨이 같이하기 때문이다.

"엄마! 새 알 낳어~어!"

처음 새가 알을 낳은 것을 아침에 일어나 발견하고 비명에 가까운 놀람과 기쁨의 탄성을 시작으로 하여, 품고 부화되어 나오고, 어미를 향해 노란 주둥아리를 찢어져라 벌리며 먹고 살겠다고 악을 쓰면서 점차 작은 새의 모습을 갖추어 가는 생의 한 과정 과정을 어린 딸이 직접 보고 느끼며 그때마다 재미있어 하고 신기해했다. 살아가는 한 생명체와 애정을 나누다 보면, 그것이 인간에 비해 단순한 미물일 망정, 마치도 한 사람의 애인을 대하는 듯한 느낌으로 지내게 되는 것 같다. 뭔가 살아있는 것을 사랑한다는 것 자체는 자신에게 생활의 어떤 기쁨을 주어 마음과 얼굴 모습이 아주 밝아지게 되는 것을 볼 수 있다.

그러나 이러한 정서적인 면 뒤에는, 관리하고 유지하는 데 적잖은 노력이 따르게 마련이다. 3일에 한 번씩은 새장 밑바닥에 떨어진 흘린 모이라든가 오물, 뽑힌 새털 등 냄새나고 지저분한 것들을 깨끗이 청소하고 닦아주어야 한다. 또한 새장 주위 카펫에 떨어진 좁쌀 같은 무수한 모이들을 청소기로 잘 청소를 해주어야 한다. 그렇게 한 2년을 좀 넘게 키워 오던 중이었다.

여름에 아파트 베란다 문을 활짝 열어놓고 있으면 어디서 왔는지 참새라든가 다른 이상스런 새들이 베란다 주위를 얼씬거리며 새장을 기웃대는 것이 한참 목격되었다. 새장을 청소하려고 새장 밑받이를 베란다 밖에 놓아두면 그때를 놓칠세라 거기 떨어진 모이들을 한두 마리가 쪼아 먹기 시작하면 어느새 5마리, 7마리 이렇게 몰려들어 아예 설거지를 하고 날아가 버린다. 얼마간을 그렇게 부스러기나 주워 먹으라고 놓아두었는데 한 마리 이상한 새가 남들이 다 먹고 가면 혼자 날라와 뭔가 남은 게 없나 하며 샅샅이 뒤지다 가곤 하는 것이 눈에 띄었다. 그놈은 참새 같았지만 앞가슴과 머리가 붉은 색깔로 좀 특이했고, 어느 큰 새에게 쪼였는지 한쪽 다리 가운데 부분이 꺾여 발목 부분이 너덜너덜하여 꼭 한 발로만 깡총거리며 모이를 찾아다니곤 했었다. 야생 새들의 세상에서 몸이 성치 않은 것은 습성상 아예 무리에 끼워주지를 않아 얼마 못 가 결국 죽게 되는데, 이 새는 그래도 그렇게 된 지 상당히 된 것 같았다. 목숨을 부지하는 것으로 보아 생활력이 좀 특이하게 강한 것 같았다. 그래서 다른 새들이 다 날아가면 얼른 새 밥그릇에다 먹이를 듬뿍 놓아 그 새가 와서 먹기를 기다렸다. 어떤 때는 와서 먹고 어떤 때는 좀 늦게 와서 다른 놈들에게 다시 털리고 난 다음에야 와서 두리번거리다 날아가곤 했다. 그 모습이 안쓰러워서 아예 야생 조류용 모이를 듬뿍 사다가 큰 그릇에 쏟아부어 넣고 베란다 바닥에 놓아두었다. 그러면 아예 모자라는 일이 없으니까 언제 와도 배불리 먹을 수 있어 적어도 목숨은 부지할 수 있을 것으로 생각했다.

이제 새에 대한 관심은 집 안 새장에서 기르는 핀치보다도 아파트 밖 나무에서 사는 야생 새, 특히 그 다리가 성치 못한 새에 더 쏠리게 되었다. 그 새가 와서 모이를 쪼아 먹는 모양을 보면 마음도 푸근해지고 뭔가 안심이 되는 듯하는데, 이 녀석이 잠시 눈에 보이지 않으면 은근히 어떻게 되지 않았나 걱정이 되곤 했다. 새들이 알을 낳고 품고 하는 모양은 이제 더 큰 신선함이 느껴지지 않았고 해서 아예 집 안에 있는 새들은 샀던 곳에 그냥 가져다주고, 대신 야생 모이를 듬뿍 사 왔다. 그렇게 한 일 년 지나는 사이 그 다리가 성치 못한 새는 어느새 더 이상 찾아들지 않아 궁금하고 안타까웠지만 그래도 그동안만이라도 우리로 인해 잠시나마 생명을 연장했다고 자위해 본다. 대신 새들 사이에 우리 집이 소문(?)이 났는지 여러 종류의 새가 날아와 모이를 먹고 간다. 참새와 참새 색깔에 비둘기 모양이지만 그 크기가 반밖에 안 되는 새(서울엔 없는 것 같음)가 이젠 주로 오는 손님이고, 며칠 전에는 어느 집에서 도망쳐 나온 것인지 잉꼬 모양의 새도 아예 집 앞 나무에 거처를 마련한 것 같다. 한 달 전부터는 집 앞 높은 팜 츄리에 사는 큰 다람쥐 엄마가 새끼를 낳은 지 얼마가 안 된 듯 볼록한 젖가슴들을 흔들거리며 들락거리기 시작했다. 크기가 우리나라 다람쥐의 3배는 되는 것 같다. 이놈은 다른 것은 안 먹고 꼭 새 모이 중에서 해바라기 씨만 골라서 까먹는다. 아주 재주도 좋다. 앞발을 손처럼 바짝 모아 쳐들고 큰 모이통에 있는 해바라기 씨를 한쪽으로는 먹고 한쪽으로는 껍질을 내보내면서 말이다. 처음으로 아이 새끼손가락만한 크기밖에 안 되는 벌새(humming bird)가 그 빠른 날갯짓을 하며 방문해 주었다. 처음 새를 기를 때보다 훌쩍 커버린 딸아이가 비명을 지르고 다시 엄마를 부르며 흥분한 것은 물론이다.

집 안에서 새장에 가두고 새를 기르는 것보다 이렇게 야생 새에 게 모이를 주며, 그 먹는 모습을 바라보면 마치도 밥 잘 먹는 제 새 끼같이 흐뭇한 마음이 우리를 즐겁게 한다. 또한 실컷 먹고 그냥 지 날아가고 싶은 곳으로 가니, 마음 또한 개운하고…. 같은 밥솥의 밥 은 아니지만, 그래도 먹이를 같이 나누어 준다는 마음에서 우리 집 베란다 모이통에서 모이를 먹는 새들과 다람쥐에게 꼭 가족 같은 애정을 느끼게 된다. 새를 새장에서 기를 때나 집 밖에 있는 새에게 모이를 주어 기를 때나, 딸아이 때문에 시작은 하였지만, 사실 제일 덕을 본 사람은 애엄마인 것 같았다. 물 갈아주고 모이 주고 겨울엔 춥다고 새장에 이불 덮어주고 청소하는 것 대부분 애엄마가 거의 다 했지만, 그러다 보니 정도 아주 많이 들어 수십 마리 되는 새 한 마리 한 마리의 모양과 성질 등을 아주 소상히 파악하고, 마치 사람 에게 하듯 한 놈 한 놈에게 각각 다른 말을 건네고 이야기를 한다. 만나는 사람도 별로 없고 딸아이 학교 데려다주고 데려오고, 마켓 가서 장봐 오고 아주 단조로운 생활에 새란 놈들은 꼭 청량제 구실 을 해준 것 같았다. 가끔씩 체한다던 말도 쏙 들어갔고, 얼굴도 상 당히 밝아졌다. 자신에게 전 생명을 의탁하는 새들에게 부담 없이 사랑을 전하고 또 순수한 사랑을 그들로부터 느끼게 되어서일 게 다. 여유롭게 사는 형편은 아니지만, 적어도 이들 야생 조류와 함께

하다 보면 마음이 그렇게 여유로워질 수가 없다.

이름 이야기

81년 미국에 처음 왔을 때의 일이다.

오자마자 예정했던 대로 학교에 등록을 하고 신입 외국 학생 Orientation에 참석했다. 멕시코 출신 남녀 학생들이 12명, 요르단 여학생 1명, 일본 여학생 1명, 중국 여학생 3명, 과테말라 남학생 2명, 쿠바 출신 남학생 1명 등 약 20여 명의 학생이 모였었다. 차례대로 호명을 하는데 아무리 기다려도 내 이름은 부르지 않는 것이었다. 호명이 다 끝나고 왜 내 이름이 없냐고 더듬거리는 영어로 묻자, 네 이름이 도대체 무엇이냐는 것이었다 "My name is 승재 신(Seung Jai Shin)."이라고 또렷이 알려줬다. 그랬더니 한참 위아래로 명단을 보더니 "Oh! 썅~신!" 하며 네 이름을 세 번씩이나 불렀는데 어디 갔다 왔느냐는 것이었다. 뭐? 내 이름이 썅~신이라고? 그러니까 내가 내 이름을 못 알아듣지. 그런데 아니, 이게 뭐야. 왜 내 이름을 반만 잘라 불러? 참으로 황당하고 어이없는 노릇이었다. 우리 민족이 이규태 씨의 지적대로 이름을 얼마나 중시하는 민족인데 내 이름을 토막 내 부르나? 당장에 이름을 다시 가르쳐주었다. "Oh, No! My name is not 썅~신. My name is 승재 신. Shin is my last name." 그러면서 그 스펠을 써주었다. 그랬더니 이번에 더 가관으로 "Oh! 썽하이 신! I am sorry 썽하이." 하는 게 아닌가! 참 기가 차고 복장이 터질 노릇이었다. 아니, '썽하이'는 또 뭐야? 왜 승재가 썽하이로 도술을 부려. 내가 중국 사람이란 말인가? 하긴 여기 대부분의 사람은 모든 동양 사람들을 뭉뚱그려 다 중국인으로 보니까. 사실은 발음이 중국 발음 같지만, 그 미국인 강사가 '재(Jai)'를 '하이'로 부른 것은 스페인어식 발음을 따른 것이었다. 스페인어에서 J 자는 ㅎ 자로 발음되기 때문이다. 그래서 멕시코 남자 이름 중 가장 많은 요셉을 Jose라고 쓰고 '호세'라 발음한다. 내 이름을 가지고 계속 시간을 보낼 수 없어 그냥 썽신이라 부르든 썽하이 신이라고 부르든 우선 놔두기로 하고 그 시간은 그냥 지나갔다. 문제는 그 시간 이후부터 본격적으로 발생하기 시작했다. 같이 Orientation을 받은 학생들이 나를 썽하이로 부르기 시작한 것이었다. 아무리 아니라고 설명해도 도대체가 안 된다. 이름에 받침만 없어도 부르기가 쉬울 텐데…. 그리고 더욱 한심한 것은 내가 나이가 33살인데 이제 22살이나 21살쯤 되어 보이는 어린 것들이 내 이름을 부르는 것이 영 못마땅했다. 그것도 제대로 된 발음이라면 몰라도….

도대체 성을 뺀 내 이름을 부를 수 있었던 사람들이 누구인가? 우리 부모님과 삼촌, 고모, 이모, 내 친구들, 어려서 만난 웃어른들. 도대체 손꼽아도 얼마 되지 않는데, 다른 사람들은 이제까지 선생님 아니면 신 선생이라고 불렀는데…. 영 마음이 편치가 않다. 소화도 안 된다. 너무도 어색하고 불편하다. 그런데 그때 번개처럼 스쳐 가는 옛 장면이 있었다. 내가 어려서 주일 학교 다니고 복사할 때 수녀님과 주일 학교 선생님들은 나를 '베드로'라고 항상 불렀다. 참 오랫동안…. 그리고 다 큰 후에도 수녀님은 나를 그냥 베드로라고 불렀다. 지금 아흔을 훨씬 넘기신 수녀님은 지금도 나를 그렇게 부르신다. 전화로 "수녀님." 하면 이름을 대기 전에도 "응, 베드로구나." 하신다. 지금은 같이 늙어가는데도 말이다. 그래도 그 소리는 참 좋다. 꼭 내가 수녀님을 처음 만났던 어린 시절로 돌아가는 느낌을 주기 때문이다.

하여튼 오, 그래! 이거다. 나는 베드로다. 영어로는 Peter이고, 스페인어로는 Pedro다. 그 괴상망측하게 불리는 내 이름보다는 이것이 듣기에도 편하고 거부감도 안 생기고 부르기 또한 쉽다. 그다음부터 나는 내 이름이 Peter 혹은 Pedro라는 것을 만나는 사람마다 알렸다. 그렇게 해서 나는 승재에서 Peter로 바뀌었고, Shin이라는 내 성의 음역이 가지는 뜻이 정갱이라는 영어 뜻이 못마땅해 미 시민권을 취득할 때 빛남이란 뜻을 가진 Sheen으로 바꾸었다. 처음 이곳 굿뉴스에 등록할 때 실제로 쓰는 이름을 등록하라고 해서 순진하게 이곳 현지에서 쓰는 대로 썼다가 아무래도 한국 사람들에게는 이질감을 주는 것 같아 이곳에서만 옛 이름으로 쓰고 있다.

딸이 어른이 되어가고 있다

우리 딸만이 그런 것이 아니겠지만, 요새 아이들의 생각이나 행동이 우리 시대에 비해서 얼마나 이기적이며 자유분방하고 또한 자신의 주관이 뚜렷한지는 모두가 공감하는 사실일 것이다. 집 안에서의 행동은 정말 하나에서부터 열까지 마음에 드는 것을 찾기가 쉽지 않다. 우선은 자신의 뒤처리를 거의 하지 못하는 것이다. 여자아이라 몸치장에 쓰였던 수많은 치장품을 그대로 널려놓은 채 학교로 달려가거나, 지가 입었던 옷도 벗어놓은 그 자리에 그냥 둬버리는 것을 보고 한번 혼을 내주면 얼마간은 치우거나 빨래통에 넣다가도 그리 오래지 않아 다시 제 버릇이 도지곤 하는 것이 일상이었던 것이다.

남을 위한 희생? 꿈도 꾸지 못할 망상이다. 그나마 다행인 것은 제 학년에서 항상 1, 2등을 한다는 것이지만, 제대로 된 인격의 뒷받침이 없는 우수한 머리가 할 수 있는 것들을 생각하면 그것이 그리 좋다고만 할 수 없다고 내심 그다지 만족히 생각하지 않았던 터였다. 그리고 부모의 명령일지라도 그것이 사리에 맞지 않는 것이라면 우리 자랄 때는 꿈도 꾸지 못했던 자신의 주장을 앞세워 딱 부러지게 거부해 버리는 것을 보고, 부모로서의 굴욕감 같은 것 때문에 공연히 큰소리를 지르고 협박을 가해 눌러버리곤 하는 내 모습에서 아이는 또한 나름대로 세대 차이를 심하게 실감했을 것이다. 더구나 아무런 보상도 없는 자원 봉사를 한다는 것은 꿈에서라도 생각할 수 없는 일이라고 생각하고 있던 터였다.

그런데 놀랍게도 근육위축증 환자 협회(Muscular Dystrophy Association)가 주관하는 일주일간의 하계 캠프의 자원 봉사자로 간다는 것이 아닌가! 근육의 힘이 빠져 깨어있는 대부분의 시간을 휠체어에 앉아있어야 하고, 자신의 힘으로는 목욕은 물론 세수나 양치질도 못 하고, 스푼을 들 힘조차 없어 일일이 먹을 것을 입에 넣어주어야 하고, 대·소변을 위해 변기에 앉혀주어야 하고 또 닦아주어야 할 사람들의 온갖 시중을 드는 그런 힘든 봉사를 하겠다는 것이었다. 그것도 두 달 반의 방학, 그 귀하고 아쉬운 마지막 일주일을 그들과 같이 먹고 자면서 말이다.

일주일간을 지내는 MDA 하계 캠프는 극히 제약된 환경에서 살아가야 하는 근육병 환자들에게 자연에서 여러 사람과 만나고 게임도 하고 오락과 수영, 심지어 댄스까지 즐기도록 하는 프로그램이다. 그래서 일상에서 신체적 제약과 고통으로 인해 쌓인 스트레스를 풀어줄 뿐만 아니라 같은 처지에 있는 다른 많은 근육병 환자들이 힘든 병을 가지고 살면서도 기쁘게 사는 모습 등을 보고 들으면서 삶에 대한 새로운 의지를 가질 수 있도록 해주는 계기가 되어주는 아주 훌륭한 프로그램으로 거기에 소요되는 경비 전액을 MDA가 지원해 준다.

그리고 이 캠프는 환자들에게뿐 아니라 24시간을 하루도 빠지지 않고 환자들을 돌보아야만 하는 그 가족들, 특히 그 부모들에게 황금 같은 휴식을 갖게 해주는 오아시스 같은 역할을 하기도 한다. 4년 전 우리 곁을 아주 멀리 떠나 하느님 곁으로 간 로사 오빠도 10여 년이 넘게 이 기쁘고 즐거운 캠프에 참여해 와서 데려다주고 또 많은 선물을 받아가지고 돌아오는 오빠를 픽업해 오면서 어린 로사 마음속 깊은 곳에 어떤 씨앗을 심어놓았던 것 같다.

이곳에 오는 자원 봉사자들의 출신은 아주 다양하다. 휴가를 낸 남녀 해병대나 해군, 소방관, 대학생, 회사 직장인 등등 아주 다양하다. 모두들 자신의 휴가 중 일부 혹 어떤 이는 거의 전부를 여기에 투자한다. 그야말로 자신의 잘못이 아닌 태생적으로 큰 어려움을 안고 살아가는 사람들에 대한 이해와 상대적으로 자신들이 받은 축복을 나누고자 하는 마음이 어우러진 온전한 희생적 봉사 정신의 극치라고 생각하고 싶다. 이뿐 아니라 삶의 방향을 결정하는 데 어느 것을 우선순위로 정해야 하는가를 구분 짓는 삶에 대한 가치관은 더불어 사는 세상에 삶을 나누는 그런 것이 아닌가 싶다.

그러기에 자신이 맡은 회원들을 정말 극진히 돌보게 되고 또한 그러한 마음을 회원들은 절실히 느끼게 되어, 캠프 마지막 날 밤 그곳에서 지냈던 느낌을 발표하는 시간은 서로가 감동되어 남자고 여자고 어른, 아이 할 것 없이 울음바다가 되는 것이다. 그러고 보면 인간이 체험할 수 있는 기쁨은 오관을 통한 자극적 체험보다도 서로를 배려하는 순수한 마음을 주고받는 감정의 흐름에서 이루어지는 기쁨들이 더욱 깊고 진실할 수 있음을 알 수 있다.

우리 딸 로사는 전에 경험해 보지 못한 봉사의 기쁨이 에밀레종의 여운처럼 은은히 오래오래 마음에 남아 즐겁겠지만, 나는 우리 딸 로사가 아무 대가를 바라지 않는 순수한 희생으로 어려운 처지의 사람들에게 자신을 나눌 수 있는 속마음을 가졌다는 것을 확인한 기쁨이 마약에 취한 듯 나를 즐겁게 한다. 일주일간 잠도 제대로 못 자고 또 제힘에 부치는 힘든 노력 봉사임에도 딸내미는 내년에 아니! 자신의 여건이 허락하는 한 평생 매년 또 그곳으로 자원 봉사를 가겠단다. 아직도 나는 내가 아버지로서 자격이 있는지 의심이 간다. 16번째 생일을 지내고 두 달이 지나도록 나는 딸아이의 마음 속 그 깊은 곳에 얼마나 아름다운 심성이 감추어져 있었음을 느끼지 못했으니 말이다.

전혀 경험해 보지 못했던 새로운 세계를 보고, 자신이 받은 탤런트를 자신만을 위해서가 아니라 진정 자신을 필요로 하는 사람들을 위해 쓰는 그런 마음과 분야로 자신의 진로를 결정하는 좋은 계기가 되었으면 하는 마음 간절하다.

인종 증오와 우리 딸

미국에서 태어난 우리 딸 로사는 한국말보다는 영어가 훨씬 편하다. 딸이 초등학교 4년을 마쳤을 즈음의 일이다. 유치원 과정까지는 그래도 집에서 한국말을 주로 썼지만 초등학교를 들어가면서 자기 학년에 한국 학생이 한 명도 없자 학교에서 자연히 영어만을 쓰게 되다 보니 집에 와서도 점차로 영어 쓰는 빈도가 늘어가다 이제는 지네 엄마한테 이야기할 때만 제외하곤 언제나 영어만 쓴다. 토요일 한글 학교에서 유치원부터 중학교 3학년까지 한글을 읽고 쓰는 것을 배웠기 때문에 한글을 쓰는 데는 어려운 말을 제외하고는 별문제가 없어 집에서는 한국말만 쓰라고 엄포를 놓지만 말할 때뿐 얼마 지나지 않아 그냥 무조건 반사적으로 영어가 튀어나온다. 그리고 더 나아가 이제는 내가 하는 영어가 참 우습다는 것이다. 그런 어색한 영어 표현이 어디 있으며 또 그 발음이 뭐냐는 것이다. 어렸을 때는 잘 몰라서 아빠가 영어를 꽤나 하는 줄 알았는데 이제 보니 남 보기에 참 창피스럽다는 듯한 투다.

나 자신 한국에 있을 때 전공은 아니었지만 중·고등학교에서 7

년간의 영어 교사 경력으로 준수한 문법 실력 바탕 위에 미 공립 대학에서 요구하는 토플 점수를 벼락치기일망정 무사히 통과한 덕에 썩 잘하는 것은 아니지만 그래도 영어는 먹고살 만큼은 한다고 생각을 했는데, 요런 나의 얄팍한 자부심은 내 딸년의 빈정거림으로 무참히 꾸겨져 버리고 말았다. 그러하니 사실 내가 대하는 백인을 포함한 외국인들이 내가 한국 사람이라는 사실을 접어두고 나를 상대하니 그렇지, 내가 하는 그 어색한 영어 표현으로 인해 나를 얼마나 얕잡아 보았는지 그 감이 잡힐 듯하다. 바로 이러한 언어 사용자에 대한 느낌, 이것이 요사이 문제가 되고 있는 인종 차별에 대한 감정의 첫 원인 중의 하나라고 생각한다. 마치 내가 한국에 있을 때 어느 미국인이 영어로 말할 때는 참 경외로울 정도로 신기하고 훌륭해 보였지만, 한국말을 좀 한다고 더듬거리는 한국어로 말을 시작하자 이제껏 있던 그 경외심은 온데간데없이 사라지고, 오히려 저속마음에서는 '이런 형편없는 친구….' 하며 깔아뭉개는 듯한 마음이 들었던 기억이 난다. 내 앞에서 그가 쓰는 한국어는 어린애가 어울리지 않는 어려운 문자를 섞어가며 코 먹은 듯한 소리로 말을 이어가는 참 조잡하고 우스운 표현이니 자연스레 나는 어른의 입장이고 상대는 작은 애어른과 같다는 생각이 들었기 때문이다. 그러한 이유로 터줏대감인 나와 다른 환경에서 자란 사람에 대해 우월한 감정을 갖게 되는 것은 인류 공통의 심리가 아닌가 싶다.

미국 영화에 등장하는 아시안을 백인만큼 똑똑하게 묘사하는 영화를 보기는 쉽지가 않다. 실제 아시안 배우의 영어 발음이 미국인과 같다 해도 영화 대사는 아주 강한 악센트에 투박한 짧은 영어를 하게 된다. 영어 표현이 자유롭지 못하니 자연 비굴한 웃음과 함께 말이다. 정말 나는 이것도 예술이라고 출연하는 아시안 배우들이 그렇게 싫을 수가 없다. 스스로 자신들과 또 자신들이 상징하는 인종의 위상을 백인들 앞에서 무참히 짓밟아버리고 이 영화를 보는 백인들에게 우월감을 갖게 하는 인종 반역자 같은 생각이 들기 때문이다. 바로 이러한 대중문화를 통한 타 인종의 비하가 전체 백인들의 의식 속에 무의식적으로 전파되고 자리를 잡아가 자연 자신들이야말로 가장 우수한 인종임을 자인케 하는 요인 중의 하나가 아닌가 싶다.

이것의 특징은 모든 가치 기준을 자신이 속한 집단에 절대 가치를 부여한다는 것이다. 이러한 사상이 이념으로만 지니고 있으면 별문제가 없지만, 그것이 구체적 행동으로 표현되면서부터 심각한 문제가 생기게 된다. 그러한 문제는 대개 자신들보다 열세하다고 생각되는 타 집단의 존재 자체를 없이 하려는데 그 심각성이 있다. 그 대상이 타 민족이면 히틀러의 유대인 학살이나 밀로셰비치의 코소보 인종 학살, 터키인에 의한 아르메니아 학살 등등 대량 살상이나 전쟁의 형태로 나타나고, 그 대상이 종교적이면 마녀재판 같은 종교 재판 혹은 더 나아가 하느님의 이름을 걸고 했던 십자군 전쟁, 북아일랜드 사태 같은 결과로 이어지고, 개인인 경우는 대개가 인종 증오

범죄로 표현된다.

증오 범죄가 정치가나 어떤 집단에 의해 이루어질 경우는 그 지도자가 자신의 불순한 목표를 달성하기 위해 교묘하게 이용하지만, 개인의 경우에는 마치도 어떤 성스러운 일을 감행하는 애국 열사 같은 거의 순교에 가까운 신념으로 행동을 한다는 것이다. 이러한 잘못된 신념은 정도의 차이는 있지만, 각자의 가치 기준이 다르기 때문에 누구에게나 있기 마련이다. 문제는 나의 가치관만큼이나 다른 이의 그것을 인정을 해주냐 아니냐에 있는 것이다. 사람들이 잘못된 신념을 갖지 않도록 미사 중, 특히나 보편 지향 기도 중 세계 평화를 위해 기도할 때 구체적으로 이러한 지향도 마음속에 간직하고 했으면 하는 마음이다.

작살 난 내 죠리퐁

　　　　　나는 술을 좋아하지 않는다. 아니, 술을 못 마신다고 해
야 하는 것이 옳을 것 같다. 왜냐하면, 시원한 맥주의 첫 한 모금의
맛을 제외하고는 그 이상의 술맛을 도대체 이해 못 할 뿐 아니라 그
놈을 마시면 얼굴이 뻘겋게 울긋불긋 어디 가서 몇 대 얻어터진 사
람처럼 보기 싫게 변하기 때문이다. 그리고 정신은 삼복 더위에 십
리 길이나 걸어온 사람처럼 머리는 몽롱하고 온몸의 힘이 다 빠져나
간 듯 축 늘어진 문어 꼴이 되어버린다. 모임이 있어 술을 마셔야 할
때는 맥주든 막걸리든 딱 한 잔이면 족하다. 그러니까 한국 사람들
의 2차, 3차, 심지어 4차로 이어지는 그 음주 관행을 보면 영 이해를
할 수가 없다. 그냥 한번 마시고 좋은 대화 나누었으면 됐지 무슨 원
수 잡아 죽일 듯 갈 데까지 가며 장소를 바꿔가며 마시고 또 마시는
그런 거 말이다. 말하자면 그런 것 이해 못 하는 나는 술 못 마시는
어린애의 차원을 넘어설 수가 없는 처지인 듯싶다.

　술 좋아하는 사람들은 대개 과자나 떡과 같은 주전부리를 좋아하
지 않는 게 일반적이다. 그러나 나처럼 술을 못하는 사람들의 몸의

신체적 욕구는 술 대신 그런 간식거리를 더 바라는 것 같다. 젊은 시절 학교 선생으로 있을 때 출출한 생각이 들어 여자 선생님들에게 뭐 먹을 거 좀 없냐고 하면 사탕 한 알이라도 꼭 내놓았던 기억이 새롭다. 보통 여선생님들 책상 서랍에는 과자든 사탕이든 뭔가가 있기 마련이었다.

한인 타운에 있는 한국 슈퍼마켓에 가면 과일점을 지나 반드시 들러야 하는 곳이 여러 종류의 스낵을 파는 곳이다. 보통 여기엔 젊은 여자들이나 아줌마들이 서성이며 수많은 주전부리용 과자나 캔디 앞에서 최상의 선택을 위한 약간의 번뇌를 느끼는 곳이다. 나처럼 나이 든 사람이 그들과 같은 대열에 서서 애들 먹는 과자를 쥐었다 놓았다 하는 것이 영 민망하고 겸연쩍어 그냥 한번 슬쩍 지나가는 척하며 먹고 싶은 놈을 점찍어 둔 다음 이곳저곳 괜히 왔다 갔다 하다가 그곳에 아무도 없는 틈을 타 벼락같이 순식간에 집어 들고 아무 일 없었다는 듯 빠져나온다.

그런데 이렇게 전쟁을 하듯 사 오는 과자란 대개가 별 유난스러운 것이 아니다. 자라면서 혹은 궁한 군대 생활 중 맛있게 먹었던 비슷한 것들이 대개 주류를 이룬다. 건빵, 맛동산, 초코파이, 생강맛 전병, 박하사탕… 그리고 옛날 쌀 뻥튀기 생각나게 하는 보리를 튀긴 죠리퐁 이런 것들이다. 그런데 마켓 안에서는 그렇게 입맛 다시며 날 유혹하던 그놈들이 집에 와 짐을 풀어놓는 순간이면 어느 틈인가 슬그머니 사라져 그냥 집 벽장 한구석 어딘가에 몰래 숨겨두었다 얼마가 지난 다음에 생각날 때 하나씩 먹는다.

연속극『장밋빛 인생』을 느긋한 맘으로 소파에 길게 누워 즐기고 있자니 입안이 심심해지는 것이 아삭하고 구수한 죠리퐁의 이미지가 눈앞을 아른거린다. 간식거리 모아두는 찬장을 열어 찾아보았으나 이놈이 보이지를 않는 것이었다. 소리를 질러 애엄마에게 이의 소재를 물으니 로사 방엘 가보라는 것이었다. 로사 책상 위에 봉투가 완전히 다 열린 죠리퐁 껍데기가 보인다. 안을 들여다보니 부스러기 몇 알이 남았을 뿐이다. 녀석이 어느 틈엔가 다 해치워버린 것이었다. 원래 한국형 간식인 이런 먹거리는 미국에서 태어나 자란 로사에게는 별 입맛을 당기는 스낵이 아님에도 가끔씩 이렇게 내 간식용으로 사다놓으면 어느 틈엔가 이렇게 작살을 내고 만다.

로사는 집에서 우리 한국식 음식을 그리 즐겨 먹지를 않는다. 아마도 초등학교 시절 아침 식사를 하고 학교에 갔다가 김치 냄새가 난다고 아이들에게 놀림을 받은 것 같았다. 한국 음식에 길든 우리는 양식을 두 끼 연달아 먹으면 금세 생목이 올라 김치나 된장국 같은 얼큰한 맛으로 속을 씻어내려야 생요동치는 위장을 달랠 수 있지만, 로사는 그 느끼한 서양식 음식이 더 맞는 것 같다. 따라서 먹는 간식도 다르게 마련인데 이렇게 내 것에 손을 대는 경우는 먹을 것이 궁할 때인 것 같다.

바삭한 그 맛을 기대하며 찾던 봉지만 남긴 채 사라져 버리고 말 았지만 아쉽고 서운하고 화가 나기는커녕 내가 먹은 것보다도 흐뭇한 마음이 드는 것을 보면 나도 제 새끼 귀한 죠리퐁이 빈 줄 아는 애비가 됨은 틀림없는가 보다. 녀석이 요사이 다이어트 한다고 도통 뭘 먹으려 하지 않는 판에 그거라도 먹고 빈속을 좀 채웠으리란 안도감 같은 것 때문이리라.

산불 그리고 사람들

비가 오기 시작하는 겨울철로 들어서기 전, 남부 캘리포니아 대지는 바짝 말라있다. 지난 봄비 이후 거의 5~6달 동안 비가 내리지 않는 기후 때문이다.

거기다 마지막 가는 여름을 시샘하듯 이때쯤 불어오는 계절풍인 산타아나 더운 바람은 마른 대지를 더욱 뜨겁게 달구어 놓는다. 그래서 매년 이맘때 이곳 남부 캘리포니아(남가주)는 여기저기서 일어나는 산불로 몸살을 앓는다. 올해 여기서는 역사 이래 가장 큰 산불 피해를 입었다고 한다. 집이 2,000여 채가 타버렸단다. 수천 명의 소방대원과 수백 대의 소방차 그리고 대형 비행기로 소화액을 마구 뿌려대는데도 미친 듯이 이리 갔다 저리 가는 불길은 그 기세를 누그러트릴 줄을 몰랐다.

우리가 살고 있는 동네는 산과는 한참 떨어진 곳이라 산불 걱정은 없는 곳이지만 사방에서 일어난 산불의 연기와 재가 잘게 부스러져 곱게 곱게 퍼지면서 거의 전 지역을 매캐한 연기와 재 부스러기로 며칠을 뒤덮었다.

　뜨겁게 내리쪼이는 햇살조차 희뿌연 연기에 가려져 밝은 대낮이지만 화마의 그림자를 밟고 다니는 음산한 분위기가 며칠 계속되었다.

　이번에 피해를 입은 집들은 비교적 경제적으로 안정이 된 잘사는 산동네가 대부분이었다. 그러나 산불이 워낙 워낙 급하게 번지는 바람에 아무것도 챙기지 못하고 그냥 몸만 겨우 빠져나온 사람들이 상당히 많았다고 한다.

　거대한 산불로 피해를 입은 것이야 물론 불행한 일임은 틀림없다. 그러나 그러한 불행 중에서도 인정을 서로 나누는 따뜻한 우정, 교우애, 아름다운 희생 같은 이야기들이 밝혀지면서 이 세상은 참 아름다운 곳이라는, 살 만한 세상이라는 생각을 갖게 하는 기회도 주었다.

　서울에서 뉴욕에서 버지니아에서 안부를 물어주는 부모님과 형제들, 친구들이 새삼 정겹게 느껴지며, 내가 결코 여기 홀로 잊혀져 살아가는 존재가 아님을 확인시켜 주는 계기가 되기도 했다.

　내가 나가는 본당 주임신부님은 아일랜드 출신의 골롬반 선교회 소속의 신부님이셨다. 지금은 70이 훨씬 넘으셔 돌아가셨지만, 한국에서 30여 년을 봉사하다 이곳으로 오셔서도 계속 한국인 본당의 주임신부님으로 사목하셨다. 산불로 집이 전소되어 겨우 몸만 빠져나온 신자를 찾아가, 당장 필요한 옷가지와 이불 등 필요한 것을 사 주시러 대형 쇼핑점으로 데리고 가셨다 한다. 이것저것 필요한 것을 카트에 담고 계산을 하려니 갖고 있었던 현찰 400달러를 훨씬 넘게 되었다는 것이다. 민망하고 난처한 처지에 상점 매니저를 찾았단다. 산불 피해자임을 설명하고 값을 좀 조절해 줄 수 없냐고 사정을 하니 조절은 물론 필요한 것이 있으면 더 가져가라고, 그리고 물건값은 가게에서 전부 대신 내주겠노라고 하는 제의에 고맙고 훈훈한 마음에 눈물이 범벅되어 물건을 받아들고 나오셨다 한다.

자연재해 중에서도 이런 어려움을 이기게 하는 사람들의 따뜻한 마음 때문에 세상은 결코 멸망해 없어져 버릴 곳이 아닌 희망을 품고 살 만한 따뜻한 곳이라는 사실을 확인해 본다.

흑인들을 생각하며

        내가 흑인들에 대한 인상을 갖기 시작한 것은 어릴 때, 그러니까 서울 영등포에서 살던 초등학교 1학년과 2학년 때였다. 여의도가 바로 눈앞에 보이던 한강 뚝방이 지금은 아마도 큰 도로로 변해있을 줄 알지만, 6·25 동란이 끝난 지 얼마 되지 않은 그 시절엔 미군 군용 차량이 뚝방길, 그 길을 참 많이 다닌 것으로 기억된다. 가끔 동네 친구들과 함께 그 뚝방에 올라, 달리는 미군 트럭을 향해 "할~로우~!" 하고 소리를 지르며 손을 흔들면 맘 좋은 미군들이 미제 껌이나 초콜릿 혹은 과자나 사탕, 운수가 좋은 날이면 C-Ration 한 박스를 휙 던져주곤 했다. 주전부리 간식 먹거리가 궁했기도 했지만, 그렇게 공짜로 얻어먹는 기분이 그렇게 날아갈 것처럼 좋아 그 짓거리를 자주 즐겨 했었다. 그런데 어렴풋이 아직도 기억에 남는 것은 까만 얼굴의 흑인 병사들에게서는 좀처럼 얻어먹지를 못했다. 오히려 영어로 뭐라 고함쳐대는 것이 무슨 욕인 것이 틀림없었다. 그렇게 몇 번을 당하고는 아예 흑인들이 그렇게 지날 때는 무슨 뜻인지는 모르나 나쁜 뜻이 틀림없는 "헤~이! 까라리 깟데무(Get away! god damn)! 새끼들아~!"라고 맞고함을 질러댔다. 그래서 까만 흑인들은 참 인심 사나운 무서운 사람들로 한참 각인되어 있었다.

그러던 생각이 점차로 변해가기 시작된 것은 초등학교 5학년인가 그때쯤 읽은 『톰 아저씨의 오두막집』 소설과 음악 시간에 「켄터키 옛집」, 「내 고향으로 날 보내주」, 「올드 블랙 조」 같은 흑인에 관한 포스터의 곡들을 배우고 즐겨 부르기 시작하면서 흑인에 대한 연민과 동정이 싹트고, 더 나아가 그들 편이 되어버린 것 같은 생각이 들었다. 그러면서 나이가 좀 더 들면서부터는 흑인 영가라든가 흑인에 관한 소설 등에 심취하게 되었다. 그러니까 적대적이었던 감정이 어느새 이상주의적 평등 내지 억압받았던 계층에 대한 의분의 동지의식감 같은 그런 생각으로 바뀌고 더구나 미국으로 오기 바로 전, 한참 세계를 떠들썩하게 했던 알렉스 헤일리의 『뿌리』를 TV 연속극 드라마로 감명 깊게 본 후 완전히 흑인들 편이 되어버렸다.

미국으로 온 후, 유학생 신분으로 밤 11시부터 아침 7시까지 규모가 제법 큰 모텔에서 일하면서 실제 미국 사람들과 접촉하는 계기를 갖게 되었다. 유학 오기 전 가졌던 흑인들에 대한 긍정적 시각으로 보는 그들은 내게 친절했고 또한 친밀한 느낌까지 들게 되었다. 단지 그들의 말투와 억양이 백인들과는 상당히 다른 것이 말을 알아듣기가 백인들보다 좀 어렵다는 것뿐이었다. 그런데 그 당시 나에게 거의 은인과 같았던 모텔 사장님의 의견은 너무도 달랐다. 그분은 나의 흑인에 대한 생각이 현실을 제대로 보지 못하는 안타까운 어리숙한 감상주의적 생각이라며, 좀 더 있으면서 그들이 과연 어떤 사람인지를 직접 경험해 보라고 냉정하게 잘라 말했다. 그렇게 생각 하는 그분을 나는 인종적 편견이 좀 심한 참 안타까운 분으로 생각 했었다.

달라스에서는 일 년에 한 번씩 남침례교회 전국 대회가 열린다. 그때가 되면 모텔은 3~4일 동안 흑인 목사와 그 가족들로 만원을 이룬다. 온 모텔이 흑인들 특유의 그 냄새와 말투와 복작거림으로 떠들썩하다. 처음 보는 그들의 축제 비슷한 모임을 흥미롭게 생각하 며 그들이 떠나고 난 후, 나는 내 친한 친구의 보지 못할 추한 모습 을 본 것 같아 당황하고 실망하고 낙담했다. 공동으로 사용하는 큰 수영장은 먹다 남은 피자 조각, 소시지 등이 둥둥 떠있고, 치약과 칫 솔 그리고 수건들 슬리퍼 휴지들로 마치 큰 홍수를 만난 저수지처 럼 변해 버렸다. 방에는 먹다 남은 음식 쓰레기, 벗어놓은 양말들, 크고 작은 모텔용 타월들 하며 방 안은 완전히 쓰레기장을 방불케 했다. 깨끗하게 샴푸 된 카펫은 진흙밭처럼 새까맣게 더럽혀 있어 이건 완전히 개나 돼지가 살았던 방이지 사람이 살다간 방이라고는 볼 수 없었다. 그때 3박 4일간 이곳을 쓰다 간 사람들이 누구인가? 그들은 흑인들의 지도계층이라 할 수 있는 목사와 그 가족들이 아 닌가? 그들조차 최소한의 공중도덕에 대한 의식이 이러할진대 일반 흑인들의 의식이 어떠하랴 싶었다. 그제야 나는 그 모텔 주인의 심 정을 이해할 수 있었다.

그런지 2년 후쯤 나는 픽업트럭에 여자 손가방, 귀걸이, 전자시계 등을 가득 싣고 텍사스주 여기저기, 그리고 루이지애나주, 아칸사스주 등을 떠돌아다니며 미국식 장돌뱅이 노릇을 하며 일 년인가를 지낸 적이 있었다. 루이지애나주의 흑인 대학촌 마을에서 사람 많이 다니는 공터 한구석에 간이 텐트를 세우고 트럭을 벽 삼아 접는 책상을 펴놓고 전자시계며 귀걸이, 가방 같은 물건을 진열하며 장사를 시작할 때였다. 그곳 동네의 젊은이들은 거의 다 그곳 대학의 학생들임에도 불구하고 내가 뻔히 보고 있는 앞에서 남녀 두세 녀석이 무리를 지어 시계를 보는 척하며 그냥 주머니에 집어넣는 것이었다. 한두 녀석이 그래야 말리기라도 할 텐데 이건 떼로 몰리니까 도리가 없어 결국 물건들을 그냥 플라스틱 백에 쓸어 넣어버리고 그곳을 황급히 떠난 적이 있었다. 대학을 다니는 지성인이고 뭐고 많은 수의 흑인의 윤리 의식 수준은 바닥임을 다시 한번 절실히 느끼는 순간이었다.

그 사건 이후 나의 흑인에 대한 의식은 상당히 부정적으로 바뀌었다. 오랫동안의 노예 생활은 그들을 경제적 극빈자로 만들었을 뿐 아니라 윤리적으로도 주인 의식이 없는 타성적인 윤리적 타락자로 만들어 버린 것 같았다. 경제적으로 상당히 성공한 흑인들도 꽤 많다. 그리고 전문 분야에서 탁월한 능력으로 실력을 인정받는 사람들도 많다. 그럼에도 불구하고 훨씬 더 많은 흑인이 극빈자들로 정부의 생활 보조비로 생계를 이어간다. 교도소 수감자들도 인종 비율에 비하여 타 인종에 비해 월등히 높다.

최근에 이런 나의 감정에 확실하게 도장을 찍어버린 조그만 사건이 있었다. 주일 아침 새벽 미사를 마치고 기분 좋게 집으로 돌아오는 길에 너무나도 얼토당토않게 흑인 경관으로부터 황당한 교통 위반 딱지를 받은 것이다. 분명 여유 있게 좌회전을 했는데도 직진하는 차가 가까이 있었다고 억지를 부리는 것이었다. 비가 부슬부슬 내리는 주일 아침 빨리 할당량을 채우고 돌아가려는 것이 틀림없었다. 이렇게 한 사람의 부당한 행동을 그 인종 전체에게 책임 지우려는 나의 심리가 못된 것이기는 하지만 하여튼 그 사건은 다시금 흑인에 대한 나의 생각을 확인시켜 주는 계기가 되었고, 먼 옛날 처음 흑인들을 보기 시작했던 기억 속으로 가게 해주었다.

　그럼에도 불구하고 사람을 한 부류로 묶어 한마디로 평가해 버리는 사고방식에는 절대 동의할 수 없다.

우리 아들 중욱이

　　우리 아들 중욱이는 25년의 짧은 생애를 살다 24년 전에 하느님 품으로 먼저 떠났다. 어려서부터 심한 자폐증을 앓았고 또한 근육 위축증(Muscular Dystrophy)의 악화로 인하여 잠을 잘 때를 제외하고는 항상 휠체어에 앉아 생활해야만 했다. 11살까지는 약하지만 조금은 걸어 다닐 수는 있었으나 걷는 것은 물론이고 나이를 먹어감에 따라 밥을 먹기 위해 수저를 입으로 가져갈 힘조차 없었다. 이 병은 현재까지도 치료약도, 치료법도 없는 그저 근육의 힘이 점점 약화되어 죽기까지, 아니 힘이 완전히 빠져나갈 때까지 서서히 조금씩 조금씩 죽어가는 불치의 병이다. 우선 걷지 못하고 다음 손을 움직일 수 없게 되고 머리를 가누지 못하게 된다. 그러면서 서서히 신체 내부 조직으로 파고들어 가 폐 기능이 약화돼 숨을 제대로 쉬지 못해 산소통에 들어가 자야 하고, 위 기능이 약화돼 목구멍에 구멍을 뚫어 소화되기 쉬운 음식을 갈아 넣어주어야 된다. 마침내 심장이 약화되어 최소한의 심장박동의 힘을 잃게 되면 그 불행하고도 고통스러우며 억울한 생을 마치게 되는 병이다. 그러나 그 망그러져 가는 근육의 힘은 몸 전체에 영향을 미치나 단 한 곳, 뇌 근육

에만은 전혀 영향을 끼치지 못하니 죽기까지 받는 그 고통을 머리로서는 또렷이 투명하게 바라보면서 당해야만 된다. 정말 이 병을 알면 알수록 하느님이 어째서 이렇게 잔인한 병을 우리에게 허락하셨는지 자비로우시고 좋으신 하느님을 어떻게 이해해야 할지를 이 지경에 이르면 그저 막막할 따름이었다.

우리 아들의 고통은 단지 그것만으로 끝나는 것은 아니었다. 어려서부터의 심한 자폐증 때문에 일체의 음성 언어뿐 아니라 수화(手話)적인 의사소통도 못 하고 단지 자신이 아주 싫어하는 경우를 당하면 신음 같은 소리를 지르거나 울거나 하는 것으로 최소한의 생존을 위한 동물적 울부짖음으로 자신의 최소한의 의사를 전달했다. 다른 사람의 도움이 없이는 한시라도 먹을 수도, 잘 수도, 입을 수도, 움직일 수도 없는 그야말로 사람의 모습을 가진 의식 있는 식물과도 같은 상황이었다. 목이 마르면 마르다고 할 수 있는가, 등허리가 가려우면 가렵다 할 수 있는가, 추우면 춥다고 할 수 있는가, 오래 누워있어 허리가 아프니 돌려 뉘여 달랠 수가 있나…. 어떤 사람이 자신에게 가까이 가면 이때다 싶어, 아직까지 오직 하나 움직일 수 있는 부분인 머리와 얼굴을 마치 암소가 소나무에 그러하듯 그 사람의 가슴이며 팔에 대고 비벼대는, 그래서 참았던 가려움을 일부 해소시키는 모습을 보면 참 기가 막히다 못해 웃음이 나오기까지 했다.

음성 꽃동네를 시작하게 해준 김귀동 할아버지의 말씀처럼 "얻어

먹을 수 있는 힘만 있어도 그것은 하느님의 은총이다."라는 말씀은 우리 아들을 보면 정말 그런 보잘것없는 힘, 그런 생각이 얼마나 큰 은혜라는 것인지 실감을 할 수 있을 것이다. 아니, 그저 목마르고, 어디가 가렵다는 말만이라도 할 수 있다면 얼마나 감사한 일일까 하는 것이 나의 소망이었다.

그나마 다행인 것은 휠체어에 앉아있으면 우리 아들이 그러한 처참한 병을 지닌 사람이 아닌 그저 다리를 쓰지 못하는 잘생긴(적어도 저의 눈에는) 젊은 청년이라는 외모라는 것이다. 본인이 얼마나 힘든 병을 앓고 있는가조차 느끼지 못하는 듯 맑은 눈동자와 티 없이 순진한 얼굴이다. 미사 중 성체를 모시고 나는 항상 같은 기도를 드렸다. 그것은 오로지 우리 아들이 항상 평화 속에 지내게 해달라는 것이었다. 어떠한 섭리로 인하여 우리가 이러한 불행을 겪고 있는지는 모르지만, 그래도 하느님의 자비에 다시 한번 간청을 드렸다. 항상 천사가 지켜주시기를, 항상 마음에 미소를 잃지 않기를….

어떤 사람은 우리 아들보다 훨씬 더 불행한 처지에 있는 사람들을 생각하고 위로로 삼으라 한다. 또 어떤 이는 말썽부리며 마약 하고 유치장 들락거리는 자식보다는 차라리 낫다고 한다. 성령 지도자라는 어떤 분은 성령 묵상회 면담 시간을 통하여 내가 신부가 되었다면 바로 나의 아들과 같은 모습의 지도자가 되었을 것을 하느님께서 보여주시는 것이라고 내 가슴에 비수를 꽂았다. 그리고 어떤 이는 우리를 위로한다고 장애자 본인을 위해서나 그 식구들을 위해서 하느님께서 빨리 데려가시도록 기도해 주겠단다. 그러나 장애자 당사자나 그 부모에게는 그 어떤 말도 위로가 될 수는 없고, 잘못하면 더욱 큰 상처를 남기는 경우가 더욱 많다. 아무 말 없이 그저 당사자들이 하느님의 뜻을 겸허히 받아들이고 그 고통 중에도 하느님께서 항상 우리와 함께 계시다는 믿음을 가질 수 있게 기도해 주는 일밖에….

하지만 아무리 이해하려 해도 그 어떤 훌륭한 영적 지도자의 강론이나 서적에서라도 나는 왜 우리 아이에게 이런 고통이 있어야 하는지에 대한 해답을 찾지 못했다. 나는 이 문제에 대해서도 얼마나 하느님을 원망하고 증오했는지 모른다. '왜 나를 이렇게 태어나게 했느냐?'에 대한 물음은 없고 따라서 답도 없다. 이것을 생각하면 가슴만 그냥 답답해진다. 그래서 차라리 나는 그 '왜'에 대한 해답을 찾으려 하기보다는 주어진 내 운명과 내 자식의 운명을 사랑하기로 마음을 바꿨다. 왜냐하면, 아마도 이것은 영원히 내가 하느님을 만날 때까지는 풀리지는 않고 그 생각 자체가 나에게 고통만을 줄 것 같다는 생각 때문이었다. 아직 내 마음은 이런 상황에 대한 감사의 기도가 나올 만큼 여유 있고 성숙되지는 못했다.

하느님께서 누구나 받기 싫어하는 선물, 그러나 세상에 꼭 필요한 선물을 관리하고 돌볼 사람이 필요하셨다고 한다. 그 선물은 다름 아닌 세상의 많은 사람이 여러 방법으로 짓는 잘못과 죄에 대한 보속과 희생물인 것이다. 아주 깨끗하고 흠이 없는 순수한 양만이 희생 제물이 되었듯이 또한 하느님의 아들인 예수님이 그러하셨듯이 죄라든가 악이라든가 하는 그 개념조차 없는 '바보 영혼'인 '어린 양이신 작은 예수님'이 바로 그들이고, 그래서 그런 고통스러운 십자가를 지고 산다고 했다. 그런데 아무에게나 이런 선물을 맡길 수는 없어 수많은 사람 중에서 고르고 고른 사람에게만 이런 선물이 주어진다고 했다. 그리고 이런 힘든 선물이지만 그분은 이를 지고 갈 힘도 함께 주신다고 했다. 과연 그랬다. 우리 아이의 삶을 아는 분들은 그저 그로 인한 어려움과 고통만을 보았겠지만, 우리 가정은 우리 아들이 있어서 다른 정상적 자식이나 형제가 줄 수 있는, 아니 어쩌면 더 큰 기쁨을 누리고, 우리는 서로 사랑할 수 있었다.

그리고 그분은 가장 적절한 때에 또한 가장 적절하신 방법으로 나에게 맡겼던 선물을 거두어 가셨다. 자식을 잃은 슬픔 가운데서도, 제 자식이 이 세상에서 더 이상 고통을 당하지 않고, 이제 하느님 곁에서 맘껏 뛰어다니고 날아다니고 기쁘게 소리 지르고 노래하는 모습을 생각하면 그분께 감사드리지 않을 수 없다. 진정 지금 생각하면 모든 것이 은총이었고 생각한다.

죽음, 그 너머라도 가보고 싶다

왜 이리 마음이 심란하고 처지는지 모르겠다.

아들 중욱이가 우리 곁을 떠난 지 벌써 24년이 넘었지만, 녀석은 정말 내 마음속에, 내 기억 속에 뜻 모를 침묵만 지킨 채 항상 살아 있다. 방해받지 않는 나 혼자만의 사고의 장이 주어지면 녀석은 많은 시간 내 곁에 있다. 그러나 항상 말이 없다.

녀석이 가고 난 후 우리를 처음 대하는 사람들은 대개들 그렇게 이야기했다. 이제 하늘에 가장 가까운 성인을 하나 두고 살고 있다고. 또는 이제 고통 없는 행복한 세상에서 살고 있으니 마음 놓으라고. 그러나 이런 모든 말은 잠시 내 귓전에 머물다 갈 뿐이다. 말을 막 배울 때쯤 해서 발병한 것 같은 자폐증으로 한마디 의사표시도 하지 않아 안개 덮인 것 같은 속마음을 시원히 알 길 없었던 아들 중욱이가 그가 살다 간 25년의 생애를 어찌 생각했을는지….

우리가 믿음대로만 산다면 이 순례의 세상을 떠나 영원한 삶이 이루어지는 거기서 지복을 누리며, 여기 현세에서 아직 살고 있는 우리를 언제나 가까이서 바라보고 있어야겠지만, 나는 이것이 그렇게 믿음대로 생각되지를 않는다. 아니, 저 세상에 있는 중욱이보다 얘가 여기서 살 때, 특히 13살 되던 해 주립 병원에 처음 맡기던 그때, 아무것도 모를 것 같은 녀석이 거기 안 들어가겠다고 휠체어 바퀴를 악을 쓰고 붙잡고 우는 것을 억지로 밀어넣으며 놓고 왔던 일, 그 슬픈 눈동자로 체념하며 멀어져가는 우리를 바라보는 모습, 그리고 거의 보름 동안을 매일 매일 울어서 목이 쉰 녀석을 만났을 때, 말만 못했지 녀석의 감성은 정상인과 똑같았다는 것을 녀석이 아주 가고 난 후 실감하듯 느끼곤 한다.

요사이 한국의 국제 전화 001의 광고에 멀리 가족을 떠나 이국땅 동물원에 살고 있는 고릴라가 빌린 전화기로 집에 전화 걸 때 나오는 "형아, 언제 올 거야?" 하는 멘트를 들을 때마다 녀석의 그 슬픈 눈동자가 떠오른다. 마치도 '아빠, 나 언제 집에 갈 수 있어?' 하고 내게 묻는 소리로 들리니 말이다.

그래도 금요일 저녁마다 집으로 데리고 와 재우고 주일 밤에 데려다주었고, 내가 할 수 있는 한은 했다는 책임 면제의 변명 같은 것은 조금도 무거운 죄책감을 덜어주지를 못한다.

내 마음이 살아있는 딸아이에게보다 하늘에 가있는 아들에게 더욱 가까이 가있는 것이 잘못됐음을 알지만, 내 마음을 나 자신이 어쩔 수가 없다. 아주 자주 아들이 있는 곳엘 강풍에 휩쓸리듯 그냥 달려가고픈 마음이 밀려온다. 정말 지금 어찌 지낼까? 살았던 그 생애를 어떻게 생각할까가 너무너무 궁금하다. 죽음, 그 너머라도 정녕 달려가 보고 싶다.

살아야 할 가치도 없는 사람이라?

누워만 있어 꼼짝도 할 수 없는 사람, 그러나 아프고 쑤시고 가렵고 목마르고… 인간의 생리적 욕구는 물론 의식도 또렷해 기쁘고 노엽고 서럽고 분한 감정 또한 정상인들보다 더 민감하고, 한시도 다른 사람의 도움이 없이는 인간다운(?) 삶을 살 수 없는 사람들이 우리 주위에는 의외로 많다. 그러니까 자신 스스로에게나 남에게나 살만한 가치가 전혀 없어 보이는 사람들이 주위 사람을 얼마나 힘들게 하는지….

"긴 병에 효자 없다."라는 우리의 속담은 그저 오랜 병 생활에 진력이 나서 그런 것일 뿐 아니라 실제로 오랜 병자의 뒷바라지에 자신의 육체적 능력이 소진해 버려 맘은 있어도 손발이 제대로 따라주지 않아 그런 소리를 듣게 되는 경우도 상당히 많다. 그래서 중병 환자를 간호하던 가장 가까운 사람이 먼저 세상을 뜨는 경우를 종종 볼 수가 있는 것이다.

차라리 식물인간이라면 침대에 누워 모든 일을 처리해 줘도 되지만 이렇게 의식이 또렷한 사람일 경우 그와 가장 가까운 사람들의 생활은 완전히 그 불편한 한 사람의 연명을 위하여 거의 100% 희생하게 마련이다. 말이 희생이지 그 힘들고 어렵고 피곤한 생활을 얼마간도 아닌 몇 년을 그렇게 돌보아 줄 수 있다는 것은 정말 초인적인 그 어떤 힘이 작용하지 않는 한 계속할 수가 없다는 것이다. 그 초인적인 힘 중의 하나가 되는 그것을 우리는 '사랑'이라고 쉽게 말하곤 한다. 그 사랑의 힘은 환자를 돌보는 그 모든 어려움을 가볍게 만들어 실제 생활이 불편하고 힘들지라도 그런 자신의 운명을 불행하다고 생각하지 않게 해준다.

그런데 그 힘, 사랑의 힘은 자신이 스스로 만들거나 노력해서 얻어지는 것이 아니고, 그것은 마치도 우리 모두의 탤런트가 다르듯 아마도 우리의 생각과 감정을 지어내신 그분이 심어주셔야 하는 것 같다. 같은 식구 중에도 환자를 대하는 마음과 태도가 전혀 다른 경우를 보게 되니 말이다. 그래서 잘 돌보아주는 좋은 마음을 기준으로 해서 잘 못 하는 사람을 쉽게 비판해 버리는 일은 없어야 하겠다고 생각한다.

그러나 세상에 전혀 도움도 안 되고 주위의 많은 사람을 힘들게 하는 그런 사람의 생명과 생활도 참으로 고귀하고 살아있을 가치가 있다고 법으로 규정하고 존중할까? 아마도 그것은 인간의 존재 가치를 단지 어떤 수치로 계산되는 생산 능력으로가 아닌 인간관계의 어떤 조화의 능력으로 보기 때문이 아닐까 하는 생각이 든다. 그 무능력한 사람이 존재함으로 우리 인간의 눈과 판단으로 파악되지 않는 어떤 조화의 능력이 수치로는 계산도 안 될 만큼 큰 power 내지 energy가 발생되는 것이 아닌가 싶다. 그러나 이도 단순히 추측일 뿐, 사랑 자체이신 조물주께서 왜 그런 사람들을 이 세상에 그렇게 힘들게 놓아두시는지는 아무도 시원하고 명확한 답을 주지 못했다. 단지 우리가 그들과 함께 살아감으로 그렇게 느끼고 있을 뿐….

감나무골 산책길

        텔레비전에서 방영되는 드라마의 어떤 장면을 보게 될 때 나는 가끔 깜짝깜짝 놀라며 화면의 주위 환경을 자세히 살펴보게 된다. '저게 감나무골이 아닌가…?' 하며.

  감나무골, 그곳은 『전원일기』에 나오는 양촌리 마을의 산자락에 있는 감나무밭이 아니다. 거기는 혜화동 90의 2번지에 있는 대신학교 교정 뒤 한양 산성 성곽을 담으로 하여 죽 이어진 밤나무, 도토리나무 그리고 소나무들이 어우러져 있는 자그마한 동산이다. 우리가 군대 가기 전까지는 부제님들의 숙소로 사용된 기다란 군대 막사 같은 건물 두 채가 그 밑에 있고, 그 건물 주위로 감나무가 꽤 있어서 우리는 그곳을 감나무골이라고 불렀다.

  이끼 낀 수백 년 된 성곽 담을 위로 두고 이어진 이 길은 큰 나무들이 길 양쪽으로 서로 어우러져 항시 나무그늘이 져있어 그 운치하며, 걸으면서 사색하고 담소하기 좋아하는 사람들에게는 더할 나위 없이 좋은 곳이다. 여름 나절 저녁 식사 후 이곳을 산보하다 묵주 기도 종이 울리면 삼삼오오 짝을 이뤄 기도하던 곳이기도 하다.

서울서 자란 나에게는 고향이라는 향수 어린 장소가 없다. 객지에서 외롭고 힘들 때 사람들은 어머니 품속 같은 아늑하면서도 나의 이 피곤한 몸을 쉬게 해줄 것 같은 평화로운 안식처, 그리고 언젠가는 내가 돌아가 내 영혼을 쉬게 할 수 있는 기억 저편의 그곳 고향을 떠올린다고 한다. 그런데 이상히도 고등학교 3년 그리고 대학교 6년을 지낸 이 감나무골 산책길이 내게는 그런 느낌을 주는 곳이다. 학교에 있을 때 교수 신부님이셨던 박상래 신부님께서 검은 수단을 입고 혼자 묵주 기도를 하시며 걷는 모습이 너무도 인상적이라 내 방으로 뛰어가 카메라를 가져다 그 뒷모습을 찍은 적이 있었다. 이 사진은 곧바로 그해 학교 교지 『ALMA MATER』 표지 다음 장에 실렸었다. 그때의 인상이 그렇게도 강렬했었는지 모른다. 그 모습은 사진뿐 아니라 내 마음 한구석 어떤 곳에 아주 깊숙이, 깊숙이 찍혀있어 문득문득 그곳으로 달려가 보고 싶은 곳이기도 하다.

20년 전 가을, 서울에 갔을 때 무엇보다 먼저 가보고 싶은 곳이 바로 이곳이었다. 도착 바로 다음 날 거의 20년 만에 들러본 곳이었지만, 주위의 교정이 완전히 모습을 달리한 것과는 달리 낙엽이 짙게 깔린 그곳은 예전 모습과 전혀 달라진 것이 없이 옛날의 그 모습 그대로 간직하고 있었다. 그런데 그렇게 다시 가보고 싶은 감나무골 길을 걷는 내 자신이 왜 그렇게 낯설게 느껴졌을까? 마치도 오랫동안 정들어 살았던 집을 이사한 후 오랜만에 다시 찾아가 보았을 때 낯선 새 주인이 이상한 듯 힐끗 힐끗 나를 쳐다보는 듯한 그런 느낌 말이다. 드라마나 영화에서 이와 비슷한 장소가 나오면 마치도 목숨 바쳐 사랑하다 헤어지게 된 옛 연인을 만난 듯 갑작스럽게 심장부터가 쿵쿵거리며 나의 온 정신이 쏠려지는 그런 곳이었는데…. 내가 여기 와서 받는 이 낯선 느낌은 무엇이란 말인가! 난 그냥 그 자리에 주저앉아 엉엉 울고 싶은 기분이 들었었다.

그런데 평화 방송에서 만든 「추기경 김수환」이란 프로에서 주교님께서 바로 그 길을 걷고 계시는 모습이 나왔다. 앞으로 걸으시는 모습, 묵주를 들고 걸으시는 모습, 그리고 당신의 처지처럼 '지는 석양'을 사랑하신다며 벤치에 앉아 먼 곳을 바라보시는 모습 등…. 이 영상물은 또 그 먼 옛날 내 꿈이 영글어 가고 희망으로 가득 찼던 그 먼 기억 속으로 또 한편으로는 낯선 이방인처럼 서있었던 그 아픈 추억 속으로 다시 데려갔다.

새들과의 이해관계?

　　새들이 지저귀는 소리는 우리의 마음을 아주 평안하게 만들어 준다. 산에서 조용히 들어보는 산새들의 울음소리를 종류별로 구분하기도 하며, 소리와 함께 그 모습을 상상해 보는 즐거움도 또한 대단하다. 집 주위에는 참새를 비롯한 이름을 알 수 없는 새들이 참 많이들 날아든다. 뒤뜰 풀밭에 새들이 좋아하는 각종 곡물과 씨들을 흩뿌려 놓고 쪼아먹는 모습을 보노라면 마치도 그놈들이 내 자식 같은 느낌이 들기도 하고, 마음 또한 푸근해진다. 그런데 그렇게 평화와 즐거움을 주는 새들이 어째서 미워지고, 그놈들의 행동 때문에 마음이 어지럽히게 되는가? 그것은 다름 아닌 새들에게서조차 갖게 되는 '이해관계'가 생기면서부터이다. 사람도 아닌 새들에게 무슨 이해관계가 생긴단 말인가?

　집 뒤뜰에 과일나무 몇 그루가 있다.
　그중 살구와 매실을 합친 것 같은 맛을 내는 베스뻬라라는 나무와 복숭아나무는 단맛이 나 며칠 후면 먹어도 되겠다 싶을 때쯤 되면 어느 틈엔가 새들이 먼저 시식을 해버린다. 시식뿐 아니라 한 번

맛을 본 놈들은 익어서 먹을 만한 과일들을 한두어 입 쪼아버리고 또 다른 것을 쪼아댄다. 얼마나 괘씸스런 놈들인가! 그래도 다른 집 주인들과는 달리 나는 일부러 야생 새를 위해 먹이를 듬뿍 사다가 얼마나 많이 먹여줬는데 배은망덕하게도 우리가 먹는 과일들을 탕 쳐놓는가 말이다! 그래서 처음에는 이놈들을 어떻게 하면 효과적으로 쫓아내고 하나도 뺏기지 않고 우리가 몽땅 차지할 수 있을까 궁리해 봤다.

결코 바보들이 아닌 새들은 참으로 영악스럽기 짝이 없다. 사람이 마당에 나와있을 때는 멀리 전깃줄이나 지붕 위로 날아가 앉아있지 결코 나무에 앉는 우를 범하지는 않는다. 공기총을 사서 시간이 나는 대로 한 놈 한 놈 쏴 죽여버릴 상상하니 내 그동안 새들에게 보였던 애정의 마음에 반하는 끔찍스러운 생각 때문에 몸서리처지게 되고, 돌멩이를 주워다가 시간 나는 대로 던져주겠다는 생각도 영 편치 않은 발상이고…. 풀밭에 뿌려주는 새 밥에 독약을 넣어? 그러다가 그거 발각되면 잡혀 들어가 자칭 동물 애호가들에게 시달림당하며 감옥에서 얼마 보내야 하고… 그러니 그것도 안 되고…. 독약 대신 위스키 같은 독주에 새 밥을 푹 담갔다가 주면 이놈들이 먹자마자 술에 취해 비틀거릴 때 한 놈씩 잡아 구워 먹어? 어떤 집을 보니 복숭아나무 전체에다 촘촘한 그물망을 씌워놓고 새들의 약탈을 방지하는 집이 있긴 하지만, 그거 뺏기지 않겠다고 그렇게 야박스럽게 집 뒤뜰의 모습을 흉하게 만들고 싶지는 않았다. 별 오만가지 생각이 다 들지만 어느 것 하나 이거다 하는 아이디어가 없었다. 어쨌든 이러고 저런 사이 올해 몇 개 열리지도 않은 복숭아를 이놈들과 억지로 억울하게 나누어(?) 먹게 되었다.

어릴 때 방학을 하면 할머니 계신 시골로 일주일이나 열흘쯤 놀러 갔다 오곤 했다. 아직도 눈에 선하니 기억에 남는 것은 잎새들이 모두 떨어진 앙상한 나뭇가지 끝에 매어 달린 빨간 홍시감들이다. 연시를 몽땅 다 딸 수도 있지만 겨울에 새들의 양식으로 몇 알 남겨둔다는 '까치밥'이 바로 그것이다. 들판에 사는 새들에게 굳이 양식을 마련해 줘야 할 의무도 필요도 없었지만, 푸근한 인정 때문에 자연 속에 사는 새들에게조차 겨울 양식거리를 걱정하여 같이 나누었다. 그 여유롭고 푸근한 인심을 생각하면서 지금 내가 복숭아 몇 알 좀 뺏겼다고 이해득실을 생각해 이제껏 기쁨과 평화를 주었던 새들에게 그렇게 마음이 흉악하도록 돌변하는 자신의 모습이 부끄럽기까지 했다.

그러면서 우리 인간관계도 마치 그런 것이 아닌가 하는 생각을 해본다. 나와 네가 아무런 이해관계가 없을 때는 친절하고 착하고 마음씨 좋은 이웃이 조그마한 이해관계가 생기면서부터 감춰졌던 날카로운 날로 나를 견제하게 되는 그런 태도로 갑자기 돌변하게 되는 우리의 모습을 보면서 참으로 씁쓸한 웃음을 머금지 않을 수 없다.

야생화가 오늘 문득 예쁘게 보인 것은

　　　　　이제 거의 매 주일 행사가 되어버렸지만, 오늘도 아침 일찍 주일 새벽 미사를 다녀와서 곧장 산행을 하였다. 샌 가브리엘 산맥 속에 있는 작은 폭포까지 이어진 등산로를 따라 아내와 우리 집 강아지, 데이지를 데리고 말이다. 주차를 해놓고 나니 크고 작은 나무들 사이로 난 등산로 입구에서부터 이 숲이 주는 환영의 향내가 벌써 가슴을 설레게 한다. 우리 집 강아지 데이지도 이 풀 저 풀 킁킁거리며 냄새 맡고 좋아라 이리 뛰고 저리 뛰고 아주 신이 난다. 지난번에 흠뻑 내린 비로 산은 아직도 촉촉하고, 등산로를 수북하게 덮고 있는 갈색 낙엽도 구수하고 향긋한 냄새를 내고 있다. 길 양옆으로 이제 세상에 나온 지 얼마 되지 않은 연초록 아기 야생초들의 앙증맞은 잎새가 환하게 웃는 모습으로 우리를 또한 반겨주어 마음을 기쁘게 한다. 여기저기 두둥실 떠다니는 숲의 요정 같은 아로마 향은 내 맘 내 폐부 깊숙이 들어와 자리하며 남아있는 피곤의 찌꺼기뿐 아니라 헝클어진 맘도 깨끗이 정리해 주는 듯한다.

　　거의 매주 여러 달을 이렇게 오고 갔건만, 어느날 문득 아주 조그

많게 피어난 야생화들에게 마음이 머무르는 것을 느꼈다. 산행을 하면서 그냥 예쁜 꽃들이라며 무심히 스쳐 지나갔던 꽃들이 이상스레 오늘 매력을 발산하는 것 같았다. 그동안 짧은 겨울을 땅속에서 지내다 날씨가 포근한 요 며칠 새 어느새 피어난 것 같았다. 그 유혹에 끌려가던 걸음을 멈추고, 땅에 낮게 깔린 그 조그마한 꽃들을 보려고 무릎을 접고 앉아 머리를 기울여 가까이서 아주 가까이서 보니, 그냥 무심히 스쳐 지나면서 볼 때의 모습하곤 전혀 다른 모습이었다. 하얀 꽃잎에 노란 암술의 그 콩알만 한 꽃이 아주 생기발랄한 16살 처녀 같은 모습으로 환하고 밝게 내게 웃고 있는 듯 보였다. "세상에! 이렇게 이쁠 수가…." 나는 뭐라 표현키 힘든 감동 속에 한참 얼을 빼앗겼다. 그리고는 그 옆에 피어난 또 다른 종류의 꽃들을 보았다. 크기나 색이나 모습이 달랐지만, 눈을 바로 가까이 대고 본 그 꽃 역시 처음 본 꽃에 못지않는 기쁨을 주었다.

무릎을 털고 일어나 산행을 계속하며 이제껏 예사로 보이던 꽃들이 오늘 이렇게 달리 보이는 이유를 곰곰이 생각해 보았다. 문득 내 마음을 실어 그 꽃들을 유심히 보아서 그런 것이 아닌가 하는 생각이 들었다. 그리고 그 꽃들을 보기 위해 가던 길을 멈추고 무릎을 접고 앉아 머리를 낮추어 그들과 같은 눈높이로 그들을 보아서가 아닌가 한다. 꽃은 생긴 자기의 모습대로 자신의 아름다움을 보여 준다. 그런데 만일 내가 조물주께서 그 꽃에게만 준 창조의 이유인 어떤 비밀의 힘, 즉 이 꽃만이 가지고 있는 어떤 특별한 약효가 있어 죽어가는 사람을 살릴 수 있다는 것 같은 내면의 힘을 알고 있다면 그 아름다움은 신비로움으로 바뀌게 될 것이다.

　그러면서 꽃이든 사람이든 그저 관심을 가지고 가까이서 보면 더구나 자세를 굽혀 상대와 같은 눈높이로 가까이하여 마주하면 보이지 않던 새롭고도 그만이 가진 독특한 아름다움이 발견될 수 있다는 아주 흔하게 듣는 평범한 진리를 체험한 하루였다.

양심 속이기

지각이 깨기 전부터 평생 신앙생활을 해왔다는 것에 은근한 자부심을 갖고 살아가고 있었지만, 인간의 간사한 마음으로 인해 그 자부심이 한순간 수치로 변할 수 있음을 2년 전에 있었던 한 사건으로 체험할 수 있었다.

뒤뜰을 좀 더 예쁘게 꾸미고 싶어 오래전부터 생각해 왔던 장기 프로젝트(?) 중 하나를 단단히 맘을 먹고 시작을 했다. 뒷마당에 꽤 오래된 아보카도나무가 한 그루 있다. 마당의 거의 한가운데 있는 큰 나무는 맛있고 영양가 높은 과일을 만들어 주기도 하지만, 상당히 큰 시원한 그늘을 만들어 주기도 한다. 습기가 거의 없는 지역의 특성상 한여름날이라도 나무 그늘로 들어가면 그 시원함에 머리까지도 맑아지는 듯하다. 바로 그 나무 둘레를 벽돌이나 자연석으로 나지막하니 둥글게 화단 벽을 만들면 앉아서 혼자 책도 볼 수 있고, 사람들이랑 정답게 이야기도 나눌 수 있어 좋겠다 싶었다.

그래서 한참을 집에 관한 모든 재료를 파는 Home Depot와 Low'

s에 갈 때마다 알맞은 좋은 벽돌이나 재료가 있는가를 눈여겨보아오던 중 우연히 마음에 쏙 드는 물건 하나를 발견했다. 흔히 바닷가 절벽 같은 데서 볼 수 있는 얇은 책을 층층이 쌓아놓은 것 같은 편마암(?) 형태의 벽돌들인데, 다른 벽돌에 비하여 값이 만만치가 않았다. 한 장에 2불 57센트나 한다. 다른 것들은 70센트 혹은 많아야 1불 50센트를 넘지 않는다. 그런데 마음에 드는 벽돌 재료를 찾아 헤매고 기다린 것과 또한 평생 남아있을 것을 생각하면 돈을 좀 들여도 좋은 것을 쓰는 것이 좋겠다 싶어 승용차에 실을 만큼 우선 10장을 고르고 계산대 앞에 섰다. 판매세를 포함해 28불쯤 나오리란 계산이 뻔했다. 그런데 이게 웬일인가! 내야 할 금액이 13불 50센트뿐이 안 되었다. 갑자기 갖은 추측과 계산이 머릿속을 빠르게 휘돌아 지나간다. '어? 반값도 안 되네! 음… 독립 기념일 특별 세일인가? 아니면 재고 정리 세일인가? 그럴 리가 없지. 아무런 안내도 없었고 분명히 가격 표시란에는 2불 57센트였는데….' 순간적으로 생각한 추측들이었지만, 그런 것은 전혀 아니었다.

이것은 저 어리숙한 여자 점원이 바코드가 없는 제품들만 따로 사진 이미지로 만든 카탈로그 중에서 비슷한 다른 제품의 이미지를 클릭해 가격을 잘못 산출한 것임이 틀림없었다.

아주 잠시 마음이 오락가락한다. '이것은 그 가격이 아니라고 제대로 알려줘? 아니! 아니지. 내가 속인 것도 아니고 지네가 잘못해서 그런 것인데 그렇게까지 친절을 베풀며 돈을 더 낼 이유가 있는가?'

마음은 벌써 이 생각이 나기 전부터 이쪽으로 기울어졌었다. 아니! 이 기회에 아주 왕창 더 사버려? 그래, 그러자! 내가 필요한 것은 일흔다섯 장 정도인데…. 그런데 지금 가져갈 수 있는 것은 벽돌 무게 때문에 지금 타고 온 캠리 승용차로는 안 되지. 그럼 집으로 가서 큰 밴 트럭을 갖고 와 마저 사버리자!

마음은 이미 저 바보 같은 캐셔가 임무 교대를 하기 전 빨리 다시 와서 사 가는 것이었다. 마음이 갑자기 급해졌다. 다급하게 차를 몰고 짐을 우선 풀어놓고, 일할 때 쓰는 큰 밴 트럭을 서둘러 운전해 가보니 아직도 내 밥이 될 그 캐셔가 자리를 지키고 있었다. 있는 힘을 다해 서둘러 밴 트럭에 실을 수 있는 45장을 카트에 싣고, 아무 말 없이 계산대 앞에 섰다. 역시 같은 상황이 벌어졌다. 내심 안도의 숨과 함께 쾌재가 불렸다.

육중한 벽돌의 무게를 느끼며 집으로 운전하며 오는 길은 돈 75불 정도를 그냥 벌었다는 행복하고 유쾌한 마음으로 즐겁고 가벼워야 했는데, 뭔가 심장 한구석을 낚싯대 줄로 끌어 잡아당기는 듯한 찜찜한 느낌이 맘을 편치 않게 한다.

'아냐! 내가 절대로 잘못한 것이 아니야! 속인 것도 아니고 돈을 안 내고 훔쳐오는 것도 아니야….' 아무리 달래고 합리화의 근거를 제시해도 맘은 점점 무거워져 온다. 에이 시… 뭐 이래!

여하튼 짐을 마당에 내려놓고 샤워를 하고 한숨 돌리고자 거실

소파에 털썩하니 주저앉았다. 마침 어제 온 『가톨릭 신문』이 눈에 띈다. 총 20면 중에 첫 5면은 미주 현지 제작판인데 거기 「사제의 일기」라는 칼럼이 있다. 내가 다니는 본당 신부님이 쓰시는 것인데 가끔 자신의 칼럼을 읽었느냐는 느닷없는 질문 때문에 숙제처럼 꼭 읽게 되는 칼럼이었다.

제목이 '게하지는 누구인가?'였다.

엘리사 예언자의 시종으로 모시는 주인의 이름으로 나병에서 치유 받은 나아만 장군을 속이고 은화와 금 그리고 비싼 예복을 받아 챙겼다가 그 벌로 나병이 그에게 옮겨붙어 버린 사람 이야기였다. 칼럼 끝에 "거짓으로 취한 재물은 축복이 되기는커녕 벌을 받게 돼 있다."라는 말로 글을 다 읽었을 때 섬광처럼 머리를 스치는 생각이 있었다.

에고! 이것은 바로 나를 두고 하시는 하느님의 말씀이구나. 언제 하느님께서 내 귀에 대고 속삭이시던가? 왜 하필 이런 내용을 바로 이 시간에 읽게 되었는가? 바로 하느님이 내게 말씀하시는 방법은 이런 것이었다.

아무리 자신의 잘못이 아니라고 갖은 합리화된 이유를 다 갖다 댄다 하여도 내 양심은 알고 있었다. 비록 상대편이 잘못한 실수라도 그 약점을 이용해 내 이득을 취하고자 상대에게 재산상의 손해를 끼쳤다면 사회법적으로는 무죄라 할지라도 윤리적으로는 분명 잘못한 것임이 틀림없었다.

그 증거로 가슴이 밝지도 않고 무거우며, 가시 같은 것이 콕콕 찌르고 있지 않은가 말이다. 하느님을 믿고 사는 사람에게 있어서 인간관계는 너와 나와의 관계 사이에는 반드시 그사이에 하느님께서 개입되어 있다는 사실 때문에 너의 잘못이라도 그것은 내게 더 큰 잘못이 될 수 있음을 절실히 깨닫게 해준 사건이었다.

다음 날 Home Depot 세일즈 매니저를 찾아가 고해성사(?)를 하고 면죄를 받았지만 그래도 하느님께만은 영~ 편치 않은 마음이다. 꼭 이런 마음이다. '이놈아! 너마저…. 에이구 실망이다!'

신앙생활은 무엇을 믿느냐도 중요하지만, 더 중요한 것은 어떻게 생활하느냐가 더 핵심인 것 같다. 신앙 고백을 위하여 치명을 할 수 있다 하더라도 생활이 올바르지 못하다면 그것이 하느님 나라의 백성으로 살다 간 사람이랄 수도 없을 것이다.

적선(자비)의 마음

　　　　사람 사는 곳은 어디나 마찬가지이듯 백인 동네나 흑인 동네나 거지는 있게 마련이다. 여기서는 구걸을 하여 먹고산다는 거지(beggar)라고 하지 않고 그냥 홈리스(homeless)라고 부르지만 그게 그 뜻이다. 거지의 모습은 세계 공통적이 아닌가 싶다. 흑인이나 백인이나 모두 시꺼먼 얼굴에 여름에도 두 겹 세 겹의 두꺼운 옷을 껴입고, 수염은 덥수룩하고, 일상용품을 가득 담은 짐수레를 끌고…. 미국 같은 복지 정책이 잘된 나라에서 어찌 거지가 있겠냐 싶겠냐만, 이들 대부분은 자아를 상실한 듯한 휑한 눈에 삶의 의욕을 잃어버린 듯한 무표정의 마약 혹은 알코올 중독자이거나 정신병 환자라는 것이다. 그중에는 한국인 남자와 여자들도 몇 명 있다.

　　산타 모니카 시나 사우스 센트럴이나 다 로스앤젤레스 시와 맞붙어 있는 이웃 동네들이다. 그러나 산타 모니카 시는 태평양 해변을 끼고 있는 관광 도시로, 그 주민들 대부분이 백인들이다. 상가 건물이나 집이나 도로 등 깨끗하고 멋진 주거 환경만 보아서도 백인들 냄새가 풍기는 곳이다. 사우스 센트럴은 로스앤젤레스 남쪽 경계를 이루고 있는 도시인데, 주민의 대부분이 흑인들이고 많은 사람이 정부의 생활 보조금으로 생활해 간다. 그러나 이제는 집값과 아파트 월세 같은 것이 싸기 때문에 중남미에서 바로 올라와 정부의 도움 없이 힘든 육체적 노동을 하며 최저 생계를 유지해 가는 히스패닉(스페인어를 쓰는 중남미 사람들)들이 많이 들어와 산다. 따라서 도시의 모습도 그렇다. 건물들은 낡고 우중충하고, 담벼락에는 낙서들이 지저분하고 동네에는 젊은 사람들이 낮인데도 삼삼오오 모여 잡담을 하거나 술 취해 있다. 91년 로스앤젤레스 흑인 폭동의 진원지도 바로 이 동네였다.

산타 모니카 시는 집이나 건물 뒤편이 다른 건물로 맞붙어있는 것이 아니고 뒷 건물 사이에 조그만 왕복 길이 나있다. 여기에 시에서 공급한 큼직한 쓰레기통을 놔두고 쓰레기 트럭이 와서 번쩍 들어 쓰레기만 털어가고 빈 통은 그 자리에 그냥 다시 놓아둔다. 그런데 이 쓰레기통에 돈이 될 만한 물건들이 있다. 알루미늄 깡통이나 유리병 같은 것이 바로 그것이다. 쓰레기차가 털어가기 전 이것들을 수거해 가면 하루 70~80불 정도는 쉽게 벌 수 있다고 한다. 그래서 부지런한 홈리스들은 마켓 끌차를 끌고 다니며 열심히 이곳 쓰레기통을 뒤져 돈 될만한 것들을 주워 모은다. 문제는 바로 이 쓰레기통 주인들이다. 가끔 쓰레기통을 뒤지면서 온통 그 주위를 쓰레기로 뒤범벅을 만들어 놓고 캔이나 병만을 수거해 갔던 나쁜 인상들이 있어서인지 홈리스들이 자신의 쓰레기통 주위로 가까이 오면 쫓아나와 통에 절대 손도 못 대게 한다. 어차피 분리수거가 안 돼 쓰레기로 버려질 것이라면 없는 사람들이 와서 가져가게 두면 본의는 아니게라도 자그마한 자선이 될 터인데 아주 냉정하게 잘라버린다. 어떤 이들은 그것들을 한곳에 모아두었다가 그들이 오면 한꺼번에 내어주는 사람들도 있다.

사우스 센트럴의 한 주유소 건물에서 일을 하고 있을 때였다. 한 흑인 홈리스가 유리 닦는 값싼 스퀴즈(고무 칼?)와 윈덱스 스프레이를 들고 주유소를 오가는 사람에게 물어보았다.

"자동차 유리 닦겠어요?"

물론 이는 25센트짜리 동전 하나나 둘을 바라면서 물어보는 말이다.

대부분의 사람은 이 물음에 Yes고 No고 아예 반응도 안 했다. 왜냐하면, 이들이 유리를 닦고 나면 보통 유리 전면에 서너 개의 더러운 스퀴즈 자국이 남아있어 닦기 전보다 운전하기에 더 불편한 느낌을 주기 때문이다. 그리고 아주 쉽게 남의 돈을 요구하는 이들의 심보를 더 불쾌하게 생각하기 때문만이 아니라 이에게 적선을 베풀어야 하는지에 대한 순간적 마음의 갈등을 그냥 얼버무리는 자신의 모습에 기분이 좀 언짢아지기 때문이기도 하다. 이러한 생각이 나를 비롯한 대부분의 사람의 생각이고, 반응이다. 그런데 우리의 이런 보편적 고정관념을 깨고 아주 너그럽게 그를 응대해 주는 여인네가 있었다. 언뜻 보기에 입은 옷이나 자동차나 그리 넉넉한 형편은 못 되는 듯한 중년의 흑인이었다.

"내 차를 닦아주겠다고? 오케이! 내가 기름값 내고 오는 동안 깨끗하게 닦아놓고 기다리우."

그런데 어떤 사람이 그에게 다가가 한마디했다.

"이보오, 당신이 저에게 돈을 주면 그는 한 시간 후에 얼굴 벌게서 여기 다시 나타날거요. 저런 자에게는 그런 동정이 필요 없다고 생각지 않아요? 참나! 이해 못 하겠구먼!"

"그래요? 난 그냥 내가 주고 싶어서 그런 거라우. 그게 뭐 잘못이우? 그렇게 적선의 이유를 생각하면 세상에 적선을 받을 만한 사람이 몇이나 되겠수?"

이상스럽게도 이 말을 듣는 순간 내 자신은 비참하게 초라해지고 부끄러워졌다. 그러나 중년의 얼굴 검고 뚱뚱한 그 여인네의 표정과 행동은 억지로 마지못해 하는 것이 아닌 아주 밝고 빛나고 평화로와 보는 사람의 마음조차 훈훈하고 감동 넘치게 했다. "자비란 억지로 베푸는 것이 아니고, 하늘에서 보슬비가 내리어 대지를 적시듯이 내리는 것이요. 그것은 이중의 축복일진데 이는 자비를 베푸는 자와 받는 자 雙方의 축복(『베니스의 상인』 중 포오샤의 말)"이라는 셰익스피어의 말처럼 그 부유해 보이지 않는 평범한 흑인 여인네나 산타 모니카의 알루미늄 깡통과 유리병을 모았다 내어주는 그네들은 이미 하느님의 마음을 가진 풍요로움을 누리는 것이 아닌가 했다.

존재의 이유

"중욱이 아빠, 전기 나갔어. 집에. 그런데 방에는 안 나 갔고. 냉장고하고 텔레비전이 안 나오는데 동네 전체가 나간 건 아닌 것 같아."

기계치라고 해야 할 아내에게서 일하는 내게 걸려온 전화다. 뒷마 당 벽에 붙어있는 계량기판을 열어 자동으로 접속이 절단된 퓨즈 스위치를 'off'에서 'on'으로만 다시 돌려놓으면 되는 것인데 새로 설 치한 계기판 문이 안 열린다는 거다.

"중욱 아빠, 큰일 났어. 다운타운 4가 길을 막아서 그냥 좌회전했 는데 지금 여기가 어딘지 모르겠어!"

겁에 질려 거의 우는 목소리로 집에 있는 내게 걸려 온 전화다. 딸 아이 주말 한국 학교를 끝내고 집으로 데려오다 항상 다니던 길을 공사나 다른 큰 이벤트 관계로 통행을 막은 모양이다. 고속도로 운 전을 못 하는 아내는 집에서 Los Angeles 한인 타운까지 가는 길을 꼭 같은 길만을 따라서 가기 때문에 이렇게 도중에 길이 막히면 정말 막막해지는 거다. 이곳 Montebello로 이사 온 이후 그런 일이 있을 때마다 나는 집에서 지도를 보며 전화로 일일이 가던 길까지 원격 지도를 해주어야 한다. 이것도 다행스럽게 휴대전화가 있어 가능했지 그렇지 못했더라면 그 자리에 꼼짝 말고 있으라고 하고 내가 직접 가서 앞장서 데려와야 할 판이다.

지난 주말 동문들과 캠핑을 갔다 온 후 뒤풀이 겸해서 선배 집에 모였다가 밤늦게 11시 반쯤 귀가해 보니 아내는 잠들어 있었다. 깨우기가 뭐해 그냥 하던 대로 지갑과 휴대전화를 침실 책상에 놓아두고 나는 뒷마당에 있는 손님방에서 잤다. 한 시쯤 깬 아내는 내가 자리에는 없고 책상 위에 전화기와 지갑이 있는 것을 보고 이 남자가 이 시간까지 안 온 것을 보니 전화기와 지갑도 가지고 가지 않은 채 사고가 난 것이 틀림없다고 판단, 가슴이 뛰고 정신은 아득한 채 선배 집으로 새벽 한 시 반에 전화를 하고 생난리를 쳤다는 거다. 그 난리를 듣고 잠이 깬 딸이 내가 뒷마당 방에서 자고 있다고 알려 줘 죽는 줄 알았던 난리가 진정이 됐다는 것이었다.

나라는 인생, 아무도 알아주지 않고 하루하루 의미도 없이 또 별 가치도 없이 먹고살기에 허덕이다 그렇게 갈 처지인지라 언제 간다 해도 아쉬울 것 없는 그런 존재이지만, 적어도 이 세상에서 나 하나에 자신의 전 인생을 의지하고 살아가는 사람이 있어, 살아야 할 최소한의 이유가 있다고 누군가가 내 등을 토닥이는 것 같은 느낌이다.

문1) 사람이 무엇을 위하야 세상에 낳느뇨?

답) 천쥬를 알아 공경하고 자기 영혼을 구하기 위하야 낳느니라.

내 속에 악마가 있나 봅니다

　　지난해 한강 변에서 목이 잘린 시체가 발견되고, 장대호란 펜션 직원이 범인으로 잡혔던 일이 있었다. 그런데 예상치 못했던 것은 그의 죄책감과 부끄럼 없는 태도였었다. 그는 줄곧 죽을 놈을 죽였다고 하고, 흉악범이 양아치를 죽인 것이라는 등 전혀 자신이 저지른 범행에 반성은커녕 정당성을 악착같이 주장했다는 것이다. "다음 생에 또 그러면 또 죽이겠다"는 그의 앙심 가득한 목소리에 분노는커녕 이해하고 그의 편이 되어있는 나 자신의 모습을 보았다.

　　자신보다 나이도 어린놈이 반말에 복부를 가격하며 담배 연기를 자기 얼굴에 뿜어대고, 선불인 대실료도 후불로 하겠다고 우기는 등 성질 좀 있는 자신을 우습게 보고 모욕하는 것에 이놈을 죽여야겠다고 결심했다는 것이었다. 자신보다 나이가 어리거나 학교 후배인 사람이 자신을 무시하고 모욕하는 것에 특별히 참을 수 없는 분노를 느끼는 사람들이 꽤 있는데, 나도 그중 한 사람이라고 할 수 있다.

3년 전 나는 나도 모르는 사이에 한 사람을 골프채 같은 것으로 마구 때려 내 앞에서 피투성이가 되어 살려달라고 애원하는 모습을 실제로 상상하고 흡족해하는 내 자신의 모습을 본 적이 있었다. 분명 그런 생각은 잘못된 것이지만, 나는 그 장대호란 사람과 같은 사고를 가졌었음을 알 수 있었다. 단지 차이가 있어 좋게 표현하면 (순전히 아전인수 격이지만) 나는 그런 분노를 자제할 수 있었고, 그는 그랬지 못했다는 것이다. 한편으론 그는 그 생각을 실행에 옮길 용기가 있는 반면 나는 없었다는 것이 더 현실적인 이유가 되기는 하지만.

장대호란 사람의 사건에서 나라는 인간의 잔인함을 그리고 찌질함을 볼 수 있는 우울하고 소름 돋는 기회가 있었다. 문제는 그 찌질함이 언제 만용으로 둔갑하여 문제를 일으킬지 모른다는 거다.

친절의 향기

올봄 여행사를 따라 전라도 강진에 다녀온 적이 있다. 강진은 드넓은 습지가 있어 지자체에서 습지에 펼쳐진 갈대밭 사이로 둘레길 다리를 설치해 갈대를 배경으로 낭만적 분위기를 한껏 맛볼 수 있는 곳으로 유명하기도 하다. 그러나 강진 여행의 백미는 무엇보다 다산 정약용 유배지라는 역사적 의미에서 그 진가를 알 수 있다. 그곳에는 다산 박물관을 비롯하여 그분이 생전에 기거하며 제자들을 가르치며 『목민심서』를 비롯한 수십 권의 서적을 쓴 다산 초당이라는 문화의 향기가 배어있는 터와 초가가 그것이라고 할 수 있다.

관광버스 주차장에서 그곳까지는 700m라는 표지가 있어 처음에는 우르르 그쪽으로 몰려가다 한두 명씩 포기하는 사람들이 속출하여 중간쯤 가면 1/4 정도 남은 사람들만 계속 가게 된다. 이유는 그 700m가 산언덕 길이라는 설명이 없었기 때문이다.

반쯤 왔다 싶었지만 이미 숨은 턱에 차고 무릎과 넓적다리는 벌써 욱신욱신 널브러지기 직전이다. 그러나 초당 건물은 저쪽 산꼭대기

어딘가에 있는지 흔적도 안 보인다. 우리 애엄마도 예서 포기하고 말았다. 그까짓 초가집 하나 보려 이렇게 죽을 힘 다해 산을 기어오르며 시간과 기력을 소모할 가치가 없다는 것이다. 그리고 다른 일행들과 같이 주차장으로 내려가 버렸다.

조선의 천재 다산이 18년간 유배 생활을 하며 당신의 사상을 집대성하며 제자들을 직접 가르치던 그 초가집을 기어이 내 눈으로 보고 만져보고 앉아보고, 그 마당에서 숨 쉬어보며 그분의 숨결을 느껴보고 싶었다. 이제 한 70~80m쯤 남은 것 같은 지점이었다. 어떤 여인네의 손이 처진 내 어깨 밑으로 살포시 밀고 들어오더니 그대로 나를 부축하며 쓰러질 것 같은 내 몸뚱이를 받쳐준다.

"아이고 어르신! 그렇게 힘들게 어떻게 여기까지 오셨어요? 제가 같이 가드릴게요."

느닷없는 친절에 이게 무슨 경우인가 좀 당황스러웠지만 나는 끌려가듯 그녀의 어깨와 팔에 몸은 이미 맡겨져 있었다. 그렇게 내내 남은 초당 산언덕 길을 애인처럼 착 붙어서 나는 무사히 오를 수 있었다. 언뜻 쳐다본 그녀는 나보다 10살쯤 적게 보이는 수수한 모습의 아줌마였다.

초당에서의 의식을 마치고 하산하면서도 그녀는 내 팔을 놓지 않은 채 평지까지 그렇게 왔다. 내려오면서 숨도 어느 정도 고르고 여유가 있게 되며 자신들에 대한 간단한 소개가 있었다. 남편은 나처럼 월남전에 참전했고 고등학교 교사로 이제 은퇴를 했고, 자신의 본명은 아가다라고 했고 젊을 때는 중학교에서 교편도 잡아 남편을 만났다고 했다. 같은 천주교인이라는 말에 갑자기 옛날부터 알고 지내던 사이 같은 친근한 느낌이 들었다.

　여행을 마치고 돌아와서도 그 갑작스러운 초막 데이트 사건이 짙은 여운으로 마음속을 맴돌았다. 생면부지의 늙은 남자(물론 관광버스에서 나를 보긴 했겠지만)에게 여염집 가정주부가 남들의 눈이 있는데도 그렇게 애인처럼 다정스럽게 팔짱을 껴주고 친절을 베풀 수가 있을까?
　참으로 그런 행동은 확고한 신념이나 용기 없이는 행할 수 없는 친절이다. 모르는 사람이 곤경에 처했을 때 이것저것 따지지 않고 그를 도울 수 있는 사람은 사실 그렇게 흔치 않다. 그 인간의 향기는 오래도록 내 기억 한 편에서 은은한 미소로 나를 행복하게 한다.

제3장

살고 믿으며

소신학교에서의 아픈 추억

사제가 되기 위한 어린싹들을 길러내는 곳이라 해서 신학교를 못자리(seminarium)라고 불렀다. 거룩한 뜻이든 막연한 동경이든 그곳에 입학한 남학생들은 적어도 사회에서 말하는 불량 학생이나 일진 같은 패거리 깡패 류의 학생들은 거의 없다고 보아야 한다. 매일 아침 일찍 일어나자마자 성당으로 가서 아침 기도와 묵상을 하고 미사를 해야 한다. 미사 후 성당에서 상급생부터 실내 대침묵 속에 줄 맞추어 나와 긴 행렬을 하며 식당 건물까지 걸어간다. 어린 학생들로서는 이제 잠도 완전히 깼고 미사 전례도 마쳤고 하니 마음은 자연히 빗장 풀린 자유로운 느낌이 드는 시간이다. 옆의 친구와 눈인사도 하게 되고, 어제 있었던 조그만 사건이 궁금해 조그만 소리로 속삭이게도 된다. 그러나 실내 침묵의 규정이 적발되면 그 자리에서 사정없는 싸대기, 몽둥이 세례 그리고 국에 말은 밥을 들고 단상 위 교장 신부님 식탁 옆에서 무릎을 꿇고 밥 먹기 등이 이어졌다. 바로 묵상을 지도하고 미사를 드린 그 교장 신부님에 의해서. 주로 고학년 학생들이 적발이 많았는데 전 학년의 학생들 앞에서 받는 모욕과 치욕은 일생의 상처가 되고 있다.

정규 학습 과정이 끝나고 자율 학습 시간에도 교실에서 실내 침묵 속에 공부를 해야 하는데, 도둑 잡는 형사들 모습으로 살금살금 다가와 규칙 어긴 학생들을 적발한다. 다시 체벌과 밥 굶어 먹기. 학생들의 목숨은 그야말로 파리 목숨에 지나지 않았던 만큼 걸리지 않게끔 얼마나 한 공포와 위협 속에서 살았는지!

　　진정 나 자신도, 아니 대부분의 우리가 이해할 수 없는 것은 거룩한 소명을 받고 사제에의 꿈을 키워가고 있는 순수한 청소년들인 소신학생들을 모범적 상징이 되어야 할 신부님이 어떻게 그렇게 마치 이성을 잃은 듯한 무자비한 매질로 우리를 실망시키고 증오심을 갖게 했는지다. 자라나는 학생이기에 잘못할 수 있고 또 그에 상응하는 벌을 내리는 것은 마땅하고 당연한 처사지만, 우리가 한 잘못에 비해 그분이 보인 반응은 아직 어린 나이였지만 정말 정말로 우리의 이성이 분노가 차오를 만큼 균형을 잃은 무자비한 처사였음을 누구라도 느꼈을 것이다. 아마 그런 모습을 보고 많은 학생이 사제의 꿈을 의식적으로 또는 무의식적으로 접는 계기로 삼게 되었는지도 모른다. 나는 그런 아픈 기억을 우리와 가까운 어느 분께 그것은 벌이 아니고 분명 린치라고 쓴 적이 있다. 이는 아마 우리 반만이 아니고 그분이 계셨던 그 기간에 누구나가 다 느꼈던 감정이었을 것이다. 오죽하면 우리 2년 선배 반에서 졸업 기념으로 후배들에게 나누어 주는 기념 상본에 'Oculum pro oculo, Dentem pro dente(눈은 눈으로 이는 이로)'라는 동태 복수법의 상징적 표현을 써서까지 분노를 표출했을까! 그런데 아마도 이 사건이 그분을 교장 자리에서 물러 나게 하는 사건의 계기가 되지 않았나 싶다.

그런 슬픈 추억의 장이 거의 60년 전의 일이지만 우리와 같이 지낸 선·후배들과도 만나게 되면 공통의 화제는 바로 유 신부님의 그 잔학한 매질이 주요 화두가 되곤 하는 것은 어쩌면 당연한 귀결이라 할 것이다. 그런데 그때마다 느끼는 공통점 또한 많은 경우 같게 되는데 당시 우리를 가르치셨던 일반 선생님들이나 신부님들께는 꼭 '선생님', '신부님'의 존칭어가 따라붙지만 유독 유 신부님께만은 그냥 애들이나 원수 이름 부르듯 '유ㅇㅇ가…' 이렇게 불린다는 것이다. 그리고 심한 어떤 사람들의 경우에는 그 뒤에 욕이 아주 자연스럽게 따라 나오고….

그렇다. 그것은 너무나도 큰 우리들의 상처이기 때문이다. 그래서 그것을 욕이라고 하기보다는 상처를 건드리면 자연스레 나도 모르게 질러지는 비명임이 틀림없다. 아프다고 정말 너무 아프다고… 말이다. 무의식 저 속 깊은 곳에 그때 그 모습들이 시퍼렇게 살아서 그 생각이나 말이 나올 때마다 가시를 내뱉고, 독을 내뿜고, 울분을 토하게 되는 것이다. 그렇게 우리는 60년을 살아왔다.

그런데… 그런데 말이다. 정말 우리가 이 모습 이대로 이렇게 상처를 간직한 채 앞으로 계속 살아가야 할까? 저기 북망산천이 아물아

물 보이는데 앞으로도 계속 내 가슴에, 내 심장에 박혀 상처를 주고 피를 뚝뚝 흘리게 하는 이 갈고리 같은 상처를 간직하고 가야 할까? 이제 우리는 누가 먼저 가게 될지도 모르는 세월 앞에 놓여있다. 우리를 분노케 하고 슬프게 하고 아프게 하는 그 상처의 갈고리와 미움의 쇠사슬을 떼어내고 훨훨 자유롭게 살 수 있는 날이 올까?

은총

성경을 읽거나 신심 서적을 읽다 보면 아마 제일 많이 마주치는 단어 중 하나가 이 은총이란 단어일 것이다. 우리 미사를 포함한 전례에서나 기도서에서도 은총이란 단어는 거의 일상적으로 마주하는 단어라고 볼 수 있다. 이렇게 생활화된 은총이란 의미가 과연 나와 무슨 관계가 있고, 나의 삶에서 어떠한 비중을 차지하는 의미인가를 나는 이렇게 생각을 해보았다.

(교회 용어가 현대화되기 전에는 '은총'이라는 말 대신에 '성총'이란 말이 쓰였음을 모두 기억할 것이다. 성모송도 "성총이 가득하신 이여"로 시작되었고, 교리에서는 "상존 성촌, 조력 성총, 성화 성총" 등으로 구분하여 쓰곤 했었다.)

이 은총이란 단어를 두고 우스운 사실 중 하나는 스페인어를 사용하는 스페인이나 멕시코 그리고 남미의 여러 나라에서는 은총을 Gratia(그라씨아)라고 쓰고 있으면서도 더 큰 일상적 의미로서 Gratia는 경제활동 전 분야에서 '공짜' 혹은 '거저'라는 뜻으로 더 많이 사용된다는 것이다. 왜냐하면, 은총의 직접적인 뜻은 '하느님께 거저 받는 영적 물적 선물'이라는 뜻이기 때문이다. 원래 일상적 의미로 쓰인 단어가 종교화되어 고정된 단어 중 하나이기 때문이다. 그러나 그 '공짜' 혹은 '거저'라는 의미는 본래의 의미 중 가장 핵심적 요소만을 빼어낸 것만큼은 사실이다.

'하느님께 거저 받은 영적 물적 선물'이라는 일반적 의미는 본래 그 '은총'이라는 의미를 너무도 이해타산 내지 계산적으로 해석한 소극적인 의미가 아닌가 하며 오랫동안 생각하며 묵상을 하던 중 그 참뜻의 의미를 나는 성모송 기도를 하며 이렇게 깨달았다.

"은총이 가득하신 마리아 님 기뻐하소서"로 시작되는 성모송은 왜 성모님이 은총으로 가득 차신 분인가를 바로 다음 기도 구절에서 밝혀준다.

"주님께서 함께하시니…" 이 기도문의 원문인 라틴어를 보면 더욱 또렷이 느낄 수 있다.

Ave Maria Gratia Plena(은총이 가득하신 마리아 님 안녕하십니까)

Dominus Tecum(주님께서 당신과 함께 계십니다)

은총이 가득하다는 의미는 예나 지금이나 '주님께서 너와 함께(Tecum)' 있기 때문이라는 것이다. '주님께서 함께 계시다는 말은 곧 하느님의 뜻이 이루어지는 그곳에 사는 것이고, 그곳이 바로 내 구원의 장소요, 은총의 장소이며, 하느님의 나라 곧 천국이 있는 곳'이라는 뜻과 모두 같은 선상의 의미라는 것이다.

주님과 같이 있는 그곳은 비록 그곳이 현실적으로 고통과 어려움과 슬픔이 넘치는 곳일지라도 '주님과 함께 있다'면 마치도 엄마 품에 안긴 아기인 양 그 고통도 슬픔도 이겨낼 수 있으니까. 이것이야말로 은총의 진정한 의미가 아닐까 한다.

성체조배

　　　　　처음 신학교에 들어갔을 때 첫날부터 성체조배라는 시간이 있었다.

　방과 후 자습 등 역간의 자유시간 후에 갖는 의무적으로 모두 같이 참석해야 하는 시간이었다. 당시에 성체조배라고하는 기도서가 있었는데 내용은 성체를 찬송하고 감사하는 내용의 서술문 같은 것과 찬양시를 같이 따라 하는 것이었다. 신학생이었지만 성체조배라는 전례 행위를 전혀 참석해 보지 못한 나로서는 이게 뭐 하는 것인가 하며 그 30분간의 조배 시간이 그렇게 지루할 수가 없었다. 16살 어린 학생이 무슨 신심이 깊어 성체의 의미를 깊이 이해할 수 있겠으며, 또한 예수님의 몸이라는 그 면병 조가리를 우리 몸으로 받아 모시면 됐지 그것을 이렇게 우상숭배하듯 와서 절하고 찬양하는 노래 부르고 시를 낭송하고 찬미가를 법석을 떨어야 하는 이유를 납득할 수 없었기 때문이다. 그렇게 3년 고등학교 소신학교 과정을 또 6년의 대신학교 과정을 마치면서도 성체조배의 묘미를 나는 알지 못했다.

　세월이 한참 흐른 후 인생의 단맛, 쓴맛을 경험하고 이민 생활 10년이 지난 40대 중반쯤 되었을 때, 집에서 할 일도 없고 해서가까이 있는 성당엘 가 잠시 무릎을 꿇고 인사한 후 자리에 털썩 앉았다. 성당 안에는 나 이외에 아무도 없고, 고요한 적막이 흐르는 가운데 성당 밖에서 지저귀는 새소리가 희미하게 고요를 흔들었을 뿐이다. 스테인드글라스를 통하여 들어오는 빛이 성당 안의 신비스러운 분위기를 한층 돋워 주었다.

그렇게 아무 생각 없이 얼마인가를 앉아있는데, 내 고향이라는 곳이 있다면 바로 내가 그곳에 있는 것이 아닌가 하는 평안함, 안도감, 알 수 없는 작은 기쁨 같은 감정에 마치 마약에라도 취한 듯한 느낌으로 잠시 조배만 하고 나오겠다던 시간이 얼마나 흘렀는지 몰랐다.

그런데 누군가 뒤에서 내 어깨를 툭툭 치는 것을 느끼고, 돌아보니 본당 신부님이셨던 명 프란치스코 신부님이셨다. 그리고 조배가 끝나면 당신 사무실에서 좀 보자는 것이었다. 신부님은 당시 사목위원 선정에 골머리를 앓고 있었던 터였다.

신부님의 부탁은 전례부를 담당하며 사목회에서 당신을 도와달라는 것이었다. 늙으신 선교 신부님께서 부탁하는 청을 나는 그전 성당 달라스에서의 전례부장 시의 치 떨리는 경험으로 다시는 성당에서의 직책은 맡지 않겠다고 나 홀로 맹세 맹세했던 터라 수락을 할 수가 없었다. 그러나 그 후 신부님의 두 번, 세 번의 청을 차마 미안해서 더 거절할 수 없어 그 뜻을 받아들이고 열심히 아주 열심히 순교자 성당 전례부장으로 신부님을 도왔다. 사목회의 때도 교회의 기본 원칙과 도리에 맞지 않는 의견은 교회 가르침의 근거를 제시하며 다른 길로 가는 것을 막고, 개신교 장노회의처럼 장노들이 모인 회의 결과를 본당 신부님께 따를 것을 강요하려는 듯한 발상 자체를 무효화시키기도 하며 신부님 위상을 지키는 데 힘을 썼다. 정말 훌륭하신 신부님을 저해하려는 시도는 본당을 몇몇 힘 있는 집단이 성당을 좌지우지하며 분열시키는 가장 큰 요인이 되기 때문이다. 성체조배로 시작된 명 신부님과의 인연은 그 후로 계속되어 마리아 성당에까지 이어졌다.

개신교나 다른 종교와는 달리 천주교 신자로서 내게 성체조배의 시간이란 엄마의 품을 찾아 편안함을 느끼거나 지치고 상처받은 마음을 위로받을 수 있는 특권의 시간임을 자부하지 않을 수 없디.

이 담배를 봉헌하오니…

　　　　　세상에 그런 경우가 어디 나 혼자 뿐이랴마는 참 그렇게 어렵고 숨 막히던 시절이 있었던가 싶다. 마치도 거대한 바위 덩어리가 양쪽을 모두 막아 버리고 몸만 겨우겨우 움직일 수 있는 숨 막히는 좁다란 길이 끝도 없이 이어지는 그런 곳에 머리는 물론 눈동자마저 자칫 한눈을 팔았다간 모든 것이 무너져 버릴 것 같은 시절 말이다. 숨마저 한 번 크게 쉬는 것에 눈치 보며 숨죽여 살아야만 될 것 같은 그런 때 말이다. 그나마 다행인 것은 앞만은 겨우 내 몸 하나 비집고 간신히 간신히 얼굴이며 팔에 다리에 긁힌 자국 남기며 기어갈 수 있다는 것이었다. 어떤 다른 선택의 여지라곤 생각조차 할 틈 없이 그저 그렇게 숨 막히는 주어진 길을 꼼짝없이 얼마 동안을 가야만 했었다.

　　Texas에서 5년 반을 살다가 1986년 계획된 사업이 있어 모든 것을 정리하고 California의 San Diego로 이사를 왔는데, 계획된 사업이 공중분해됐던 끔찍했던 세월이었다. 간신히 얻은 새 직장은 집에서 약 100마일 정도 떨어진 Huntington Beach라는 도시였다. 일주일 생활비 20불을 주고 가족은 San Diego에 남겨둔 채, 나 혼자 직장이 있는 도시로 올라와 자취생들만 사는 합숙소 같은 곳에서 연명해야만 했다. 주말에야 집으로 가 식구들 먹을 것을 어떻게든 마련해 놓고 월요일 새벽 다시 직장 있는 곳으로 돌아오곤 했었다.

그렇게 몇 개월을 지내는 동안 퇴근을 하고 저녁을 해 먹는 둥 마는 둥 하고 자취방에서 그리 멀리 떨어지지 않았던 곳에 있던 한인 성당으로 발길이 가곤 했다. 저녁 미사가 7시 30분에 매일 있었기 때문이다. 나 좀 이쁘게 봐달라는 자존심 굽히는 생각에서가 아니었다. 그때까지 이해할 수 없는 하느님의 섭리에 증오에 가까운 원망의 맘이 가득했었다. 그래도 성당 맨 뒷자리에 그냥 아무 생각 없이 쭈그리고 앉아있으면 그나마라도 마음이 편해지는 것을 느꼈기 때문이었다. 그러나 마음속에는 항상 무엇을 얼마나 잘못했다고 그냥 좀 살겠다 싶으면 또 구렁텅이로 처박아 날 산산 조각내어버리고 이렇게 못살게 구는 분께 대한 분노가 자글자글 끓고 있었다. 더구나 먹고사는 것 말고 치료법은 없고 점점 악화만 되어가는 아들의 병에 대한 걱정은 이런 상황의 나를 더욱 절망적 낙담으로 몰아갔다. 그런데 이때는 몇 년 전처럼 밤길 고속 도로를 혼자 운전하며 고래고래 소리 지르며 그분을 욕하기보다는 그냥 이런저런 생각으로 성당 뒷자리에서 이런 비참한 생활에서 탈출할 방법만을 골똘히 생각하고 있었다.

그런데 문득 한 가지 생각이 번쩍 스치고 갔다. 나를 세상에 내보냈다는 것 때문에 그분은 그냥 베풀기만 하고 나는 받기만 해야 한다는 지극히 당연스러운 일방주의적 수혜의 입장을 떠나 나도 뭔가를 주면서 나 좀 그만 놔달라고 간청이라도 해야 할 것 같은 생각이 들었다. 그럼 뭘 바쳐야 할 것인가? 뭔가 그냥 입이나 시간으로 때우는 것 아닌, 실제로 내게 아픔이 되는 어떤 것이 좋을 것 같았다. 단지(丹脂)를 해서 뚝뚝 흘러 떨어지는 피를 주발에 담아 바칠까? 단식을 며칠 하며 배고픔을 바쳐? 과히 나쁘지는 않지만 여럿이 자취를 하면서 표나게 돌출 행동을 하는 것 같아 좀 내키지 않고…. 그러다가 한참 열심히 할 때 고백 성사 후 보속으로 며칠간 끊곤 했던 담배가 떠오르는 것이었다. 정말 간신히 연명이나 한다고 표현해야 딱 맞을 그런 상황에서도 나는 한 갑에 일 불씩 했던 담배를 끊지 못했었다. 그래! 이 담배 피우고 싶은 욕망을 드리면서 나 좀 그만 못살게 굴지 말라고 부탁하자.

그리고 마지막으로 한 개비의 담배를 아주 아쉽고도 맛있게 피우고 미사 시간에 맞추어 성당으로 들어갔다. 예의 그 구석진 뒷자리에 앉아있다가, 신부님께서 성작을 높이 드시며 봉헌하는 예절과 맞추어 나도 아직 반 갑이나 남은 담뱃갑을 가슴 높이로 들고 기도했다. "하느님, 지금 제가 당신께 드릴 수 있는 것은 이것이 제일 큰 희생인 것 같습니다. 저의 이 담배에 대한 욕망을 드립니다. 그러니 나에게 복을 내려 달라고는 안 할 테니 나 좀 그만 괴롭히고 나도 당신 구원의 음료 맛 좀 보게 해주세요." 맨 구석진 자리에 있어서 나의 그 별스러운 예식을 아무도 볼 수 없어 다행이었다. 그리고 미사가 끝나자 호주머니에 있던 담뱃갑을 꺼내 성당 뒤로 가 땅을 조금 파내고 그냥 묻어버렸다.

다음 날 아침 일어나자마자 습관처럼 담배 생각으로 목구멍이 간질간질 땡겨 왔다. 아직 손가락은 고소한 담배 맛이 그대로 배어있어 손을 코 가까이 대면 생각이 더 간절해졌다. 입에서는 침도 고인다. 가슴 속 저 구석에서 계속 담배를 달라고 한다. 하지만 어쩌랴… 이미 서약과 봉헌을 해버렸는데…. 나와 한 약속도 아니고 하느님과 한 약속인데 그걸 그냥 뭉기적뭉기적하며 깨버릴 용기는 없었다. 어떤 사람은 담배 끊겠다고 하느님께 서원한 후, 담배 냄새조차 역겨워져 다시 피우고 싶은 생각조차 없어졌다는데, 나는 역겹기는커녕 고소한 맛이 코끝을 살살 맴돌며 더 피우고 싶은 생각 때문에 가슴까지 답답해졌다. 그러니까 내가 서원하고 봉헌한 것은 담배 끊겠다는 의지가 아니라 피우고 싶은 욕망이었으니까 아마도 나는 벌서는 사람처럼 그 욕망을 아주 오랫동안 내 맘에 남겨두신 것 같았다. 직장을 나가면 손님이고 직원이고 앞에서 옆에서 뒤에서 막 피워대는데 그 연기가 코끝을 간질간질 자극하며 정말 내가 왜 그런 바보 같은 맹세를 했나 후회가 이만저만이 아니었다. 하지만 내 스스로 그 약속을 어기면 나는 정말 거기서 완전히 끝장이 날 것 같은 어떤 절대적인 예감이 날 막고 서있었다. 그렇게 일주일, 한 달, 일 년이 갔다. 그것이 87년 6월이었으니까 거의 37년이 지났다.

　나는 그렇게 내 욕망을 봉헌하면 금방 내 생활에 따스한 빛이 들어와 괜찮아질 것 같은 생각이 들었는데 그 어렵고 숨 막히는 생활은 그 후로도 몇 년 더 계속되었다. 급기야 3년 후에는 허리까지 다쳐 허리 수술을 하고 거의 2년간을 직장도 없이 보험회사에서 주는 기본급의 3분의 2의 생활비로 생활을 해야 했다. 그러는 동안 '나좀 그만 놔달라'는 염원은 사라지고, 담배는 절대 피우면 안 된다는 생각만 남게 되었다. 이제 거의 30년 가까이 지난 세월을 돌이켜보면 내가 지금 남들처럼 부자로 잘사는 것은 아닐지라도 그 막막하고 캄캄한 원망과 분노의 시절의 터널을 빠져나오게 됐고, 그 숨 막히는 시간들은 내가 그분을 만나기 위한 은총의 시간의 한 과정이었음을 깨닫게 되었다. 슬픔과 원망이 깊었기에 이제 감사 또한 깊이 드리지 않을 수 없다.

모든 직업은 하느님께 받은 소명

　　　　　더 유능한 능력을 타고났다는 것은 그만큼 사회에 봉사할 이유가 많아지는 것이다. 그 능력이 오로지 자신과 가족만을 위해 쓰이는 것이 바로 세속의 가치관이라면 그리스도를 주인으로 섬기는 '그리스도인'들에게는 자신이 갖고 있는 직업이나 탤런트가 단순히 재화를 얻는다는 수단 그 이상의 훨씬 더 큰 의미가 있다. 직업을 통한 사회적 연대성 속에서 자신이 속한 공동체는 발전되고 완성되어 가는 것이다. 그러므로 자신도 모르는 사이에 직업을 통한 활동으로 하느님 창조 사업에 한 부분을 담당하게 되어 '보기 좋은' 세상을 만들어 가는 것이다. 이렇게 사람은 전적으로 세상에 대한 하느님의 통치에 참여하도록 불려졌다 자신의 직업을 통하여 사람은 세상을 자신의 집으로 만들며, 세상과 조화하면서 존재하는 것이다. 직업을 이렇게 이해할 때 우리는 자신의 직업과 탤런트는 자기 자신을 발전시키고, 하느님의 창조활동을 완성시키고 공동체와 융합하는 도구가 된다는 직업의 의미를 이해할 수 있게 된다. 그러므로 세상의 모든 직업은 하느님께서 자신에게 주신 중요한 소명이 되므로 어떤 직업에도 우열의 서열을 둘 수는 없게 되고, 모든 직업이 소중하고 가치 있다는 것이 우리 그리스도인들 신념이다. 예수 그리스도를 믿지 않는 세상 사람들은 단위 시간 내에서 더 많은 혹은 월등한 이득을 창출해 낼 수 있는 직종들에 최고의 가치를 부여하고, 소위 3D 힘들고(difficult) 위험하고(dangerous) 더러운(dirty) 직업은 천하고 열등한 것으로 여겨 그러한 직업을 가진 사람 또한 그렇게 판단해 버린다. 직업에 대한 이러한 입장 차이가 믿는 이와 믿지 않는 이를 구별하는 기준이 될 수도 있다.

각자 가진 직업이 하느님의 소명이란 점에서 본다면 교회 공동체 안에서의 직분상에도 계급적 차등이 있어서는 안 된다. 성직자가 평신도보다 더 성스럽고 우위에 있다는 생각은 직업과 소명에 대한 교회의 가르침과 상반되는 것이다. 교계제도의 구조를 평신도, 부제 사제, 주교, 교황이라는 삼각뿔 형태로 설명하며, 평신도가 제일 낮고 교황이 제일 높다는 식의 생각이야말로 성서의 가르침을 전혀 이해하지 못한 수구적 생각이라고 볼 수 있다. 교계제도에 있어서도 각자 맡은바 직분이 다른 것이지, 그 직분의 우열의 가치는 있을 수 없는 것이다. 그러나 불행히도 교회가 종교의 자유를 얻어 지하 활동에서 지상으로 나오고, 세속 황제의 보호를 받게 되고, 또 황제의 영토를 다스리는 영주적 권력을 얻으면서 교회도 세속적이며 전제 군주적인 모습으로 바뀌었다. 본래 교회의 직분에 대한 인식도 세속적으로 바뀌면서 그러한 제도가 굳어져 오늘날까지 내려오게 되었다. 그래서 교황에게는 성하, 추기경에게는 전하, 주교에게는 각하라고 하는 호칭이 관습화되었다.

　하늘에 계신 하느님께서 세상을 내려다보신다고 생각할 때, 장엄
미사를 드리는 주교님이 식당에서 서빙하는 웨이트리스보다 더 성
스럽고 가치 있다고 보실까? 아니! 그 직분이 얼마나 가치 있고 거룩
한 것이냐는 그 직분에 얼마나 성실한가에 있는 것일 뿐 직분 자체
를 두고 주교님의 직분이 더 성스럽다고 할 수는 없는 것이다.

성령세미나, 그 신비한 체험

그것은 참으로 이상스럽고도 신비스러운 만남이었다.

새천년이 시작되는 2000년 4월 말, 별 의미 없이 참가했던 나에게는 두 번째가 되는 성령 묵상회 3박 4일의 기간은 내 인생과 내 영혼에 새로운 장을 열어주는 하나의 사건이었다. 이성보다는 감정으로 얻은 체험이므로 그 감동이 그리 오래가지 않을 것이란 일반적인 견해는 나에게는 해당이 안 되는 것이었다. 왜냐하면, 그것은 단순한 분위기에 휩쓸린 감정의 결과가 아닌 나의 오랜 바람에 대한 하느님의 응답이라고 확신하기 때문이다.

이틀째 되는 날 신부님 강의 중 '하느님의 발자국과 나의 발자국'이란 예화가 있었다. 내가 가장 힘들었을 때 하느님께서 날 모른 체하고 멀리 가셨던 것이 아니라 바로 그 순간에 나를 업고 계셨다는 그 말을 듣는 순간, 그것은 바로 나를 두고 한 말이라는 느낌이 내 가슴에 마치 전기에 감전된 듯 전하여 왔다. 신부님 강의가 끝난 후 이상스럽게 가슴이 울렁거리며 나도 모르게 울음이 터질 듯하여 나는 강의 후 그룹 토의장으로 가는 대신 성당으로 뛰어들어 갔다. 장궤틀에 무릎을 꿇자마자 울음이 폭발하듯 터져 나오는 것을 억제할 수가 없었다. 다른 이에게 방해가 될까 하여 손으로 입을 꽉 틀어막고 참으려 했지만 진정이 안 되는 것이었다. 한 15분인가를 그러고 나니 어느 정도 진정이 되어 눈물을 닦고 세수를 한 후에 늦게 그룹 토의장으로 갔다. 그리고 이후 성가를 부를 때 「하느님의 자비와 예수 찬미」라는 성가가 나오면 또 가슴이 울렁거리며 눈물이 쏟아져 내리는 것이었다.

삼 일째 되는 날은 고백 성사와 면담이 있는 날인데, 그날 새벽 나는 좀 한 시간 전쯤 일찍 일어나, 성체 조배를 하고 싶었다. 성당 문을 열고 들어갔는데, 제대 앞에 어떤 여자분이 꿇어 엎드려 있는 것이 보였다. 가만히 보니 바로 옆자리에서 이제껏 같이 강의를 들었던 그 여자분이었다. 머리가 많이 헝클어지고 옷매무새가 흐트러진 것이 상당 시간, 아니 아마 성당에서 밤을 새웠던 것이 분명했었다. 하여튼 나는 나 나름대로 성체 앞에서 어제의 그 예화를 생각하며 무릎을 꿇고 있었는데 두 시간이 금방 지나가 버렸다. 사실 성체 조배는 내게 별 매력 없이 생각하던 신심 행위였는데, 어찌 된 것인지 조금도 지루하지가 않았다. 그냥 무릎을 꿇고 머리를 팔 얹어놓는 데 푹 파묻고 그냥 있었다. 얼마가 지났는지 모르는데(지나고 보니까 한 세 시간 정도 있었던 것 같았다.) 갑자기 미국에 처음 와서 겨우 아파트를 얻고 밤에 일어나 일하러 캄캄한 밤하늘 유난히도 별이 반짝거리는 텍사스 고속도로를 운전하며 달리는 모습이 선명히 떠오르는 것이었다. 그때 운전을 하면서 나는 내내 울었다. 참 하느님이 너무도 하신다고. 그래서 정말 그랬다. "하느님, 내 손에 잡힐 수만 있으면 당신은 나한테 맞아 죽습니다". 아주 고생하던 때 하느님이 날 아주 구렁텅이로 몰아 쳐넣는 느낌이었으니까. 그러면서 오늘날까지의 어려웠던 때가 영화의 화면 보듯 선명히 떠올라 보였다.

더구나 올바른 신앙관도 없이 사제가 되었더라면 내가 과연 얼마 동안이나 계속했었을까 하는 생각이 나면서 내가 신품 받지 못한 것은 나와 성교회에 모두 참으로 유익한 일이었구나 하는 느낌이 아주 확연히 들었다. 그러면서 나를 투서하고, 내 인생을 꺾어버렸던 그 친구가 다름 아닌 나를 하느님께 진정으로 다가가게 하는 하느님 은총의 도구였다는 생각이 드는 것이었다.

그런데 갑자기 그 예화- 하느님께서 우리와 항상 동행하셨고, 어려울 때는 나를 업고 계셨다는 가 쫙~ 하니 클로즈업되면서 나의 어려웠던 과거의 영상과 마주치며, 바로 거기 나를 업고 계시는 하느님의 모습이 아주 선명히 느껴졌다. 아! 하느님의 자비를 내가 이제껏 깨닫지를 못했었구나. 그때 나와 같이 계시는 하느님의 자비를! 이상스러운 감격에 나는 감사하는 마음을 억누를 수 없어 폭발하듯이 울음이 터져 나와 한참을 울고 있는데 봉사자분들이 와서 어깨에 손을 얹고 기도를 해주시는 데 바로 12년 전 첫 번째 성령 묵상회 때 청한 기도가 허락되는 순간이었다. 그다음부터는 세상에 나보다 기쁜 사람이 없는 것 같았다. 반쯤 열에 들뜬 사람 모양, 또

반쯤 정신 나간 사람 모양 저는 그저 '아! 이것이로구나. 이것이 바로 하느님의 자비요, 사랑이로구나.' 하며 그날을 지내며, 그날 저녁 모두가 모인 자리에서 성령 체험의 간증을 듣는 시간, 나는 나의 이 기쁨을 이 감격을 이야기하지 않고는 배길 수가 없었다. 첫 번째로 자진해서 아직도 그 감동이 가시지 않은 목소리로 나의 이야기를 해주었다. 진지하게 듣고 계신 분 중에는 나와 같이 흐느끼는 분들도 계셨고, 나중에 안 일이지만 내 이야기를 듣고 어떤 사람은 치유를 받았다고도 했다. 이야기를 끝내고 돌아와 자리에 앉으면서 나는 또다시 나도 모르게 흐느껴 울었다. 그때 옆에 앉은 그 여자분이 휴지 몇 장을 내 손에 쥐어주며 내 손을 꼭 잡아주었다. 꼭 여자라서가 아니라 그때 잡아주는 손은 아주 따뜻하며 마음을 많이 진정시켜주었다. 참 고마웠었다.

그 3박 4일간의 묵상회는 정말 내 일생의 여러 피정 중, 여러 교육 세미나 중에서 가장 좋은, 아니! 아주 그런 것과는 비교도 안 되는 가장 값진 피정이었다. 무엇보다도 나의 삶 발자국 발자국마다 주님의 은총이 항상 같이하셨다는 사실, 그럼에도 불구하구 하느님을 욕하고, 침 뱉고, 증오하는 내 모습이 마치 로마 병정들에게 편태받는 예수님의 모습과 어우러져 내가 그 자리에 같이 있음에도 불구하고, 하느님께서는 땡깡 부리는 못된 어린 자식인 양 묵묵히 나를 업고 계신 주님의 모습을 아주 또렷하게 느꼈다는 사실이다. 그것이 그냥 감상적 느낌이 아니냐고? 절대 아니다.

텍사스 시절 집 쫓겨나고, 돈도 없고, 차도 없고, 4살짜리 중증 자폐아 아들과 영어 한마디 못하고 아무 기술도 없던 아내와 함께 내팽개쳐졌을 때, 그래도 자존심은 살아서 남에게 먼저 도움의 얘기도 안 한 상태에서, 정말 나도 예상치 못했던 여러 사람의 도움이 있어서 우리를 살렸던 것이다. 생면 부지의 흑인 할머니가 내 학교(저는 당시 유학생 신분이었다.) 급우인 쿠바 난민 출신 학생의 부탁으로 선뜻 자기 집으로 들어와 자리 잡을 때까지 자기 집에 있으라며 거처를 마련해 주고, 아무 기술도 없는 우리 애엄마에게 옷 만드는 공장 주인이 어떻게든 해보라며 믿고 일감을 주어 생계를 해결해 주고, 신자들 몇몇이 추렴해서 중고차 한 대를 사 주고…. 참으로 고맙고 따뜻한 손길들이었다. 나는 이것이 내가 인덕이 많아 사람들이 좋아서 내게 그렇게 한 줄로 생각했었다. 그것이 하느님의 손길이었다는 것을 깨닫게 되기까지는 오랜 세월이 걸렸던 것이다. 하느님께서는 천둥 번개처럼 은혜를 하늘에서 번쩍 내게 내리는 것이 아니라, 내가 전혀 몰랐던 그리고 잘 알고 지내던 사람들의 손과 마음을 이용해서 당신의 뜻을 이룬다는 것을 말이다. 그분의 뜻이 이렇게 땅에서 이루어지는 그곳, 거기서 천국은 이미 이렇게 시작되는 것이 아닌가? 천국이 이미 내게 있지만 그것을 은총으로 알지 못하고, 그냥 나처럼 증오와 한탄만을 한다면 그것은 또한 지옥이 아닐런가?

성녀 소화 테레사 유해 참배

어제 성녀 소화 테레사 유해를 참배하였다.

본래 프랑스 리지외 갈멜 수녀원에 모셔둔 것을 올해 10월 1일 성녀의 기념일을 기하여 미국 동부에서부터 서부로 미국 전역을 순회하게 되었는데, 마침 어제 로스앤젤레스와 이웃하고 있는 노스 할리우드 성당에 유해가 전시되었다. 길이 약 1m 20cm 길이, 40cm 폭, 60cm 높이의 프랑스 궁전 모양의 작은 집에 유해를 안치하고 두꺼운 유리로 덮개를 하여 실제 모습은 볼 수 없었지만, 실제 성녀의 존재를 바로 눈앞에서 뵐 수 있다는 사실이 참 감동적이었다. 세상의 너무나 많은 사람이 공경하며 사랑하시는 분이라, 나라는 사람의 작은 열망이 성녀의 존재 앞에 눈에나 띄겠냐만은, 짝사랑이라도 좋다. 하느님께 대한 사랑에 온전히 젖어 일생의 매 순간순간을 그분의 손과 발이 되어 사셨던 영혼을 담은 성스러운 육체를 바로 눈앞에서 뵙는다는 사실에 나의 가슴은 열렬히 사모하는 연인을 만나는 듯 설레고 가슴 떨려, 잠시 무심히 바라보는 동안 나도 모르게 눈가에 눈물이 가득히 고여왔다. 유해를 뵙기 전에 참배하는 동안 많은 기적이 일어난다는 말이 있어 나도 성녀께 몇 가지 주문 사항을 갖고 들어갔지만, 막상 그 앞에서는 사모하는 임의 앞이라서 그런지 할 말을 다 잊어버리고 그냥 멍하니 바라만 본 채 바보처럼 그냥 나오고 말았다.

　대학 1학년 때 그분의 자서전을 읽으면서 어찌나 그 말씀이 감미롭고 달콤하던지, 아름다운 시를 읽는 것 같은 기분에 취한 것 같았던 그때가 생각이 났다. 참으로 아름다운 삶이로구나…. 그 멋진 삶에 세계가 감동을 했구나…. 그런 생각을 하며 말이다.

　저녁에 로스앤젤레스 인근에 살고 있는 고교 동문 여섯 가정의 송년 기도 모임이 있어, 고속도로를 달리다가 앞바퀴 오른쪽 바퀴를 돌려주는 베어링이 부서져 나가 바퀴가 빠지기 직전에 차를 세워 큰 사고를 면했다. 성녀께서 내게 베푸신 선물이라고 생각해야 할지… 하여간 감사한 하루였다.

눈 밝아지고 싶은 맘

거의 매주 가는 등산의 끝자락에는 작은 폭포수가 있다. 아무리 가물어도 어디서 나오는지 물줄기는 끊이질 않는다. 높은 산 중턱에 있는 폭포수라 시원하기가 얼음장 같다. 아마도 그 위혹은 저 아래쪽 어디에선가는 목마른 사슴이나 토끼도 아침마다 와서 이 물을 마시지 않나 싶다. 그리 힘든 등산로는 아니지만 그래도 거기까지 오르면 숨이 많이 헐떡거리게 되고, 시원한 물줄기가 기운찬 소리와 함께 조그만 연못으로 떨어져 내리는 것을 보면 누구랄 것도 없이 대부분의 등산객은 그 차가운 물에 손을 담그거나 땀에 젖은 얼굴을 적시곤 한다.

나도 처음에는 무심결에 떨어지는 물줄기를 받아보기도 하고 철퍼덕거리며 세수도 하곤 했다. 그런데 어느 날인가 혹시 이 물이 땅속 깊은 곳 여기저기 돌아다니며 땅속에 묻혀있는 각종 미네랄을 녹여낸 약물이 되지나 않을까 하는 생각이 드는 것이었다. 가끔 페인트 가루가 눈에 들어가 남아있어 눈 끝이 짓무르는 일이 있다 보니 눈자위 끝이 약해져 쉽게 상하곤 한다. 그래서 이 물로 눈을 잘

씻어주면 눈도 깨끗하여지고 무슨 저항력 같은 힘을 받지나 않나 하는 막연한 희망을 갖고 되었다. 그렇게 해서 이렇게 눈을 씻다 보면 한 번만 씻는 것이 아니라 보통 네다섯 번은 습관적으로 씻게 된다. 그러던 중 어느 날부터인가 일곱 번씩을 씻는 나 자신을 발견했다. 아마도 이는 구약성서에 문둥병이 걸린 시리아의 나아만 장군이 엘리사의 말에 따라 일곱 번 요르단 강물에 들어가 몸을 씻으니 그 몸이 온전히 나았다는 말씀이 내 잠재의식 어딘가로 스며들어 나를 그렇게 행동하게 한 것이 아닌가 한다.

어떤 목적을 갖고 계속 행동하게 되면 사람의 생각과 의식도 발전을 하는가 보다. 그냥 자주 진물 나는 눈이나 고쳤으면 좋겠다 하는 바람은 어느 틈엔가 사리 분별을 아주 명확하게 할 수 있는 눈으로 바뀌고, 또 이것은 영을 구별할 수 있는 분별의 은사를 바라는 염원으로 바뀌게 되었다. 어쨌든 그러한 염원을 가지고 몇 달간을 계속 꼭 일곱 번씩 눈을 계속 씻곤 했다.

그러던 어느 날 그런 밝은 눈을 갖는다는 것이 정말 그렇게 좋기만 한 것일까 하는 생각이 들기 시작했다. 왜냐하면, 사람이 많이 모이는 회의에 참석하게 되면 사리 분별이 아주 감탄할 만큼 명확한 어떤 사람이 있어 회의의 주도권은 자연스레 그 사람에게 넘어가게 되는 경우가 있는데, 그런 사람치고 인심 좋고 너그러운 사람이 흔치 않다는 사실이 떠오르게 되었다. 그리고 아담과 이브의 첫 번째 유혹이 무엇인가? 눈이 밝아져 하느님처럼 선과 악을 구별할 줄 알게 될 것이란 것이 아닌가? 과연 그들의 눈은 밝아져 자기들이 알몸인 것을 알고 부끄러워했다. 이런 생각들이 들기 시작하자 폭포 연못에서 눈 밝아지라고 눈 씻는 예식(?)은 점차 하지 않게 되었다. 그냥 나아만처럼 눈 부스럼이나 다시 재발하지 않게 고쳐졌으면 하는 맘으로 그냥 두어 번 폭포수 물로 씻어내릴 뿐이었다. 명확한 분별력으로 내 이웃들에게 똑똑해 보이고 내 주장을 언제 어디서나 펼칠 수 있는 것보다 그냥 평범한 사람들 속에 묻혀 때론 공감하고 때론 웃고 울고 때론 좀 손해도 보며 그렇게 사는 것이 훨씬 인간적이지 않은가 싶다.

5불 헌금

주일 미사를 가기 전, 마누라는 언제나 확인을 한다.

"5불짜리 있어?"

항상 듣는 말이라 그냥 고개 한번 끄덕이고 만다. 사실 난 있는지 없는지 모른다.

어차피 난 5불을 낼 생각이 전혀 없기 때문이다. 단지 헌금 액수를 가지고 다투고 싶지 않기 때문이기도 하다. 솔직히 5불은 사람들이 보건 안 보건 내 자신에게 너무 쪽팔리기 때문이다.

내 인컴이 적어도 월 3천여 불이 된다고 할 때, 개신교인들이 좋아하는 십일조로 치자면 300불은 내야 한다. 그러나 그런 만용(?)으로 부리고 싶지는 않더라도, 5불은 안 하면 했지 손 떨어지지 않는 액수이다. 마누라는 헌금 얘기할 때면 우리 인컴이 어떤 근거로 하는지 모르지만, 월평균 700불이란다. 백만장자 행세하며 10불이나 20불을 절대 내면 안 된다는 것이다.

딸이 배달해 온 물건을 반품시켜달라는 문제에서도 자신이 생각하는 대로 동네에 있는 UPS로 꼭 가야 정확하다고 그곳으로만 가

자고 생떼를 쓰며 한바탕 실랑이를 했다. 그곳에 모든 인적 사항이 입력되어 있기 때문이란다. 모든 인적 사항뿐 아니라 배송자 주소지 등 모든 필요한 정보가 바코드에 입력되어 어느 곳으로 가든 반품받는 곳으로만 가면 된다는 것을 모르고 자신이 잘 안다고 하는 행동이다. 아직도 아날로그 생활에 익숙하고 편한 그로서는 디지털화되어 가는 세상을 따라가기도 힘들면 그냥 믿고 따르면 될 것인데…. 나는 그냥 무시해 버리고 한인타운 일 보러 왔던 곳에서 가장 가까운 곳을 검색해 리턴해 버리고 말았다.

문제는 이런 문제뿐 아니라 사람과의 관계에서 어떤 금을 그어놓고 그것을 강요한다거나, 자신의 생각대로 움직이게 하려는 무의식적 사고방식이 상대를 불편하게 할 뿐 아니라 그나마 간신히 붙어있는 정마저 떨어져 나가게 한다는 것이다. 관계를 아주 쉽게 멀어지게 만들어 가는 사고방식이요, 생활 습관이 아닐 수 없다. 정말 피곤하고 짜증스러워 될 수 있으면 부딪치지 않으려 하지만 같은 공간에서 생활을 하니 내가 선택한 운명을 안타까워할 뿐이다.

어느 안수 집회에서

우리 아들이 살아있을 적에 있었던 일이다.

아들은 심한 자폐증으로 언어소통도 안 되고, 근육 위축증으로 걷는 것은 물론, 팔도 제대로 못 움직였다. 머리나 등이 가려우면 누군가 휠체어에 앉아있는 자신에게 가까이 오면 머리고 몸이고를 갖다 대고 비벼대는 모습을 보면 한편으론 우습기도 하지만, 사실 내 마음은 아들이 당하는 고통을 그냥 보고 있어야만 하는 운명 때문에 그 막막한 현실 앞에서 자글자글한 분노인지 안타까운 마음인지 모를 감정으로 눈물을 훔쳐야 할 때가 자주 있었다.

사실 미국에 온 이유도, 80년 당시 자폐증이란 병명조차 생소했던 한국 의료계와 장애아에 대한 열악한 교육 환경에서는 치료를 기대할 수 없어, 치료받을 수 있고 훈련시키면 나아질 수 있겠다는 미국의 의료와 교육 시스템을 잔뜩 믿고, 잘 있던 고등학교 교사직까지 내던지고 온 것인데… 여기 미국에서도 우리 아이에게는 어떤 것도 희망이 될 수 없다는 사실을 깨닫는 데는 그리 오래지 않은 시간이 걸렸다.

그러던 중, 할렐루야 선교회의 김계화 전도사의 치유 집회 비디오를 누가 보고 우리에게 도움이 될 것 같다고 갖다 준 적이 있었다. 기도를 하면서 아픈 부위를 찰싹찰싹 때리면서 피가 묻은 뭔가를 아픈 부위에서 손으로 끄집어내어 보이면서 병이 나았다고 하는 그런 비디오였다. 비디오 테이프를 보면서 저게 진짜 병이 낫는 것인가 아니면 사이비 종교 집단 같은 데서 하는 사기인가 분간이 가지 않았다.

그런데 바로 그 여자, 김계화 할렐루야 전도사가 LA 지역을 방문하여 하시엔다 어느 개신교회에서 그 치유 집회를 연다는 대문짝만한 신문 광고를 보았다. 그걸 믿고 가야 하나 하는 마음도 있었지만, 혹시나 우리 아들이 나을 수 있는 기회를 내 자존심이랄까 의구심이랄까 그런 것 때문에 놓쳤다는 자책감으로 후회할 것 같아, 정말 눈 딱 감고 한 가닥 엷은 희망을 갖고 그 집회엘 갔다. 그러한 집회에는 처음 가본지라, 그 열광의 도가니라니…. 어느 찬양 리더가 나와 찬송가를 신들린 듯 불러대면 그에 따라 전 신도들이 따라서 울며 소리쳐 부르는 그런 분위기는 내게 너무도 생소했다. 거부감이 나 뛰쳐나오고 싶었지만, 그래도 아들을 생각해 꾹~ 참고 치유 시간까지 기다렸다. 얼마 후 그 예언자 전도사 김계화가 여러 명의 교회 관계자의 호위를 받으며 여왕처럼 가운데 통로를 통하여 위엄스럽고도 성스럽게 걸어 들어왔다. 와~ 교회 안은 온통 흥분과 기대와 환호로 뒤덮였다. 그 광경을 보니 어쩐지 내 아들도 여기서 무슨 기적의 체험이라도 받을 것 같은 느낌이 들었다.

얼마 후 치유의 시간이 오자 사람들이 벌떼처럼 달려나가 우르르 줄을 서고 밀치고 당기고 했다. 아들을 휠체어에 태운 것을 보고 사람들이 내게 길을 먼저 내주었지만, 나는 그냥 뒤쪽에서 천천히 시간을 기다리며 앞으로 나아갔다. 두어 시간 기다린 끝에 우리 순서가 됐지만, 그 여자는 우리를 못 본 체하고 계속 다른 사람에게만 안수를 해주었다. 이상히 생각한 나는 아들을 그 여자 앞으로 바짝 밀어 넣고 "왜 우리 아들을 자꾸 비켜 가는 겁니까?"라고 항의하며 다가서자, 할 수 없이 아들 앞으로 다가선 그 여자는 아들에게 안수를 하는 듯하다가 계속 멈칫거렸다. 그러면서 물었다.

"어느 교회 나가세요?"

"천주교회요."

"그러니까 안 되지요. 보세요. 안수가 안 들어가잖아요."

그러면서 그냥 비켜 가버렸다. 어이없고 허탈했지만, 뒤에서 기다리는 사람도 있고 해서 그 자리를 물러 나왔다.

그러면 그렇지. 그래도 조금이라도 희망을 걸었던 내가 바보였지. 예수님이 병을 고치실 때, 이스라엘 사람이 아닌 이방인이라고 또 마귀가 들었다고 또 다른 신분적 이유로 치유를 거절하셨다는 사실은 성경 어디를 봐도 없었다. 구원의 기쁜 소식은 따로 벽을 두거나 줄을 그어놓고 넘나들은 적은 없었다. 예수님의 베푸심은 그 모든 것을 초월하여 누구에게나 베풀어졌음을 복음서에서도 말씀하고 계신다. 천주교인이라서 치유를 할 수 없다는 그녀는 진짜를 알아보지 못하는, 아니면 진짜를 두려워하는 악령에 덧씌워진 가짜 예언자인지도 모른다.

　중풍으로 고생하는 친구를 예수님께 데려오는 그 사람들의 마음이나 골수 천주교인이라는 자존심이 강해 여간해서 그런 광신적 집회에 가치를 두지 않는 가치관임에도 불구하고 기적이나 바라야 할 처지였던 아들의 장애 앞에서는 모두 버려야 했던 내 마음이나 아마도 비슷한 것이 아니었을까 하는 생각을 해본다.

인생은 아름다운 것?

　　5살 때 보례 영세를 받고 70여 년간 신앙생활을 하면서 나에게는 아직도 정말 이해할 수도 또 이성적으로나 신앙적으로도 받아들일 수 없는 몇 가지 사안들이 있다. 그것 중의 하나가 바로 "인생은 아름답다."라는 말이었다. 희망의 종교인 그리스도교를 평생 나의 정신적, 아니 삶 전체의 근거로 살아오면서도 부조리와 오해, 불신으로 가득 찬 이 세상, 중증 장애인 아들을 키우며 힘들게 일해야 살아갈 수 있는 이 세상의 삶이 어찌 아름답다는 것인지 도무지 납득이 가지를 않았다. 우리의 생명과 삶이 그 시작부터 내가 선택해서가 아니라 선택되어 그냥 이 세상에 던져져 버린 운명부터가 나는 만족스럽지 못했다. 그리고 계속해서 나에게 주어지는 주위 환경은 내가 바라는 그런 환경과는 거리도 멀 뿐만 아니라 항상 힘들고 어려운 것들뿐이었다. 그러니까 이미 주어진 생을 나에게 주어진 책임과 의무를 이행해 가며 그 명이 다할 때까지 살아가는 것뿐이었다.

　　아마 그래서 그런지 모른다. 누구의 장례식에 가서 그분이 땅에 묻히는 시간에 유가족의 슬픔은 극에 달하지만, 나에게 드는 느낌은 마치도 피곤한 하루를 마치며 잠자리에 들어서는 것 같은, 그저 평안하고 안락한 부러움이었다. 그런데 이번 성령세미나 기간 중, 장애자를 둔 한 어머니의 신앙 체험담을 들으면서 "인생은 아름답다"는 그 말이 이해가 되는 것 같았다.

이제 22살이 된 저능아인 아들을 키우면서 참으로 고통스럽고 저주스러운 자신의 삶에 분노하고 실망하며, 하느님께 원망의 부르짖음으로 통곡하며 아들과 같이 죽자고까지 여러 번 결심했던 그 어머니는 성서를 공부하며 하느님의 말씀을 접하면서 그 어둡고 암울한 가슴에 한 줄기 은총이 빛이 비쳐지면서 삶의 태도가 바뀌기 시작했다. 물론 그 어머니는 그 전에도 저능아인 아들을 그냥 감추고 내버려 두지는 않았다. 아들의 독립심을 키우기 위해 말도 제대로 표현 못 하는 그를 시내버스에 혼자 태워 학교까지 가도록 훈련시키고, 아들이 좋아하는 것을 계발하여 능력을 극대화하도록 하는 등 나름대로 온 정성과 노력을 다 하면서도 자신에게 주어진 그 환경만은 도저히 받아들이기가 힘들었던 것이다.

그러나 자신에게 비추어진 하느님의 빛을 그녀는 그냥 놓쳐버리지 않고 계속 성서 공부를 하며 성지 순례를 가 30여 개나 되는 층계를 무릎으로 걸어 올라가며 살이 파이는 고통 속에서도 저능아 아들을 통하여 하느님께서 자신에게 베푸시는 섭리를 깨닫게 되어 그 저주스러운 자신의 삶 안에 함께하셨던 하느님의 모습을 보았다고 했다. 단지 저능아라는 이유로 사회에 따돌림받고 자신의 삶을 불행하게 했던 그 아들의 모습이 천진한 천사의 모습이요, 하느님 은총의 도구였음이 깨달았다고 한다.

그 어머니의 모습은 더 이상 우울하고 자존심에 큰 상처를 받아 불만이 가득한 어두운 모습이 아니고, 아주 밝고 빛나는 모습이었다. 그녀는 자신의 경험을 아주 자신 있게 우리 그룹 사람들에게 이야기해 주었다. 모두는 눈물을 흘리며 그녀의 체험담을 들었다. 그리고 그녀의 모습이 어찌 그리 아름답게 보였던지! 아! 그렇구나. 바로 저 모습을 보고 인생은 아름다운 것이라고 하는구나! 주어진 환경이 결코 아름다운 것이 될 수 없지만, 그를 극복하여 축복의 삶으로 바꾸어가는 그 과정이 아름다운 것이라는 것을 그 어머니의 변화된 모습을 보며 아주 진하게 이해할 수 있었다. 나도 이젠 인생은 아름다울 수 있다고 확신한다.

어느 장례식장에서

　　오래전에 본 감명 깊은 영화의 한 장면처럼 그 모습이 언뜻언뜻 떠오르며 가슴에 묘한 여운을 피운다. 등 뒤로 살짝 주먹을 쥐고 엄지를 턱 치켜들며 살래살래 흔들어 주던 모습, 그리고 다 큰 것 같은 아들을 미사 내내 옆에 앉혀놓고 두 팔로 꼭 안고 있었던 희끗희끗한 아버지의 모습. 내 바로 앞자리에서 한 자리 간격을 두고 앞에 앉은 고모와 뒤에 앉은 조카 그리고 그 아버지의 모습이었다.

　　학교 동문 장모님의 장례 미사에서 본 장면이었다.

　　돌아가신 장모님은 딸 다섯에 아들 하나를 두시고 88세까지 천수를 누리시다 가셨지만, 우리 동문만 빼고 사위 넷이 모두 백인이었다. 백인 사위들이었지만 동서지간의 사이가 마치 친형제처럼 지낼 뿐 아니라 미국 명절과 생일 때마다 넷째 사위인 우리 동문 집에 모여 시끌벅적 정을 다진다고 했다. 여자들 동기 간 우애도 아주 좋아 어려운 일이 있을 때마다 서로 돕고 하는 소문난 집이다. 자매나 사위들이 그러하니 하나 혹은 둘씩밖에 안 되는 자녀들 그러니까 사촌들 간의 우애도 그렇게 좋을 수 없다 한다.

그런데 제일 큰언니의 아들 하나가 태어나면서부터 다운 증후군 증세를 심하게 보여오고 있었다. 다운 증후군 증세를 보이는 사람들이 얼굴 모습은 인종에 관계없이 비슷한 모습을 하고 있다. 넓적한 얼굴에 큰 눈 그리고 약간 튀어나온 듯한 입 모양 등 한눈에 알 수 있다. 이제 나이가 스무 살은 넘은 듯하나 하는 행동은 어린아이나 비슷하다.

외할머니 장례식에 참석한 이 조카를 보고 앞에 앉은 둘째 이모(독일계 미국인과 결혼한 은행 간부임)가 엉덩이 뒤로 엄지를 살래살래 흔들며 반갑다고 인사를 하는 것이었다. 몸이 상당히 약해 혼자서 보행이 자유롭지 못한 듯 항상 아빠가 옆에서 꼭 붙들고 앉아있었지만, 이모의 손 신호에 마냥 흐뭇한 표정이었다. 돌아가신 외할머니가 어려서부터 정을 푹 쏟아가며 애지중지 돌봐준 정 때문에 할머니를 유독 좋아했다 한다. 할머니가 돌아가신 모습을 보이면 어린애처럼 울고불고 난리를 칠 것이라 하여 관 뚜껑도 열지 않고 예절을 진행하고 있었다.

가족 중에 장애인이 있다는 것이 결코 행복한 일이랄 수는 없다. 그렇다고 그것이 꼭 불운이며 불행이라고 할 수도 없다. 그것은 장애인 가족을 대하는 자신들의 태도에서 결정된다고 볼 수 있다. 육체적, 정신적으로 온전치 못한 부분 때문에 다른 가족들이 당하는 어려움과 희생이 있다고 그것이 불행은 아닌 것이다. 장애 자체가 징벌이고 저주가 아닌 이상 부족하니만치 그에게 더욱 쏟아부어지게 되는 관심과 애정은 온전한 가족들의 눈에 보이지 않는 부족한 부분까지도 따뜻이 덮여 가족들이 서로 화목하게 되고 유대를 더욱 끈적하게 만들어 줄 수 있는 계기도 된다. 장애로 인한 어려움이 있는 만큼 이를 견디게 할 수 있는 힘과 함께 다른 가정에 없는 특별한 은총까지 덤으로 주어지게 되는 것이 아닌가 싶다. 하늘에서 장애 아기를 세상에 보내는 것은 아무에게나 주어지는 은혜가 아니고, 그것은 정말 잘 선택된 특별한 이들에게만 주어지는 선물이라 했다.

장례 예절 내내 장애자 아들을 꼭 안고 있는 아빠, 그리고 가족 행사에 참석한 성치 못한 조카를 진정 사랑해 주는 이모의 모습에서 나는 그런 생각들을 해보았다.

신부님의 여인네

학교 때부터 잘 알고 지내던 신부님이 계셨다.

한국동란 바로 전에 서품을 받으시고 평생 본당 신부님으로 지내시다 은퇴하신 지 5년 만에 돌아가셨다. 그 당시 서품 받으신 신부님들의 위상은 요즈음 신부님들에 비해 월등히 높았던 것이 사실이다. 신앙의 입장을 떠나 그 당시 사회적 성취도를 볼 때라도 대학원급 학력의 소지에 라틴어를 거의 능숙하게 구사할 줄 아는 인텔리 지도자급임을 아무도 부정할 수 없었기 때문이다. 더구나 사제를 대하는 우리 한국 신자들의 정서는 그야말로 그리스도의 대리자 바로 그것인지라 어린 마음에 신부님은 하느님 다음으로 높은 사람인 줄 알았다.

방학 때 시골 할아버지 댁에 갔을 때 신부님 방문이 있었다. 그럴 때면 그 동네뿐 아니라 그 인근 동네의 모든 신자가 마을 어귀에 나가 두 줄로 죽 서서 기다리다 신부님을 맞이하곤 했다. 그날은 동네의 큰 잔칫날이 되는 것은 당연하였다. 미사를 마치고는 으레 큰 잔치인 양 식사 대접이 있었는데, 신부님이 남기신 밥은 거룩한 밥인지라 신자들이 한 숟갈씩 다투어 떠먹던 기억이 새롭다. 그만큼 신부님은 거룩하신 분이셨다.

그러나 그런 신부님도 혼자 계실 때는 그냥 우리와 똑같은 인간인지라 거룩한 직무와는 전혀 관계없는 먹고 자고 치우고 목욕하고 빨래하고… 뭐 그런 일을 해야만 하는 것이다. 신학교나 주교관 같은 교회 기관에는 부속 식당과 도우미들이 있어 이런 모든 일을 해결해 주지만, 본당 신부님의 경우는 직접 할 수 없으면 사람을 써아 한다. 일컬어 식복사라는 분들이다. 신부님이 복이 많은가 안 많은 가는 얼마나 좋은 신자를 많이 만나느냐보다는 식복사와 사무장을 얼마나 잘 만나느냐에 있다 한다. 신부님의 수족과 같은 분들이라는 것 말고도 신부님의 모든 약점을 참아주고 입 다물어주어야 하니까 말이다.

신부님의 소식은 조카인 내 친구를 통하여 가끔 듣고 있었다. 그런데 한 가자 놀라운 사실이 있었다는 것을 신부님 은퇴 후 알게 되었다. 아파트를 얻어 은퇴 생활을 하시는 신부님을 세 여인네가 번갈아 가며 돌봐준다는 소리였다. 돌아가실 때까지 말이다. 그분들은 은퇴 전에도 오랫동안 드러나지 않게 신부님을 정성껏 돌보아주셨다는 것이다. 때 되면 보약 사 드리고, 온갖 잔심부름 다 해드리고, 병원 갈 때 보호자 노릇해 주고, 은퇴 후 한참을 치매로 고생하실 때 온갖 뒤처리를 다 해드리고…. 어찌 그분들 뒤에 악성루머가 없었을까? 그럼에도 그 세 분네의 정성은 아랑곳하지 않고 꾸준히 계속되어 선종 때까지 이어졌다. 신부님으로서는 참 복이 많으셨음이 틀림없다.

  알게 모르게 많은 신부님이 여인네들의 극진한 보살핌을 받고 있는 것이 사실이다. 이분들을 일컬어 한국에서는 '예루살렘 부인'이란 별칭으로 구분한단다. 신부님의 몇 주 후의 스케줄까지 훤히 꿰뚫고 있는 것은 물론 때마다 보약 챙겨드려, 계절마다 속내의는 물론 옷 사 드려, 신부님의 잘못된 점은 정답게 타일러 줘, 여행 가시려면 경비에 가방 챙겨드려… 일일이 열거하기가 쉽지 않다. 당연히 뒤에서 수군덕대는 소리를 못 듣는 것도 아니지만 아랑곳하지 않고 일편단심 지극 정성을 다하는 것이다.

  맞다. '예루살렘 부인들'이란 표현이 너무도 맞다. 사순절 기간 동안 특이나 친해졌던 베로니카를 비롯한 그 부인네들의 행적이 바로 그분네들의 행적이라는 생각이 든다. 하느님의 아들이라고 성전을 사흘 만에 짓겠다고 호언장담하는 것은 물론 감히 사제들과 율사들의 허점을 들춰내 가며 망신을 주어 신성모독으로 사형 선고를 받고 형장으로 끌려가는 살벌한 현장에서, 한번 그들 눈에 벗어났다가는 당사자는 물론 그 가족까지의 생명이 위협받는 상황에서, 십자가를 지고 가시는 분을 용감히, 아니 거의 목숨을 걸고 달려들어 손수건으로 얼굴의 피땀을 닦아주고 그 고통을 아파하며 통곡하는 여인네들을 보며, 그분도 적잖이 위로받았음이 틀림없었을 것이다. 사실 평소에도 **뻣뻣**하고 투박한 제자들 뒤에서 다소곳이 알뜰살뜰 보살펴 주는 신심 깊은 여인네들의 손길이 있어, 그분도 자신의 사명인 '하느님 나라' 선포의 소명을 마칠 수 있었으리라 생각한다. 아니! 참으로 고맙게 생각하고 계시었던 것이 틀림없다. 그러니까 부활 후 제일 먼저 당신의 모습을 보인 것도 '겉으로' 사랑하셨던 제자들이 아니라, 바로 진짜 마음을 알아주고 목숨 바쳐 따라준 그 여인네들에게 나타내 보이신 것이 아닌가?

부활하신 그분께 그런 여인네들이 있었던 것처럼 신부님들에게도 그런 여인네들이 있다면 정말 그런 신부님들은 복 많은 분임은 말할 것도 없고, 그분을 제대로 본받으며 살아가는 것이 아닐까?

아, 이 가슴 없는 차가운 신앙이여

"오빠, 오빠도 우리 재홍이 위해서 기도 좀 해줘."

이번에 서울에 다니러 갔다 미국으로 돌아오는 날, 재수생 아들을 둔 내 여동생이 식구들이 모두 모여 앉아있을 때 내게 부탁했다. 즉, 이번 대학 입시에는 조카가 원하는 대학에 꼭 합격할 수 있도록 같이 기도해 달라는 것이었다. 그런데 나는 그 말이 떨어지기 무섭게 딱 잘라 말했다.

"난 그런 기도 안 한다. 그 대신 사람이 그 할 바를 다 한 연후에 하늘의 답을 기다리라는 한자 격언대로 열심히 공부시켜 합격하도록 하는 것이 더 바람직하다."

그리고 무조건 합격하게 해달라고 할 것이 아니라 재홍이에 있는 하느님의 뜻이 이루어지기를 기도해야 할 것이며, 그렇게 나에게 복을 달라고 기도하는 것이 바로 기복(祈福) 신앙이고, 복이 이루어지지를 않았을 때는 다시 하느님을 원망하게 되는 그런 신앙의 태도는 잘못된 것이라고 부언을 했다. 참으로 강론 말씀 잘 듣고 여러 피정 활동을 통하여 잘 훈련된 교인의 대답이 아닌가!

내 말은 들은 동생은 무안하고 당황해서 잠시 할 말을 잊은 듯했다. 나중에 안 일이지만 동생은 오로지 외아들의 수험 뒷바라지를 위해 새벽부터 밤까지 거의 하루를 다 보내고 합격을 위하여 100일 기도를 벌써 시작했다고 했다. 최소한 안 돼도 자기 아버지처럼 치대에 합격할 수 있도록 매일 저녁 미사에 참예하고 묵주 신공하고 수험생 엄마들과 모여 같이 기도하고…. 아닌 게 아니라 우리 여동생 중에 인물이 그래도 제일 나은 편인 재홍 에미의 예쁜 얼굴이 2년 동안의 수험생 뒷바라지에 기미도 좀 있고 수척한 것이 많이 상한 것 같았다. 사실 그동안 고3 엄마의 삶은 수험생 당사자보다도 더한, 속 졸이고 말 그대로 피를 말리는 시간이 아니었겠는가? 내가 동생의 타는 심정을 조금이나마 이해했던들 이런 원칙적이고 차가운 말이 그렇게 쉽게 튀어나왔을 것인가? 비행기를 타고 오면서 뭔가 가슴에 무거운 것이 막혀있는 듯한 무직한 그 뭔가가 영 개운치가 않았다.

가족이란 게 또 형제라는 게 도대체 무엇인가? 힘들 때 어려울 때 그 마음을 제일 가까이서 서로 나누어 줄 수 있는 것이 형제가 아닌가? 기복 신앙이 아무리 잘못된 신앙 태도라고 하자, 하느님 뜻보다는 내 뜻을 먼저 찾는 태도를 가졌다고 치자. 그렇다고 지푸라기라도 집고 싶고 지나가는 아무에게라도 부탁하고픈 절박한 수험생 어미의 바람을 오빠라는 사람이 그렇게 차갑게 잘라버릴 수 있겠는가! 아, 참 못됐다. 이것은 머리만 있고 가슴은 없는 더 못된 신앙 태도다. 아니! 신앙 이전의 인간적 도리가 아니다. 참으로 후회스러웠다. 아무리 하느님의 원래의 뜻이 있다손 치더라도 그 뜻은 인간들의 태도와 간청에 의해 바뀔 가능성이 얼마든지 있음을 소돔과 고모라 멸망에 대한 하느님과 아브람의 에누리 대담과 요나의 니느웨 재앙의 뜻을 거두어 주신 하느님의 모습을 통해 우리에게 말해 주지 않던가? 그래, 나에게 기도에 대한 뼈아픈 상처가 있다손 치더라도 우리 동생의 간절한 소망에 나도 동참하자. 하느님의 원뜻이 무엇인지는 모르지만, 착하고 부모 말 잘 듣는 조카 재홍이의 대학 합격을 하느님께 생떼를 써서라도 간청해 보자. 나의 어린 시절부터의 꿈에 나의 간절한 뜻에 오래전에 눈감아 버리셨던 성모님께도 재홍이를 위해서는 다시 한번 그 자애하신 전구를 청해보자.

열심한 그녀의 속살

여자 골퍼 중에 박지은이란 사람이 있다. LPGA 골프 시합에서 몇 번 챔피언십을 먹은, 골퍼 중에는 얼굴이 예쁘장한 젊은 선수다. 이 선수가 신문에 나올 때는 꼭 트레이드마크처럼 보이는 것이 있다. 바로 그녀의 배꼽이다. 짧은 티를 입고 골프채를 휘두르며 몸을 휙 꼰 자세로 배꼽 주위 속살을 훤히 드러낸 채 날아가는 공을 쳐다보는 그녀의 모습을 보는 일반 남정네들의 머릿속에는 무슨 상상의 그림이 있을지 궁금하다. 그래서 그런지는 몰라도 그녀는 미국 일반 골퍼들에게도 top 5 인기 선수 중 하나에 든다.

지난 10월 말 성령 봉사회 피정 때의 일이었다. 테메큘라에 있는 꽃동네 피정 센터는 여름에는 대지의 일부를 일반인들에게 야영장으로 공개할 정도로 상당히 큰 면적을 갖고 있다. 피정 센터 주위는 높고 낮은 산이 병풍처럼 둘러싸여 있어 기계적 소음이 전혀 없고 아주 조용하다. 피정 장소로는 그만이다.

피정 지도 신부님이셨던 이재을 신부님의 안내를 따라 아침 해가

산을 오르기 전, 센터 주위 야산으로 이어진 등산로를 따라 한 시간 남짓 산보를 하다 신부님 특유의 운동인 신체 돌려주기 체조로 마무리를 했다. 특별히 운동을 하려고 입은 복장이 아닌, 그냥 강의 듣고 식사하고 미사하고 하는 그런 평상복들을 입고 나온지라 체조를 하면서 옷매무새는 자연히 흐트러지게 마련이다.

엉덩이에서부터 허리 위를 돌려주는 운동을 하려면 몸을 360도 회전시켜 줘야 하는데, 짧은 티를 입은 사람들은 배꼽 훨씬 그 위까지 속살이 드러난다. 내 앞줄의 옆쪽에서 체조를 하는 자매가 있었다. 15년 전 미사 독서를 하는 전례부원으로 처음 만났으나 그 후 남편이 다른 여자를 만나 떠나게 되면서부터 강한 의지로 두 아이를 혼자 키우면서도 신앙을 유지한, 아니 그 고통을 통하여 새로 나게 되는 경험을 한 자매였다. 아마 이제 한 50줄에 들어서지 않았나 싶다. 얌전하고 열심한 그리고 의지가 뚜렷한 모습을 쌍꺼풀 진 눈에서 읽을 수 있는 예쁜 자매였다. 미사 독서를 부탁하면 온갖 정성을 다하여 어찌나 성스럽게 읽는지 말씀이 가슴에 와닿는 것을 느낄 수 있었다.

그런 이미지의 자매였는데 나는 그만 그 자매의 하얀 뱃살을, 아니 처진 뱃살을 우연히 목격하게 되었다. 옷 입은 모습이야 날씬하다면 뭣하지만 그런대로 평범한 체격이었다. 두 손을 위로 뻗어 올린 채 몸을 돌려주게 되면 가슴 아래부터 바지춤 사이의 넓은 면적

의 살이, 그리고 손을 양쪽으로 흔들 때는 바지 허리줄 밑으로 축
처진 하얀 뱃살이 어찌 그렇게 속되고 야해 보이는지 그 충격(?)으
로 정신이 혼란되기 시작했다. 애써 안 보려고 할수록 어찌 내 눈길
은 그쪽으로만 자꾸 끌려가는지…(내 본 마음의 정체는 사실 이렇게 드러나
게 마련이다). 그곳이 온천장이라든가 수영장 같은 곳이라면 혹은 젊
은 아가씨 같은 사람이라든가 하면 조금도 문제가 될 장면이 아니
었지만, 지금 영혼의 양식을 보양하기 위해 모인 이 거룩한 피정 장
소에서 보인 그런 순수한 이미지를 가진 자매의 처진 뱃살이라니….
성(聖)과 속(俗)의 그 가까이할 수 없는 거리를 순식간에 왔다 갔다
하는 그런 느낌은 어찌나 나를 부끄럽게 만들었는지….

  체조가 끝나고 식사를 하면서 가까운 자매 임원에게 우스갯소리
삼아 물었다. 왜 아줌마들이 그렇게 애들 같은 짧은 티를 입느냐고.
그랬더니 그렇게 입고 싶어서가 아니라 옷가게가 유행에 민감해서
애고 어른이고 여자 옷은 모두 그래서 할 수 없다는 것이었다.
  하여간에 그날 나는 그 처진 뱃살의 환영을 떨쳐내느라 그녀의 얼
굴을 똑바로 쳐다보며 자연스레 이야기하기가 너무 힘든 것은 물론
신부님 강의에도 완전히 몰입할 수 없었다. 에고, 왜 그런 짧은 티를
입고 와서 순진한 내 마음을 그렇게 혼란스럽게 했는지! 아니, 다른
사람들은 아무런 이상한 느낌을 받지 않았는데 유독 나만 그런 유
감에 빠져 허우적댔는지 모를 일이다.

우리 부모님의 기도

막내 여동생이 시집을 갔다. 81년 미국으로 건너온 이후 집안 내의 대소 애경사가 있었지만 한 번도 가보지 못하다 14년 만에 고국 방문을 하게 되었다. 이때도 갈 처지는 못 되었지만, 그 전해에 남동생이 교통사고로 먼저 갔기 때문에 막내를 시집보내시는 부모님의 허전한 마음에 조금이라도 위안이 될까 하여 만사를 제쳐 두고 날아간 것이었다. 20년 전 미국에 오기 바로 전해에 바로 밑에 여동생이 시집간 날 밤, 여간해서 눈물을 보이지 않으시던 아버지께서 아직 잔치 손님들이 다른 방에서 식사를 하고 있는 중이었는데도 갑자기 울음을 터트리셨던 기억이 생생했다. 딸을 시집보내는 부모의 맘은 그렇게도 아쉽고도 애절한 모양이다.

막내가 시집간 날 밤, 나는 아버지께서 또 그러실까 마음속으로 안절부절못하며 아버지 안색만을 힐끔힐끔 살피고 있었다. 삼촌이나 고모들도 그러했는지 아버지 곁에 바짝 붙어들 앉아 막내에 대한 이야기보다도 다른 화제를 이야기 삼아 아버지의 신경을 딴 곳으로 돌리려 했다. 다행히(?) 술을 아주 즐겨 하시는 아버지께서는 그날 밤 술에 좀 취하신 채로 잠이 드셨다.

다음 날 새벽 나는 누군가 두런두런 이야기하는 것인지 어떤 노래를 나지막하니 부르는 것인지 꿈인지 생시인지 분간 못 할 어떤 낯익은 소리를 들으며 잠에 취해 있었다. 방 안이 어두운 것 같으니 아직 해는 뜨지 않은 것 같은데 이 소리가 뭔 소리가 하며 그 소리의 정체를 찾아가다 확인이 되는 동시에 잠에서 깨어났다. 그 소리는 바로 새벽 일찍 일어나신 우리 부모님의 주거니 받거니 하며 드리는 아침 기도 소리였다. 그 기도는 단 1분만에 끝내버리는 기도서의 아침 기도 외에 묵주의 기도와 다른 여러 기도문이 계속되는 기도였다. 그 기도 소리를 들으며 나는 왠지 모르게 어떤 비밀스러운 장면을 목격한 사람처럼 가슴이 울렁거리며 가벼운 죄책감 같은 것을 느끼며 누워있었다. 기도문의 기도가 거의 끝나가는 듯싶더니 개인 청원 기도가 다시 시작되었다. "이국땅 먼 곳에서 살고 있는 큰아이를 위하여 기도하오니 어려운 환경 속에서도 주님을 잊지 않고 성실히 살고, 그 가족들이 항상 편안하며, 아픈 아우스팅(우리 아들)이 항상 그 마음에 평화를 잊지 않게 하시고 손녀딸 로사는…" 이렇게 우리 가족부터 시작해서 누님댁, 세 여동생 가족과 아빠를 잃은 손녀딸 윤정이까지 한 사람, 한 사람 그 이름을 불러가며 기도를 하고 계셨다. 나는 자리에 누워있으면서 나도 모르게 눈물이 주르륵 흘러 베개를 적시는 것을 느꼈다. 그렇구나! 우리가 부모님 곁을 떠나 그렇게 오랜 세월을 떨어져 살았지만, 부모님은 우리를 하루도 잊지 않고 이렇게 매일매일 기도해 주시고 계셨구나. 미국에 살면서 우리는 그 얼마나 힘들고 어려운 고비가 많았던가? 그 고비고비 때마다 부모님의 기도가 우리를 살리셨구나. 하느님을 증오하며 살았던 그 암흑 같은 세월을 벗어나는 데는 부모님의 이런 기도가 있었구나…. 새삼스레 지난 일들이 머리를 스쳐 가며 우리도 모르게 어떤 힘이 우리를 보호하고 있었음을 느낄 수 있었다.

부모님께서 나를 위하여 드린 기도는 단지 매일 아침 기도 때만은 아니었다. 내가 고등학교를 들어가던 63년 3월부터 74년 12월까지 거의 12년 동안 매월 첫 목요일에 나를 위하여 어떤 한 가지 지향을 두고 생미사를 드려주셨다. 내가 군에 가 있는 3년 동안에도 첫 목요일 생미사는 중단되지 않았다. 한 가지 지향을 두고 매달 정기적으로 그렇게 오랫동안 생미사를 드렸다는 이야기는 아직 다른 어느 누구에게도 들어본 적이 없다. 허나 부모님의 지향은 나의 지향이 이루어지기를 바라는 것이었지만, 불행인지 다행인지 그 생미사에 담아주셨던 부모님의 지향은 이루어지지 않았다. 그 바람이 허공으로 날아가 버린 듯한 그해 겨울 나의 하느님께 대한 미움은 서서히 싹트기 시작했고, 무심했던 성모님의 모습도 내 마음속에서 차차로 사라져 가기 시작했다. 그로부터 시작된 마음의 방황은 꼭 12년이 지난 후에야 성령 기도회 기도 모임을 통하여 조금씩 자리를 잡아갔다. 내가 하느님께 대하여 새로운 모습으로 눈을 뜨기까지 그것은 단순한 우연의 사건이라고 생각할 수 없다는 것이 부모님의 아침 기도를 들었을 때 아주 강하게 내가 느꼈던 감정이었다. 그 큰 바람이 무너져내렸을 때도 부모님은 나처럼 실망하지 않으시고 또다시 새로운 지향을 두고 주님의 뜻을 살피시기 시작했던 것이었다.

아우구스틴 성인에게 있어 모니카 성녀가 있었다면 그에 못지않게 내게는 우리 부모님이 계신다. 자식이 하느님의 뜻 안에 머무르며 살기를 바라는 마음은 비록 내가 아우구스틴 성인 같지는 못해도 내게 있어 우리 부모님은 모니카 성녀에 비해 조금도 모자랄 것 없는 분이시라고 나는 생각한다.

산타 모니카 비치에 세워진 성녀 모니카의 동상을 보며 자식을 위하여 그렇게 하느님께 매달렸던 성녀의 모습을 보고 아직도 매일 아침 우리를 위해 기도해 주시는 부모님 생각이 나서 잠시 회상에 젖어보았다.

일산 성당 주임신부님께 보내는 편지

저는 7월 9일 어머니 장례를 모시고 제가 사는 미국으로 돌아온 한 신자입니다.

일산 성당에 저희 부모님은 7~8년 동안 적을 두고 계셨습니다. 어머니는 계속 편찮으셔서 성당에는 잘 나가시지 못하셨고, 아버지만 주일 미사를 나가시는 형편이었습니다. 허리 수술 후 허리를 곧게 펴시지 못하셔서 늘 자전거를 타시고 매주 성당을 오고 가셨습니다.

어머니는 2년 반을 노인 전문 병원에 입원하시다 그곳에서 선종하셨습니다. 어머니 선종 직후 어머니의 시신은 연세 대학 장례식장에서 모시기로 정하고, 집에서는 어머니의 장례 절차를 논의하기 위해 적이 있는 일산 성당에 전화했습니다. 사무실에서는 그 문제는 연령회장에게 연락을 해야 한다고 해서 연령회장에게 연락을 취하셨다고 합니다. 연령회장에게 연락한 결과 장례식장이 너무 멀어서 거기까지는 갈 수 없다는 황당한 답변을 듣고, 제 누이가 다니는 한강 성당에 급히 연락을 취해서 그곳 연령회의 도움으로 모든 절차를 마칠 수 있었습니다(그런 교회법이 있었는지 모르지만, 성당에 적이 있어야 할 수 있다기에 그날 바로 일산에서 한강으로 교적을 옮기는 해프닝이 있었지만…).

한강 성당에서도 연세 대학 장례식장이 결코 가까운 거리는 아니었지만, 그분들은 식장의 분향 절차부터 연도와 연도책 제공 등 일반 천주교 신자들이 하는 장례 예식에 하나 소홀함 없이 처음부터 장지 예절까지 성심껏 같이해 주셨습니다. 덕분에 인생의 마지막 부분에 병고로 인하여 신앙 예절을 제대로 할 수 없었던 때를 제외하고 일생을 다녔던 성교회의 예절대로 어머니는 하늘나라로 가실 수 있었습니다. 그러나 소속 본당에서 장례 예절을 거절하면서 장례 미사 주례 신부님을 갑자기 찾을 수 없어, 저의 고교 동창들의 도움으로 전주 교구에서 본당을 맡고 있는 친구에게 연락하여, 장례식 새벽에 전주에서 고속버스로 달려와 겨우 장례 미사를 할 수 있었습니다.

저희 아버님은 일생을 다니셨던 천주교회에서 마지막 예식 요청을 거부당하시면서 느꼈던 배신감이 참으로 크셨던 것 같습니다. 비록 그런 배신감을 처음 당하신 것은 아니지만, 마지막 예절에서까지 그런 대접을 받아야 하는가에 참으로 황당하지 않을 수 없었습니다.

장례를 모시고 월요일부터 미국으로 오는 수요일까지 일산 성당 아침 미사에 갔었습니다. 화요일 미사에선가 신부님은 처음 보좌를 하시던 불광동 성당 묘지에 부모님 못자리를 사놓으셔서서 자신은 효자라고 말씀하시던 것이 생각납니다. 바로 그 불광동 성당 묘지를 살 때 저희 아버지는 그곳의 사목위원으로 묘지 구입 절차부터 묘원 전체를 무료로 측량해 주셨던 사실을 기억합니다. 신부님이 다니셨던 서울 신학교 뒷산 감나무골을 비롯해서 지금 여러 건물이 들어선 낙산 전체를 72년인가 71년인가 측량해 주시기도 하셨고, 서울 교구 묘지 및 기타 여러 지역을 당시 지적협회 소장으로 계시면서 직접 해주셔서, 추기경님으로부터 감사장도, 추기경님 친필 서명이 있는 도자기 항아리도, 교황님의 강복장도 받을 만큼 교회 일에는 헌신적으로 일해 오셨습니다. 잘 아시다시피 천주교회는 이런 일에 봉사와 희생을 요구하지 결코 금전적 보상을 하지 않습니다. 물론 저희 아버지도 당신이 가지신 탤런트와 소명으로 정말 기쁘게 봉사와 희생을 하시면서 참으로 열심히 신자 생활을 하셨습니다.

저 개인에게 일어났던 불행한 사건을 계기로 교회의 모든 봉사직에서 물러서시기까지 누가 봐도 우리 집은 모범적 천주교인이었습니다. 비록 공적인 봉사직에서는 물러나셨지만, 저희 부모님의 기도 생활이 물러난 것은 아니었습니다. 30년 미국 생활로 집을 떠나있었지만 여전한 부모님의 긴 아침 기도 소리에서, 모처럼 방문한 조국의 새벽이 축복으로 시작됨을 알 수 있었습니다.

일생을 사시면서 교회에 봉사한 공을 알아달라는 것은 결코 아닙니다. 또한 일생 동안 교회에 바친 교무금, 헌금, 미사예물, 건축 헌금 기타 여러 가지 금전적 봉헌도 합하면 수억 원이 되리라는 계산이 아깝다고 생각되어서도 아닙니다. 다만 지금 은퇴하시고 조용히 말없이 사신다고 어머니 마지막 가시는 길을 냉정히 잘라 못 하겠다고 한 교회의 처사에 실망과 슬픈 생각에, 신부님 관할에서 이런 일이 있었다는 것과 또 다른 사람이 이런 일을 당하지 말았으면 하는 심정에서 글을 띄웁니다.

합장한 순진한 그 남자

올해는 지난해와는 달리 지난번에 살던 동네에 있는 한인 성당으로 미사를 갔다. 한인 성당이지만 성당 건물은 미국 성당 것이고, 우리는 성당 건물을 단지 시간제로 나누어 쓰고 있을 따름이다. 성탄날 우리 한인에게 배정된 시간은 아침 10시 반부터 12시까지이고, 그다음에는 다시 남미계 신자들을 위한 스페인어 미사가 이어진다. 이렇게 한 건물에서 여러 민족이 시간을 나누어 미사 전례를 하다 보면 그 민족 나름의 전례적인 특성이 아주 극명하게 드러난다. 모든 전례를 항상 엄숙하고 질서 정연하게 거행하는 한인들에 비해 타민족들의 전례는 너무도 자유분방하다. 특히 전례를 돕는 복사나 성체 성혈 분배자들의 복장이나 태도는 우리가 이해하기에는 좀 거북스러울 만큼 자유분방하다. 우리는 모두 규정된 복장으로 장백의 비슷한 옷을 모두 입고 합장한 손을 가슴에 두고 반듯하고 경건하게 행동하지만, 저들은 그냥 평상복으로 모두 제대를 오르락내리락하는 것이다. 자세 또한 경건치 못하다. 그냥 일반 가정집 행동과 다름이 없다. 거의 합장한 모습은 볼 수 없다. 더구나 성가는 비교라고 할 수조차 할 수 없다. 기타 몇 개를 들고 서너 명의 단원이 연습하듯 부르는 그들의 성가에 비해 한인들은 이런 성탄 대축일이나 부활절 미사 같은 때는 몇 주 전부터 수십 명의 단원이 파트별로 나누어 준비를 해서 축일 당일의 성가는 거의 전문적 합창단 수준의 화음으로 미사의 품격을 높여준다. 그래서 될 수 있으면 이런 축일에는 한인 성당을 찾아가고 싶어지는 것이다.

많은 한인 신자가 미사 중 경건한 자세를 취하는 것은 사실이지만, 나를 비롯한 많은 사람이 미사 중 간절한 마음으로 기도하는 자세를 취하지 않는 것 또한 일반화된 미사 자세이기도 하다. 난 전례 봉사를 하지 않을 경우는 그냥 손을 깍지낀 채 가슴과 배 중간 부분에 손을 놓고 미사를 한다. 다른 사람 또한 그러한 자세가 가장 일반적인 자세이기도 하다. 가만히 생각을 해보면 그런 자세를 특히 나무랄 수 없는 자세이기도 했지만, 과히 칭찬해 줄 만한 자세도 아닌 것이 사실이다. 그냥 평범한 자세가 그런 자세라고 생각한다. 그런데 바로 내 앞자리에 앉아있는 사십 중반의 한 부부 특히 남자가 눈에 띄었다. 덩치가 거의 나의 두 배는 될 것 같은 우뚝한 키며, 떡 벌어진 어깨가 꼭 산 같은 느낌이 들었다. 나의 관심을 끈 것은 그 사람이 큰 덩치가 아니라 그 큰 덩치에 어울리지 않는(?) 너무도 순진한 듯한 합장을 한 모습이었다. 미사 처음부터 끝까지 앉아있을 때를 제외하곤 항상 정성스럽게 합장한 손을 가슴에 대고 온 정신을 집중하여 미사를 참례하는 것이었다. 하느님께 대한 믿음과 헌신 그리고 경의는 마땅히 마음이 담긴 말과 동작과 자세로 표현되어야 하는 것이 마땅한 경신 행위라고 한다면, 정성이 가득하고 혼이 담긴 몸짓이야말로 진정 하느님과 통교하는 살아있는 전례가 되는 것이 아닐까 싶다. 이렇게 이론과 논리로 나 자신도 그러한 생각을 안 한 것은 아니지만 그렇게 하면 어딘가 유치해 보이는 것 같고, 표나는 동작 때문에 남이 공연히 손가락질하는 것 같기도 한 느낌 때문에 그렇게 하지를 못했었다. 그러니 남의 눈 의식하지 않고 그 큰 덩치의 남자 교우가 자신의 믿음을 그렇게 용감히(?) 드러내는 것이 어찌 부럽고도 대견스럽게 보이지 않을 것인가! 참으로 그 교우는 짧은 시간에 내게 아주 강한 가르침을 해준 것 같았다.

"명상에 잠겨 영혼이 하느님과 홀로 머물 때면 마치 밖으로 흘러 넘치려던 마음의 샘물이 한 손에서 다른 손을 거쳐 다시 안으로 흘러들어 가 하느님과 함께 머물게라도 할 듯 손과 손이 절로 깍지낀다. 이것은 자신을 거두어들이는 동작, 숨어계신 하느님을 간직하는 동작이다. '하느님은 내 하느님, 나는 하느님의 것, 그리고 우리는 안에 함께' 머문다는 표현이다. … 겸손하고 경건한 마음가짐으로 하느님 앞에 서는 자는 두 손을 펴서 마주 대어 합장한다. 수신(修身)과 숭배를 말하는 자세다. 겸손하고 차분하게 말씀을 아뢰는 한편 귀담아듣는 경청의 자세다. 자기 방위에 쓰이는 손을 고스란히 묶어 하느님 손안에 바치는 것은 항복과 봉헌의 표시이기도 하다(과르디니, 『거룩한 표징』, 분도 출판사, 1976년, 16면)."

제 십자가를 지고 나를 따라야 한다 함은

"누구든지 내 뒤를 따라오려면 자신을 버리고 제 십자가를 지고 나를 따라야 한다(마태 16, 24)."

공관 복음서 3곳 모두 기록된 이 구절은 예수님께서도 십자가를 직접 지시기 훨씬 전에 하신 말씀이다. 당신도 아직 지어보지 못한 십자가를 인용하여 제자들에게 교훈 말씀을 하셨다는 것은 정황상 예수님께서 직접 하신 말씀일까 하는 의구심도 들게 하는 상황이다. 어찌 됐든 이 말씀대로라면 '예수님을 따르는 길은 십자가길, 즉 고난과 역경의 길'이라는 뜻으로 바로 이해될 수 있고, 사실 그런 의미로 많은 성직자가 평신도들에게 해설해 주고, 훈화해 주고 있는 것이 현실이다.

정말 예수님을 따르는 길이 희망과 용기와 기쁨의 길이 아니고, 고난과 고통의 길이 된다는 의미로 가르치셨단 말인가? 나는 절대로 그것은 잘못된 해석이요, 훈화라고 생각한다. 인간을 만들어 놓고 '보기에 좋구나!'라고 하신 하느님께 '당신은 좋은 사람이 아닌 죄인을 만들었소.'라고 가르치는 교회의 부정적 논리와 맥을 같이하는 것이다. 예수님께서 역사의 현실로 다시 들어오셔서 '예수님 따르는 길은 고통의 길'이라고 가르치는 교회를 보신다면 이는 당신에게 얼마나 모욕적인 망언적 가르침인지 생각하실 것이 너무도 분명하다. 괘씸하고 분하다고 생각이 드실 것이다. 당신은 희망과 용기와 기쁨의 삶을 말했지만, 그 후계자들은 같은 가르침이라도 어쩌면 그렇게 부정적이며 힘들며 어렵고 고통스러운 뜻으로 받아들이고 가르치는가 그 실망과 분노가 어떠하실지 짐작이 가고도 남는다.

그러나 '십자가'라는 의미를 고통이나 역경이라는 뜻이 아닌 '운명'이라는 뜻으로 받아들인다면 그 말씀은 우리에게 힘과 용기를 주는 뜻으로 변하게 된다. 즉 '누구든지 내 뒤를 따라오려면 자신의 운명을 지고 따라와야 한다'고

사람은 누구나 타고난 운명이 다르다. 그 운명의 설계자는 하느님이고, 운영자는 그 사람 자신인 것이다. 내가 미국이 아닌 대한민국에 태어난 것, 내가 여자가 아닌 남자로 태어난 것, 재벌 집이 아닌 평범한 가정의 아들로 태어난 것, 키가 작은 것, 얼굴이 평범한 것 등등. 태어나기 전에 이미 결정된 사실들은 내게 주어진 운명인 것이다. 선택의 여치가 없다는 것은 그 운명 안에 하느님께서 내게 마련하신 행복이 있다는 뜻이다.

피그미 족이란 아프리카의 작은 부족이 있다. 세계에서 가장 작은 몸집을 가진 부족이다. 그들은 밀림 숲 속에서 사냥하며 생계를 이어간다. 험한 환경에서 무엇보다도 강한 힘이 있어야 다른 부족의 침입으로부터 자신들을 보호할 수 있는 것이 약육강식의 밀림의 법칙이다. 당연히 자신들을 그렇게 만든 신을 저주하며 원망할 것이다. 그러나 의외로 이들은 "어쩔 수 없죠. 신께서 저희를 작게 만드셨으니."라며 자신들의 운명을 그대로 받아들이고, 작은 몸집으로 날렵하고 빠르게 그리고 특별한 사냥도구를 개발하여 어느 덩치 큰 부족보다 전투나 사냥에서 우수한 결과를 만들어내며 오랜 역사를 이어가고 있다.

예수님을 따르는 길은 십자가 고난의 길이 아닌 자신의 운명을 받아들이고 사랑하는 길이라면 그것은 곧 희망의 길이요 용기의 길이며, 기쁜 삶의 길이 될 것이 자명하다. 우리 인생의 삶의 현장은 믿는 이에게나 안 믿는 이에게나 즐거울 수도, 고통스러울 수도 있을 수 있다. 그러나 고통과 절망의 늪을 극복할 수 있는 힘과 용기와 지혜가 생긴다는 것이 믿는 이와 안 믿는 이들의 차이가 된다는 것이다. 생활이 부유하고 하는 일마다 잘 된다고 '행복하다.'라고만 할 수는 없다. 반대로 생활이 힘들고 어렵다고 '불행하다.'라고만 생각할 수도 없다. 힘들고 어려운 삶일지라도 행복하게 사는 많은 사람을 볼 수 있다. 행복과 불행은 주어진 환경이나 여건에 따라 결정되는 것이 아니고, 그를 대하는 우리의 태도에 따라 결정된다는 의미가 된다.

　Amor fati(운명을 사랑함)는 가수 김연자 씨가 불러 얼마 전에 히트치며 대한민국을 「아모르 파티」의 물결로 적셔 파티를 사랑하라는 격려로 알려진 문구이다. 그러나 '아모르 홧띠'는 의외로 깊은 자신의 운명을 사랑하라는 철학적 의미를 가진, 그리고 '자신의 십자가를 지고 예수님을 따르라'는 심오한 가르침을 주는 독일의 철학자 프리드리히 니체의 주요 사상 중의 하나에서 인용된 문구이기도 하다.

　'자신의 십자가'를 '고난과 불행'이 아닌 '자신의 운명'으로 생각함에서 얻을 수 있는 결과이다.

전례 기술자

장년기까지 성삼일 전례에서 나는 본당 전례를 주도적으로 운영해야 했던 위치에 있었다. 일 년에 한 번만 있는 전례라는 특성상 준비물에서 진행까지 전반적으로 꿰뚫고 있는 사람이 없기 때문이다. 신학교에서 성삼일에 관한 전례를 학과목 시간에 따로 배운 적은 없었지만, 어릴 적 복사할 때부터 몇 번만을 빼고 매년 참석하다 보니 그냥 그렇게 몸에 배어 익어온 전례 순서였다. 신앙생활이 나보다 훨씬 연배인 사람들이 어디 한두 분뿐이랴마는 그 많은 사람 가운데서도 성삼일 전례 진행을 제대로 아는 사람은 거의 없다. 그러니 매년 이렇게 차출인지 징집인지 모르게 성삼일 전례를 복사옷 입고 바쁘게 지내게 됐다.

그렇게 참여하게 되는 성삼일 전례는 매년 그 느낌이 다르다. 어떤 해에는 합동미사 배석 신부의 갑질 때문에 영 쓸쓸한 가운데 지내게 되었지만, 올해는 별다른 사건 없이 잘 지내고 있다고 생각되면서도 뭔가 석연치 않고 맹맹한, 그저 정신없이 다음 순서를 생각하며 지내고 있던 망부활 예절 중이었다. 4번째 구약 독서를 읽던 중 예절 중 바쳐지는 기도나 찬미가나 성서나 어느 하나 내 귀로 들어온 것은 없었고, 오로지 다음 순서의 준비와 점검만으로 머릿속이 꽉 찬 나 자신의 모습이 크게 클로즈업 되었다.

그렇지 않아도 「The Passion of Christ」 영화를 보면서 저기 저 잔혹하게 매 맞고 십자가 무게에 눌려 땅바닥으로 나뒹그러지는 저분과 내가 무슨 상관이 있는가 하며 60년 신앙생활의 의미를 무색하게 확인시켜 주는 순간이 가슴에 각인되어 있었던 중이었다. 또한 사순절이라고 특별히 부활을 준비하며 의미 있게 묵상을 했다거나 기도나 성서를 읽는 등 아무런 신심 활동을 하지 못하고 무덤덤하게 물에 휩쓸려가듯 그렇게 지내다 맞이한 성주 간에 어느 정도 자책감 비슷한 민망스러운 맘이 있었는데…, 그나마 부활의 의미를 성서와 찬미가로 이해시켜 주는 예절에도 진정 같이하지 못하고 겉돌게 되는 내 자신의 모습은 어떤 기술자 같은 느낌이 들었다. 전례를 통하여 하느님과 나 사이의 끊임없는 정겨운 교감으로 하느님의 사랑받는 자녀 됨을 확인하고, 그분의 뜻을 받아 실현하는 힘을 얻게 되는 그런 참여가 아닌 무대감독 같은 기술자로서의 내 모습이 좀 허망스러웠다.

자모(慈母)이신 성교회?

아직도 나의 잠재의식 속에는 구조적으로, 성직으로 짜인 교회 당국에 대하여 상당한 상처를 지니고 있다. 바람직스럽지 못하다고 생각되는 성직자들의 모습을 대하게 될 때 상당히 신경질적인 비판적 모습을 보이는 나 자신을 보게 된다. 이런 나의 태도가 그들에게는 한낱 코웃음치는 하찮은 모습이겠지만, 나 자신으로서는 아직까지 교회에 몸담고 있는 처지로서 심적으로 상당한 갈등을 느끼고 살아가야 한다. 이렇게 된 근본적 원인 몇 가지가 있다.

첫째로, 74년 서울 교구 부제반이었던 우리가 스캔들름의 표상이 되어 전 교회 앞에 발가벗겨진 채 전시되어 비난과 웃음거리의 주인공들이 되었을 때, 성직으로 구성된 교회가 우리에게 보여준 모습이 너무도 무책임하고 편파적이고 냉혹했다는 것이다. 그러한 교회의 모습은 내가 저지른 큰 잘못에도 불구하고 안타까워하고 불쌍해하고 걱정해 주는 나의 부모님의 모습과는 너무도 큰 대조를 이루었다. 그들의 모습은 마치도 간음하다 잡혀 온 여인을 향해 조금의 주저함도 없이 돌을 던지는 모습 바로 그것이었다. 그동안 잘 알고 지내던 신부님들조차 그 오물 구덩이에 빠져 허우적대는 나를 피해 눈길 한 번 주지 않았다. 더구나 우리를 밀고한 그 사람은 교칙에 위배되는 일이 없었다 하여 비밀리에 미국으로 유학을 보낸 후, 한 분의 주교가 직접 와서 신품까지 주었다는 사실이다. 동료들이 신품을 받기 시작하기 닷새 전인 그해 12월 3일, 강제 환속 청원서에 서명을 하고 분노와 실망과 앞날에 대한 두려움 등으로 교구청 문을 나서는 나의 심정은 누군가 등 뒤를 밀쳐 발을 헛디디며 끝이 없는 절벽 저 아래로 굴러떨어지는 바로 그 심정이었다. (이 일이 있은 지 20년이 지나서야 나는 그때 왜 바로 코앞에 있는 명동 성당 안으로 들어가 무릎을 꿇고 하느님께 그분의 뜻을 묻지 않았는지 후회하기 시작했다.)

둘째, 그렇게 성직을 떠난 후, 삶의 현장에서 성직자 수도자들로부터 당한 무시와 차별 내지 모욕은 쓰린 상처에 소금을 끼얹는 듯하여 아프고 슬펐다. 참으로 초라해진 나의 신세가 원망스러웠다. 이뿐만 아니라 서로의 집으로 몰려 다니며 먹고 자고 하며 그렇게 친하게 형제같이 지냈던 같은 본당 출신 선·후배 신부들이 우연히 마주친 우리 부모님을 소 닭 보듯 대한다며 실망과 분노 섞인 우리 어머니의 이야기를 듣고 참으로 내가 불효를 한다는 생각에 얼마나 침울해졌는지 모른다. 신학교 들어가기 전 같은 초등학교 1년 후배이며 같은 성당 친구이지만, 심리적 이유로 부제품을 보류당하고 나하고 같은 천안 학교에 근무 중이었던 후배 아버지의 장례 미사 중 만난 1년 밑반인 새 신부들의 무시…. 도대체 아는 척도 안 하는 그들의 심리는 어떤 것인지 민망스럽고 몰락한 처지가 그렇게 슬플 수가 없었다.

직장인 학교에서 서슬 퍼런 서무 수녀로부터 따듯해지기 시작하는 초봄, 갑자기 내려간 기온 때문에 숙직실 난로 기름을 좀 달랬다가 망신스러운 모욕적 훈계를 들으며 당장에 학교를 그만두고 싶은 자존심을 억누르느라 얼마나 힘들었는지…. 또 갑자기 교실에서 간질 발작을 일으킨 담임반 여학생을 대전 성모 병원으로 급하게 데려갔을 때, 학생 시절 눈웃음치며 친절했던 성가 병원 수습 수녀였던 수녀가 거기 한 부서장으로 전근해 온 것을 모르고 입원 수속을 하고 있던 중 나를 뒤편 어디선가 보고 "나 없다고 그래."라고 했다는 한 지인의 전언은 허망한 웃음이 나오고, 나의 존재 위치를 참으로 실감 나게 만들어 주었다. 미국에 온 후 달라스 성당에서 성당 외부 청소를 두 명이 봉사할 때, 같이 있던 신학생만을 손짓으로 몰래 신호를 보내 수녀원에서 점심을 먹으려는 담당 수녀의 눈길에 오히려 내가 멋쩍고 민망스러워 황급히 그 자리를 피해주었던 쓸쓸한 기억들 또한 세상 인심을 실감시켜주는 사건이었다. 그 외에도 바로 2, 3년 밑 학년 신부들에게 당한 무시 내지 무안함은 몇 시간을 이야기해도 부족하지 않을 거리가 많다.

십여 년 전 최창무 주교님께서 미국 방문길에 우리 집을 방문해 주셨다. 주교님은 나의 윤리 신학 교수 신부님이셨고, 신학생으로서 유일하게 성서 모임 초창기 멤버로 나를 추천해 주셨다. 이후 성서 모임의 이론적 그리고 실제적 지도 신부님으로서 개인적 친분을 쌓을 수 있었다. 후에 학생처장으로 우리의 사건 처리의 주요 역할을 하셨던 분 중의 한 분이셨던 분이 대주교님이 되시어 정말 하찮은 신분인 나를 찾아주신 것이다. 주교님 성성 이전 잠시 필라델피아에서 안식년을 보내시며 로스앤젤레스에 살고 있던 내게 전화를 먼저 걸어주시어 나를 놀라게 하셨다. 작년에 공항에 내가 마중 나온 지 모르시고 첫 대면에 얼굴과 이름을 맞추시는 것을 보고 개인적으로 이것이 나에게 얼마나 가슴 떨리는 영광이고 감격이었는지! 이 분의 방문을 나는 그동안 교회로부터 상처받은 내 영혼이 치유되는 계기로 생각하고 있었다. 주교님께서 우리 집에 몇 시간 머무시는 동안 그분은 대주교님으로서의 그 위엄과 성스러움은 벗어두신 채, 우리가 처음 만났던 신부님 바로 그 모습 그대로 대해주셨다. 주교님 가족 이야기며 개인적인 어려움 등 아주 솔직하고 친밀한 대화는 그분을 마치 형이나 친 삼촌 같은 느낌을 갖게 했다. 인간적으로 얼마나 편안하고 스스럼없으셨는지 그분의 그런 인간적인 모습에서 나는 그분의 높은 성덕을 체험할 수 있었다.

그런 와중에 당시에 내가 느꼈던 감정의 일부를 보여드리자 주교님은 성숙되지 못한 나의 신앙심을 나무라셨다. 주교님께서 나무라시는 것이 어찌 섭섭하랴마는 그분도 인간적 한계를 지니고 사시는 한 인간으로서 당시 그리고 그 이후 나를 둘러싸고 일어났던 교회 사람들의 모습에서 내가 받은 아픔들을 이해해 주시지 못하는 것이 아쉬웠다. 나는 한국 교회의 한 축을 이끌고 가시는 그분이 그 당시 교회의 이름으로 우리들 그리고 밀고자에게 행한 교회의 모든 조처를 교회 전체 이름이 아닌 그 개인 개인에게만 책임을 지우시려는 모습에서 서로 이해하지 못하는 크나큰 벽을 느끼며 또다시 자모이신 성교회에 대한 기대가 허망했음을 느낄 수 있었다. 신학적 이론으로서의 교회는 사실 없는 것이다. 그것은 그로 대변되는 사람들에 의해서만 그 의미가 살아날 뿐 아니라 가치가 인정되기 때문이다.

법정 스님 골방에서

법정 스님께서 길상사에 머무르시는 줄은 몰랐다. 길상사 경내를 둘러보다가 작은 건물 앞에 스님이 사셨던 방이라는 표지판이 있어 놀랐다.

방은 그냥 열려있고, 안에는 스님의 전신 인물상과 쓰시던 작은 식기구며 필기구, 생활용품들 그리고 당신이 쓰셨던 책들이 있었다. 특이하게 스님이 이해인 수녀님께 쓰신 편지도 전시되어 있었다. 같이 수도를 하고 묵상한 내용을 글로 써 책을 쓰신다는 도반으로서의 우정을 느끼신 것이 아닌가 한다.

나는 스님을 그린 자화상 앞에 큰절을 하고 잠시 좌정하고 앉아 스님을 생각해 보았다.

그때 문득 이런 생각이 떠올랐다. 한 사람의 좋은 삶은 명성으로만 그치는 것이 아니라 어떤 살아있는 능력을 가지고 다른 많은 사람을 움직일 수 있는 실제 힘을 행사한다고. 그 대표적인 예가 스님의 무소유 정신을 이야기한 책을 읽고 길상사의 전신인 대한민국을 대표하는 천억 원 가치가 있다는 요정 건물 대원각을 권번 출신 여주인이 기꺼이 아무 조건 없이 스님께 봉납할 수도 있었으니 말이다.

그런데 좋은 삶을 산다고 누구나 그런 큰 인물이 될 수는 없다. 하늘에는 큰 별도 있고 작은 별도 있고, 크게 쓰이는 그릇이 있고 작게 유용하게 쓰이는 그릇이 있듯이 각자 자신이 타고난 탤런트와 역량에 맞게 크고 작은 별이 되고 그릇이 될 수 있다면 세상에 태어난 소명에 답할 수 있는 것이 아닌가 하고 말이다.

길상사 귀갓길에

길상사를 둘러 본 후 성북동길을 따라 내려오던 중 성북동 성당 앞을 지나치려는 때였다. 그때 갑자기 맘 속에 '야! 절간 가서는 불당에 들어가 불상 보고 절하고, 법정이 기거했던 골방에 들어가서는 법정 그림 보고 큰절하고, 하다못해 탑 속에 부처님 사리가 들어있다고 그 앞에서도 절하고 내려오면서 내 앞을 지나면서는 그냥 쌩까고 지낼 셈이냐? 너 나를 믿기는 하는 거냐?' 하는 소리가 내 맘 속에서 들리는 듯했다.

왜냐하면, 길상사 경내가 워낙 넓고 볼 건물들도, 경치도, 나무들도, 꽃들도 많아 한참을 정신없이 이리저리 오르락내리락 한참을 헤매다 보니 다리며 허리가 아우성을 치며 아프다고 떼를 쓰던 중이었기 때문이다.

사실 일부러라도 성당을 찾아 성체조배를 다닐 때도 있었는데, 오늘은 너무 피곤하기도 하고, 더구나 점심이 훨씬 지난 시간이어서 저 아래 맛있다고 소문난 구포 국수집엘 빨리 가고 싶은 마음에 모른 척 지나가려다 딱 걸려버린 것 같았다.

목덜미 잡혀 끌려 들어가듯 쭈뼛쭈뼛 처음 보는 성북동 성당 안으로 들어갔다. 어느 성당 안을 들어가도 똑같이 느끼는 것이지만 편안하고 내 집 같은 느낌은 한결같다. 끌려들어 온 오늘은 미안한 마음에 죄송스럽기는 해도 이렇게라도 눈인사하고 나오니 마음은 훨씬 가벼워진다. 참말로 신자 생활 눈치 뵈고 피곤하다.

천주의 모친 대축일 유감

　　　　　　새해를 여는 첫날에는 모든 천주교인은 의무적으로 미사에 참석하도록 교회법으로 정해져 있다. 나는 솔직히 설날 미사는 한 해를 주신 하느님께 감사드리고 한 해를 축복받기 위해 자발적으로 갔었지 그날이 의무 축일이라서, 더구나 천주의 모친 축일이라서 간 적은 없다(성모님이 하늘에서 섭섭해하셔도 그게 사실인 것을 어쩔 수 없다). 사실 이 날을 축일로 정한 것도 1970년도에 했다는 것이다. 정말이지 누가 그렇게 정했는지 개인적으로는 참 심술 맞은 사람이라고 생각한다. 365일 그 많은 날 수 중 하필 꼭 새해 첫날을 성모님 축일로 해야 할 이유가 뭔지 모르겠다. 전례라는 것도 사람들의 전반적인 심리 상태와 맞아 떨어져야 합리적으로 받아들이는 것인데 영 껄끄럽기 짝이 없다.

　　사실 성모님은 공경의 대상이지 우리의 신앙의 대상은 아니기 때문이다. 부활 축일도 우리 신앙의 근거가 된다는 이유로 가장 중요한 축일이라고 가르치지만, 나는 어쩐지 설날이 부활절보다 더 중요하고 진지하다고 느껴진다. 이날 새로운 마음과 몸으로 하느님과 맞닥뜨리고 세배도 하고, 세뱃돈도 주면 받고 그렇게 보내고 싶은데, 왜 그날 성모님을 하느님 앞에 떡하니 모셔놓고 괜히 눈 흘기게 만드는지 그것은 순전히 그날을 그렇게 만든 사람들 잘못이라고 본다.

성모 마리아를 하느님의 어머니라는 천주의 모친이라고 믿을 교리로 선언한 것은 거의 1600년 전인 우여곡절의 파행 끝에 폐막된 431년 에페소 공의회였다. 원래 성모 마리아의 신원을 결정지으려고 그렇게 결론을 내린 것은 아니다. 예수님의 신원이 날 때부터 참 사람이요, 참 하느님이심을 규정하기 위해 내린 결론이 마리아는 인간 예수님의 어머니일 뿐 아니라 참 하느님이신 예수님의 어머니이므로 '천주의 모친'이라 불려야 한다고 했던 것이다. 그러므로 천주의 모친 축일도 성모 마리아의 위상을 높이려는 뜻보다는 예수님 안에 하느님을 알아듣는 그리스도 신앙이라는 사실을 환기시키는 축일이 본래의 취지임이 틀림없다.

그런데 누가 그렇게까지 파고들면서 축일을 이해하는가? 있는 표현 그대로 '아! 오늘은 성모님 대축일이구나.'라고 생각하게 마련이다. 마치도 '성모 승천 축일'을 성모님이 공중부양하듯 육신 몸 그대로 하늘로 두둥실 떠 하늘 저 높은 곳으로 날아올라 가신 것으로 생각하듯.

한국에서는 어찌 됐건 이날이 의무 축일이라 토요일인 설날과 주일인 일요일에 두 번 다 미사를 가야 했었을 것이다. 그런데 미국 다른 교구는 몰라도, 로스앤젤레스 대교구에서는 올해 설날이 토요일이라 의무 축일의 의무에서 해제되었다. 원래 의무 축일이 토요일이나 월요일에 떨어지면 의무 축일의 의무가 해제되도록 교구 추기경님이 그렇게 결정하셨다. 그래서 그냥 주일날 하루만 미사 가면 되도록 했다. 참으로 합리적인 결정이 아닌가 한다. 그렇게 해도 두 번 갈 사람은 가고, 안 갈 사람은 안 간다.

신앙생활도 예수님 말씀하셨듯이 '안식일이 사람을 위해 있는 것이지 사람이 안식일을 위해 있지 않다'는 의도에 맞게 신자들을 배려하는 교회가 되었으면 하는 마음 간절하다. 교리를 우선하여 좋은 관습 앞에 축일을 제정하는 막무가내 같은 생각이 드는 것도 내 몸에 흐르는 '반골' 기질 때문인가?

성모 무염 시태 축일에

매해 12월이 되면 아내가 내게 하는 말이 있다.

"올해는 아무 일 없이 지나려나…."

무슨 말인고 하니… 12월 초순만 되면 내가 괜히 신경이 날카로워지고 곤두선다는 것이다. 그래서 별것 아닌 일에도 벌컥벌컥 화를 내고 사람을 못살게 군다는 거다. 정말로 내가 그랬는지 나는 전혀 기억이 없다. 그냥 마누라가 지레짐작으로 내 신경을 누그러트리려고 선수를 친다고 생각할 수도 있는데 마누라 말을 들어보면 정말 그랬성 싶기도 하다.

다시 무슨 뜻인가 하면… 50여 년 전 12월 초(정확히 12월 3일) 내 인생 최대 목표를 공식적으로 접어야 했던 그 시기가 바로 이때였기 때문이다. 그러니까 오늘 12월 8일 한국 천주교회 주보 축일인 성모 무염시태 축일에 반 동기들은 숙원인 사제로서 서품되어 인생의 꽃망울을 터트리기 시작하는 그날 우리는 그냥 분노와 원망 그리고 서글픔과 부러움으로 범벅되어 서품받는 그들을 그냥 바라만 보아야 했던 아픈 기억이 내면 깊숙이 각인되어 오늘날까지 이어져 와

나도 모르게 신경 날카로운 행동을 할 수도 있겠다 싶었다.

마누라의 그런 말이 아니더라도 사실 매년 이맘때가 되면 아직도 못 이룬 꿈에 대한 아쉬움으로 마음은 아린다.

그래서 내가 이 축일에 대한 반감을 가진 것은 결코 아니다. 살아 오면서 나는 성모님을 내 소원 안 들어 준 이유로(사실 나는 훌륭한 사제가 되게 해달라고 신학교 들어가는 그날부터 꿈을 접는 그날까지 매일 밤 성모송을 한 번씩 기도했다. 그래서 나는 내 성소에 대해 너무나 확신하고 있었던 터였다.) 얼마간 미워도 했지만, 성모님은 항상 내 마음에 포근한 안식자로 계셨다. 묵주의 기도는 열심히 안 하지만 의도적이건 아니건 내 주위에는 항상 성모님 상을 모시고 살아간다. 내가 임원으로 행동하는 모든 전례 행사에는 항상 성모님 상을 앞에 모셨다. 기쁘고 좋은 일이 있어도, 화나고 분한 일이 있어도 나는 성모님께 화내고 투정하고 자랑한다. 사실 그분은 내 의식의 일부라고도 할 수 있다.

그러나 나는 교회에서 성모님을 그냥 예수님의 어머니이며, ‘우리 어머니’로 그냥 놔두지 않고 거기다 왕비의 옷을 입히고, 모후의 관을 씌우고, 예수님처럼 승천했다 하고, 원죄 없는 유일한 인간이라고 하고… 뭐 그러는 것이 영 싫다는 거다. 일부 지방 교회에서 자신들의 토속 신앙과 접목시켜 성모님께 그러는 것은 그런대로 이해가 되나 교회 최정점(과연 그들이 교회의 최정점 자리인지 모르지만)에 있는 사람들이 나서서 신앙 교리다 뭐다 하면서 성모님 순수한 모습에 거친 뺑끼칠을 하는 것이 영 못마땅하다. 이 원죄 없는 잉태 교리는 많은 반대에도 무릅쓰고 억지로 통과시킨 소위 '무류지권'으로 선포한 최초의 신앙 교리가 되기도 했고, 우리가 살았던 1950년대 비오 12세 교황이 또한 성모 승천 교리를 무류지권으로 선포했다. 어릴 때 자라면서 나는 8월 15일 성모 승천 축일이 성탄 축일 다음으로 큰 축일인 줄 알았다. 왜냐하면, 그날 미사는 일 년에 몇 번 안 드리는 복사들 여럿이 복사하는 향 피우는 창미사였고, 또 그날 복사들 수고했다고 점심으로 신부님이나 수녀님이 짜장면도 사 주고 선물도 푸짐히 주었기 때문이다.

그러나 승천이라는 의미가 어려서 요리강령에서 보던 모습대로 산 사람이 하늘로 두둥실 떠가서 하늘 천당으로 사라지는 것이 아닌 이상, 우리 인간의 부활과 승천이 성모님의 그것과 다를 것이 뭐 있는가 하는 것이다. 원죄라는 의미도 아담과 이브가 역사적 인물이 아닌 인간 상태를 설명하는 상징적 존재라면 옛날 우리가 영세 받으며 들었던 그것과는 영 딴 의미가 되어버리는데, 우리 똑같이 고통받고 서러워하고 여러 인간적 제한을 받고 살아오신 성모님을 '원죄 없이 잉태된 이'라는 이 우스꽝스럽게 된 교리의 책임은 누가 지게 되는 것인지 모르겠다.

분명 '믿을 교리'의 뿌리에서부터 우리가 자라며 이해되어 왔던 내용은 알아듣기 쉽고 또 가능한 논리적으로도 다시 해석되어야 한다. 그냥 마음 편히 있기 위해 옛날 교리를 그냥 묻어두고 있지만 이런 축일을 맞이하게 되면 '생각하기 너무 복잡한' 교리들이 다시 나를 들쑤셔 놓는다.

'원죄 없이 잉태'되신 성모님 교리를 이렇게 비웃었다고 성모님 나를 보고 눈 흘기실까?

성삼일 전례에 참석하며

　　　　지금 그 세계에서 떨어져 나간 지가 거의 50년이나 됐는데, 내 마음 저 밑바닥에서는 짙은 앙금이 계속 회오리치는 것이 있다. 이제는 잊을만한데, 아직도 그 꿈에 대한 미련이 그대로 있으니 말이다. 처음 사회로 밀려 나와 생활을 하게 되었을 때부터 몇 년 전까지도 곧 신품을 받는단다. 신학교를 다시 들어가 내년이면 서품을 받는다. 교황 대사가 왔으니 성당으로 모이라는 등등 내 꿈의 80% 이상은 그에 관한 꿈이었다.

　　왜 그런가?

　　나도 정말 모르겠다.

　　내가 처음 신학교 가겠다고 생각이 든 첫 영성체 공부할 때도 왜 그런 생각이 들었냐고 하면 나도 모르겠다는 것이 답이다. 그러면서도 그때 이후 50년이 지난 지금까지 그 생각에는 변함이 없다. 부제품을 받고 마지막 순간 그때 홍역을 치를 때, 그 인간 집단에 대한 환멸로 의식적으로 잠시 생각을 접었지만, 마음 저 밑바닥 생각까지 접지는 못한 것 같다.

　　이게 미련을 접지 못하는 우유부단의 연속인지 혹은 아직도 그분이 나를 잊지 못하는 것인지 분간이 안 된다는 것이다. 같이 사는 사람은 병이라고 한다. 중증 종교 중독증이라고⋯.

그것이 병인지 또 다른 불림인지 알 수는 없지만 적어도 난 그 일에 상당한 열정을 갖고 있다는 것은 사실이다. 성주간에 전례 책임자로 일하는 것 말이다. 정말 속세 말로 머리가 희끗희끗해진 이 나이에 '쪽팔리는' 역할일 망정 내가 맡은 책임에 꽤나 세심한 신경을 쓰고 시간을 소비하면서도 싫지가 않다는 것이다. 그렇다고 내가 나서서 그 일을 맡겠다고 한 것은 아니다. 본당 큰수녀님이 다른 때는 몰라도 본당의 큰 전례 때는 제발 좀 봐달라고 통 사정을 하는 바람에 못 이기는 척 승낙을 한 것이었다.

지지난해까지는 신학생이 있어서 본당의 큰 전례 행사는 그 사람이 맡았는데 지난해 봄 신품 받고 나면서 그 역할을 할 마땅한 대타가 없었기 때문이다. 그 전까지는 한 달에 한 번 주일 미사 해설을 한 것이 전부였는데, 지난해 성주간 행사를 하면서 우연히 거기 연루되어가 어느덧 본당 큰 전례 중심에 선 나 자신을 발견하게 된 것이다.

그런데 성삼일 예식 중 특히 매 성목요일에 느끼는 감정은 다소 차이는 있지만 거의 같은 기분이다. 여러 공동체가 합동으로 드리는 미사에 내가 맡은 역은 향로잡이도 아닌 향그릇잡이다. 이날은 본당의 영어권 스페인어 한국어권 모든 사제가 미사를 공동 집전하므로 본당에 은퇴 사제로 상주하는 6~7명의 사제가 제대를 주욱 에워싸고 거룩하고 근엄한 표정으로 서있다. 바로 그 밑에 복사 옷을 입고 향 그릇을 달랑 들고 초라하게 서있는 내 모습이 비교되어 자존심에 그냥 땅으로 기어들어가고 싶어진다. 적어도 전례가 진행되는 그 시간만큼은 저기 저 제대 위에 있는 사람들과 내 차이는 그야말로 거의 하늘과 땅 만큼의 차이만큼 느껴진다. 더구나 저 아래 꽉 들어찬 교우석에서 나의 이력을 알고 있는 사람들의 생각은 어떨까를 짐작하면 몸서리가 쳐질 지경이다. 겨우 저 짓이나 하려고 신학교를 댕겼나, 에고 저 불쌍한 인간…. 뭐 그런 눈초리들로 나를 보는 것 같은 느낌이 들 때는 얼굴까지 화끈거리며 비참하고 초라하게 쪼그라진 내가 불쌍하게 느껴졌다. 그렇게 내가 왜 이런 수모 속에 이 짓을 하고 있을까 하며 가슴을 쥐어뜯고 싶을 만큼 부끄러워질 때 한 가지 뇌리에 번쩍 스치는 생각이 있었다. '이놈아, 저기 밑에 있는 교우들 눈으로 말고 여기 하늘에 있는 내 눈으로 좀 보면 안 되것냐? 저 위에서 저 사람들하고 저 밑의 저 교우들하고 또 복사 옷 입고 제단 밑에 서있는 너네들은 내게는 다 똑같은 사람들이다. 지금 최후 만찬을 기념하고 내게 제사를 드리는 일에 네 수고가 필요하여 네가 지금 거기 있는데, 제대 위에 있고 아래 있는 게 무슨 상관이란 말이냐? 에고 정말 불쌍한 것 같으니…. 쯔쯔.' 정말 그렇게 생각하니 인간들 눈을 그렇게까지 의식하여 자신의 모습을 비참할 정도로까지 창피하고 불쌍하게 생각한 내 자신이 한순간에 부끄러워졌다. 그리고 그 어지러웠던 미움들이 단칼에 평화를 찾았다. 아마도 은총이란 것은 이런 깨우침을 두고도 하는 얘기가 아닌가 싶다.

성탄 미사 중에

지난해에는 집 근처에 있는 성당엘 갔다. 영어 미사인지라 동양인이라고는 필리핀 사람, 일본 사람 몇만 보이고 한국인은 우리 말고 아무도 없는 듯했다. 그런데 우리 바로 앞줄에는 열아홉 살쯤 되어 보이는 미국서 태어난 멕시코 청년 둘과 앳된 처녀 아이 하나가 나란히 앉아 미사를 보는 것이었다. 우리의 눈길을 끈 것은 그 세 명의 녀석들의 복장이 성탄 미사에 참례하는 얌전한 복장과는 너무나 다른 최첨단 유행의 핫패션이었기 때문이다. 한 녀석은 검은 양복 정장에 백호 머리를 쳤다. 그 양복 정장이란 것이 우리가 입는 그런 말끔한 스타일이 아닌 통 넓은 바지를 팬티 중간쯤 걸친 그리고 한 쪽 허리에는 빤작거리는 굵은 금속 체인에 뭔가를 주렁주렁 매달고, 귀에는 둥근 금귀고리를 하고 있었다. 갱 영화에 나오는 쫄다구의 복장이 바로 그런 것이다. 그리고 다른 한 녀석은 머리 스타일서부터 완전히 '난 졸로(멕시칸 갱)요.'라는 간판을 붙인 듯 보라색, 빨간색, 노란색으로 물들이고 머리를 사방으로 삐쭉삐쭉 뻗어 나오게 하고 무스로 고정시켜 놓아 그 요란하면서도 섬뜩한 이미지가 나를 주눅 들게 만든다. 위에 걸친 청 자켓에는 쇠붙이와 헝겊으로 만든 크고 작은 배지인지 마크인지를 요란하게 붙여놨다. 속에 입은 티셔츠 또한 머리 염색과 비슷한 모양으로 물을 들인 것인지 사 입은 것인지 거지가 입다 버린 것을 주워 입은 것인지 하여간 그랬다. 옆에 앉아있는 처녀 아이 또한 정숙한 복장과는 거리가 먼 정말 '노는 계집'의 야한 복장으로 서로를 빛내주고 있었다. 장소가 장소인지라 그들의 존재 자체는 여러 사람의 눈길을 끌기에 충분했다. 그런 그들을 겁먹고 호기심 어린 눈빛으로 이들이 미사 중 벌일 앞으로의 깜짝 이벤트를 기대(?)하고 있었다. 여차하면 장궤틀을 잽싸게 뛰쳐 나와 그 돌발 사태에 대한 피해를 최소화하자고 마음을 단단히 먹고 말이다. 그런데 이게 웬일인가? 미사가 시작되자 녀석들은 부모 손에 끌려온 아이들처럼 여자아이의 안내에 따라 아주 고분고분 전례에 따라주는 것이었다. 녀석들은 옛날에 미사에 여러 번 참석한 듯 어떤 때는 안내 없이도 좀 서툴기는 하지만 일어날 때 일어나고, 설 때 서고 하며 얌전히 끝까지 참석했다.

미사가 진행되면서 녀석들이 처음 주었던 그 험상궂고 불량기 가득한 느낌은 따뜻하면서도 귀엽고 사랑스러운 느낌으로 변해갔다. 그런 복장을 한 그 나이에 크리스마스이브를 미친듯한 파티로 밤을 지새우고 지금 그 시간 잠에 골아져 있거나 만취되어 망가진 몸도 제대로 가누지 못할 그런 처지가 되어있을 것이거늘, 녀석들은 무슨 생각인지 말끔한 정신으로 하느님 대전에 나와 예수님 탄생을 축하하고 있으니, 그 모습이 얼마나 갸륵한가! 그들이 어떻게 살았건 그렇게 있는 그대로의 모습을 하느님 앞에 보여드리고 기도하는 그 짧은 순간에 그들의 일생을 변화시킬 은총의 한 줄기 빛이 그들 맘에 비추어 들지 않을까 하는 생각이 들었다.

그런 복장에 그런 모습으로 그네들이 거기 있어 주었다는 것은 그들 자신에게뿐 아니라 거기 그들 주위에서 같이 미사에 참석한 사람들에게도 큰 기쁨과 은혜로운 시간이었음을 그들은 알고 있을까? 일 년이 지난 지금까지 그들의 모습은 아직도 내 머릿속에 선연히 남아 그 시간을 생각할 때마다 기쁨의 샘에서 은은한 향내가 흘러나오듯 나를 흐뭇하게 해준다.

하느님과의 거래

어제(3월 25일)는 예수님의 탄생을 예고하는 성모 영보 축일이었다.

이날 파티마의 사도직(푸른 군대)에서는 봉헌식과 아울러 스카폴라 착용 예식을 미사와 함께 매년 거행한다. 나 자신은 푸른 군대 회원은 아니었지만, 전례를 좀 도와줄 수 있으면(그냥 쉽게 얘기해서 '복사') 좋겠다는 책임자의 부탁으로 미사와 봉헌식에 참석했다.

이사 오기 전에는 성당에서 그리 멀지 않은 동네에 살아서 별문제가 없었지만, 이제는 사정이 상당히 달라졌다. 그 전례에 참여하기 위해서는 일을 일부러 서둘러 일찍 끝내고 와야 안전하게(?) 도착할 수 있다. 왜냐하면, 일을 거두고 시내 외곽에 있는 집까지 오는데 퇴근 시간과 맞물려 교통이 여간 복잡한 것이 아니고, 집에서 샤워하고 다시 성당이 있는 시내로 진입하는 시간 또한 만만치 않기 때문이다. 그래서 작업을 평상시보다는 적어도 한 시간이나 한 시간 반 정도는 일찍 끝내야 안심하고 약속된 시간에 도착할 수 있다.

어제 그런 일로 이런저런 생각을 하며 몇 시에 끝내야 하는지를 계산하며 내 마음은 오늘 전례 때문에 빼앗긴 작업 시간은 하느님께서 그리고 성모님께서 내 잃어버린 시간의 몇 배 아니 몇백 배로 후히 갚아주실 것이므로 기쁘게 일을 일찍 끝내도 된다는 확고하고도 은혜스러운 믿음 덕분에 조금도 부담스러워하거나 억울해하는 맘이 들지를 않았다. 그렇게 룰루랄라 기분 좋은 시간을 보내고 있는데, 평화스럽게 잘 가꾸어진 잔디밭 어느 한구석에 불쑥 눈에 띄는 잡초가 유난히 빨리 자라는 것처럼 평화스럽고 은혜스러운 그 마음 한구석 어디선가 뭔가 좀 잘못된 것이 있는 듯한 느낌이 점점 일어나기 시작했다. 그 느낌은 바로 내게 이런 질문들을 던지기 시작하는 것이었다.

"백 배, 천 배로 되돌려 받지 못하면 참석하지 않을 거냐?"

"꼭 보답을 받는 것이 있어야 손해 좀 보고서라도 참석하겠다는 거냐?"

"네 부모님 좋은 일에 같이 있어주는데 언제나 큰 선물을 마음에 두고 참석하느냐?"

"나 기뻐하라고 참석하는 것은 사실 아니지 않느냐?"

"그냥 아무런 보답 같은 것 생각지 말고 기쁘게 참석했으면 좋겠는데…."

이런 질문들이 어느 한순간에 한꺼번에 동시에 생겨났는지, 혹은 몇 분 사이에 순서에 따라 이루어졌는지 판단할 수 없다. 그러나 분명한 것은 '참석해서 많은 은혜를 받자'는 생각은 틀린 것 같다는 생각이 점점 확고해졌다는 것이다. '하느님이나 성모님은 그냥 조그만 희생에도 무한정 보답으로 주시는 분, 나는 조그만 정성에도 많이많이 되돌려 받는 사람'. 이런 등식이 아주 단단하게 내 의식 속에 뿌리박혀있었음이 틀림없었다. 보답을 바라고 행하는 희생이나 봉헌은 진정한 기도라고 할 수 없다. 그것은 하느님과의 거래이다. 인간사에 있어서도 다른 사람의 뜻이 순순한 마음이 아니었고, 그것이 장삿속 같은 거래였단 사실을 깨닫게 되면 온갖 정나미가 딱 떨어지거늘, 우리의 온 마음을 아시고 계시는 하느님 앞에서 그런 거래를 하자니 하느님께서인들 오죽이나 섭섭하실까? 꼭 효성스러운 자녀들이 아닐지라도 그냥 평범한 자식들이 아무런 유산도 줄 수 없는 가진 것 없는 부모님께 대하듯 순수한 마음, 그냥 같이 있어 좋은 그런 마음으로 하느님이나 성모님을 대하면 그분들 마음도 얼마나 푸근하실까?

이러저러한 우리들의 믿음 생활에는 알게 모르게 잘못 전달되고 믿고 있는 모습들이 어느 순간에 이러한 의문들과 함께 깨우쳐지게 될 때가 있다. 어제가 내게는 그런 날이었다.

나는 하느님을 만나러 간 겁니다

하느님을 내 운명의 주관자요, 세상 섭리의 주인으로 믿고 산다는 것이 나의 신앙관이라면 매주 주일 미사를 참여한다는 것은 계명을 지킨다는 의미 그 이상의 인간으로서의 그분께 대한 도리요, 정 나눔이라고 보는 것이 더 타당하다고 생각한다. 그래서 가야 하는 것이 아니라 가고 싶어지는 것이다. 마치도 좀 엄하시기는 해도 내게는 인자하시고 항상 나를 사랑하고 걱정해 주시는 부모님을 만나 뵈러 가는 것이나 다름이 없다. 그래서 만나면 스스럼없이 내 어려웠던 일들이나 이해할 수 없는 내 주위에서 벌어졌던 일들, 혹은 감사한 일들, 기뻤던 일들 등등 인생사에서 마주치는 모든 것을 그분께 펼쳐내서 따지고 대들고 감사도 드리고, 같이 기뻐하기도 했다. 때론 이런 나를 좀 이해하고 위로해 주면 안 되냐고, 나 좀 안아달라고 가슴 저 밑바닥에서 차오르는 설움으로 울먹이고 싶은 시간이 바로 주일 미사라는 것이 내 확고한 생각이다.

그런데 현실의 미사는 너무도 너무도 이해할 수도, 그래서도 안 되는 형식으로 꽉 차있다는 것이다. 반갑게 찾아간 초반부터, 은총과 평화가 있으라는 간단한 인사 후 곧바로 이제 네놈이 생각과 말과 행동으로 지은 죄부터 자세히 고하라는 것이다. 헐! 아니, 내가 아는 그분이 과연 이런 분인가 심각한 혼란에 빠지기 시작하는 것이다. 이런 부모가 있다면 아마도 특종 세상에 기사로 나올 법한 부모가 틀림없다, 몰인정하고 자신의 위세나 권익만을 자식에게 행사하며 자식을 자기 소유물로 여기는 아주 못된 부모가 있기는 하다. 아주 극히 드물게.

평생을 미사에 참여하면서도 이런 느낌을 가져본 적이 없다는 것이 이해가 안 된다. 그저 교회에서 정한 예식이니까, 수백 년을 이어온 전례이니까, 바로 이러한 전례를 통해 하느님께 예배드릴 수 있는 최고의 방법이니까 등등 아주 당연한 심리적 지당성이 나를 이 예식에 동화시키고 몰입시켰음은 말할 것도 없겠다. 나 말고도 대부분의 신자도 이와 별다른 이유가 있을 리는 없을 것 같다.

미사의 의미 중 하나가 '제사'라는 점을 생각한다면 어느 나라, 어느 종류의 제사를 막론하고 정결한 마음과 몸을 가지고 자신이 섬기는 '신'을 맞이해야 한다는 것은 당연한 순리이고 보편적 절차임을 안다고 할지라도, 가톨릭의 그것(개신교는 물론 더 하지만)은 정도와 예의 수준을 아주 벗어난 조물주와 인간관계의 그 근본 뿌리를 보여준 대표적인 예라 할 것이다.

"네놈들은 모두 나를 배신한 죄인들이다."

아버지를 만나 내 기쁨과 설움과 억울함을 같이 나누고 위로받고 싶어 찾았는데, 나를 몹쓸 죄인으로만 여기고 노여워하고만 계시다니! 우리 아버지가 맞으신가? 완벽 자체이신 아버지와 달리 넘어지고 실수하고 다치고 약해빠졌다고 나를 죄인이라고 몰아붙일 수 있는가? 내가 이런 조그만 실수라도 하지 않는 존재라면 나는 인간이 아니고 천사나 아니면 짐승일 수밖에 없는 것이다. 하느님은 천사도 만드시고 짐승도 만드시고 온갖 식물도 만드셨다. 그리고 사람도 만드셨다. 사람은 원래 그런 존재인 것이다. 천사도 악마도 아닌 고유의 존재.

그러나 교회는 사람이 천사가 아닌 것이 불만인 것이다. 왜 그렇게 자주 죄를 짓느냐, 왜 완전하지 않으냐고 천여 년을 이어오며 꾸짖고 비난하고 벌주고 가르치고 있다. 그러니까 온전한 정신을 가진 사람이라면 이러한 상황을 견딜 수가 없는 것이다. 그들이 바라는 대로 존재 자체를 바꿀 수 있는 분은 그를 만드신 분밖에 없다. 그런데 그분은 전혀 그럴 뜻이 없어 보인다. 그러니까 사람들은 '그래, 너희는 계속 그렇게 지껄여라. 난 관심이 없으니까.'라며 점차 교회를 멀리하게 되는 것이 아닌가 한다.

성소 주일을 다시 맞이하며

부활 후 제4 주일은 성소 주일로서 온 세계가 다채로운 행사를 통하여 성소의 중요성을 홍보하고 계발하며 하루를 지내고 있다. 교황님도 올해의 성소 주일을 맞아 담화문을 발표하시면서 "성소는 하느님의 은혜이기 때문에 선택하는 것이 아닌 선택받는 것이며, 동시에 함께하는 사랑에 응답하는 것"이라며 "주님의 뜻을 따르는 봉헌의 삶은 하느님의 '선물'임을 깨달아야 한다"고 말씀하셨다. 성직자로서의 불림을 받고 그에 응하여 사는 삶이 어찌 고귀하고 값지지 않을 수 있겠는가? 말씀대로 악을 대항하여 앞장서 싸워야 하는 분들이 바로 그분들이므로 세상 구원에 아주 필요한 직책이 아닐 수 없다. 또한 이분들은 그 직책상 거룩함의 원천이신 하느님에 대한 모든 업무를 맡아 하며, 그 삶 또한 온전히 하느님께 바쳐진 것이므로 이분들과 관계되는 모든 단어 앞에 성(聖)이라는 접두어가 항상 따라다니는 것도 당연한 이치일 것이다.

문제는, 왜 사제나 수도자로서의 불림만이 고귀하고 값진 것이어야만 하는가에 있다. 그리고 그분들만이 그 생애를 온전히 하느님께 바친다는 말인가? 평신도들은 삶의 대부분은 뒤에 놓아두고 한쪽 귀퉁이만 잘라 미사 봉헌 시간에 맞추어 하느님께 바치는가? 성스럽고 고귀하고 값지다는 것은 그 직책이나 모양새에 있는 것이 아니고 삶의 내용에 있는 것이다. 아무리 그 신분이 성스러운 것일지라도 그 신분에 맞는 삶이 따라주지 못한다면 성스럽기는커녕 오히려 더욱 추악할 따름이다. 군이 성직자의 훈화 말씀에서보다 많은 경우 우리는 자신의 소명에 진지하게 임하는 모습에서 진한 감동을 받는다는 것을 알 수 있다. 이러한 삶은 그 자체가 하느님께 온전히 봉헌되는 삶이라고 볼 수 있다. 그것은 세상의 어떤 신분이나 직업에 제한을 두지 않는다. 그것이 타인에게 해를 끼치지만 않는다면 이 세상에 필요하지 않은 직업이나 신분이 어디 있겠는가? 왜냐하면, 세상을 창조하신 조물주께서는 그 완성의 임무를 우리 인간 각자에게 맡기셨기 때문이다.

　세상 완성의 임무는 어느 한 부류의 신분에 의한 것이 아니고 여러 분야, 여러 사람의 힘에 의하여 오메가 그 정점을 향해 나아가고 있는 것이다. 이는 다른 말로 구원의 완성이라 해도 좋을 것이다. 이의 실현을 위해 자신이 처한 현실에서 최선을 다한다면 그것이 바로 성스러움이요, 값진 삶이 되는 것이다. 혼신의 힘을 다해 악기를 연주하는 그 모습이 성스럽지 않은가? 땀을 뚝뚝 흘리며 열심히 망치질하는 목수의 모습은 또 어떠한가? 가슴에 청진기를 대고 골똘히 병의 증상을 정확히 파악하려는 의사의 모습에서, 다정히 어깨에 손을 엎고 행복에 젖어 걸어가는 젊은 연인들의 모습에서, 조용히 무릎을 꿇고 감실 앞에서 열심히 기도하는 수녀의 모습에서, 아주 열심히 열심히 가르치는 선생님의 모습에서…. 이러한 모든 모습이야말로 진정 구원으로 가는 모습이 아닌가! 소위 평신도들의 역할이 세상 구원의 보조 역할이라는 논리는 완전히 앞뒤가 뒤바뀐 역설적 논리인 것이다. 이는 교회에 의하여 저주받아 왔던 육신과 함께 세속이란 표현으로 구원의 원수로 여겨졌던 세상에 대한 잘못된 개념이 만들어 낸 사생아일 따름이다. 세상을 떠난 구원이 어디 있겠는가?

그나마 평신도들의 구원의 역할을 공식적으로 좀 인정해 줬다는 것이 2차 바티칸 공의회인데, 실제로 조금 인정한 것조차도 실행하기에는 제대로 내키지도 않고, 이제껏 독점해 온 것을 내주려니 아까운 생각도 들고 했기 때문이다. 평신도 사도직 교령에서 이론적으로 표현된 평신도의 사제직, 왕직, 예언직의 행사는 항상 성직자들에 의해서 제한되어 왔고 무시되어 왔던 것이 사실이다. 왜냐하면, 평신도들의 삶의 가치는 성직자들의 것보다 비교도 안 되게 교회 내에서 공공연히 평가절하되어 왔기 때문이다. 바로 이러한 시각 때문에 성직자로의 불림만이 성소(聖召)라고 불렸다. 광역적 의미로 모든 직업을 성소로 보아서는 안 된다. 진정 세상 구원을 위하여 현장에서 뛰는 성직자 아닌 일반 평신도들이 가진 직업의 고귀성과 성스러움을 신학교 교실의 직업윤리 시간에서뿐 아니라 이 세상에서도 인정했으면 좋겠다. 좀 더 현실에 눈을 떠야 한다. 무엇이 먼저이고 나중인지를! 세상의 가치가 좁은 성직자의 세계보다 덜한지를!

　유아 독존적이고 항상 권위적인 지도자의 자리에서 내려와 이제
껏 상처받아온 평신도의 마음을 어루만져주고 성직만큼이나 다른
소임도 하느님께 소임받은 사실을 인정하면 냉담자도 돌아오고, 세
상을 알아주는 세상 사람들도 이제 교회의 품으로 다시 올 것임을
확신한다.

마리로사 수녀님께 보내는 편지

　　　　　저는 지난 주일 8시 미사에 성체분배자로 위촉되었던 신 베드로입니다.

　지난 주일뿐 아니라, 주일 아침 8시 미사의 성체분배직을 이 본당에서 몇 년을 계속해왔던 터였습니다.

　5월 15일, 신부님께서 처음 저희 본당에 오시어 주일 미사를 드리시기 전에 예법대로 8시 미사 중 신부님을 도와 성체분배를 할 것인지 문의드린 후, 종전에 해오던 대로 그대로 해줄 것을 하명하셨습니다. 그때는 수녀님도 아직 저희 본당에서 미사 참례를 하지 않으셨으므로, 예전과 같이 그대로 제 임무를 수행하는 데 아무런 부담도 없었습니다.

　5월 29일, 수녀님이 처음으로 우리 본당 미사 참례를 하시는 것을 보았고, 미사 후 본당 회장님에게 이제는 성체분배를 수녀님이 하셔야 하는 것이 아니겠냐는 의사를 전달했지만, 별도의 지침이 있을 때까지 모든 것을 예전처럼 하라는 신부님의 전달 말씀이 있으셔서

6월 5일 미사에서도 그대로 성체분배를 위한 장백의를 입고, 제단 옆의 봉사자석에 앉아 미사를 드렸지요.

평화의 인사 후, 천주의 어린양 시간에 제단 옆으로 나아가 성체배령과 성합을 받아 모실 준비를 하며 기다리는데, 신자석 쪽에 계시던 수녀님이 아무 말도, 아무 신호도 없이, 불쑥 제단으로 올라가 성체를 영하고 성합을 받아 모시고 바로 내가 가야 할 자리로 가서 신자들에게 성체분배를 먼저 시작했었습니다.

장님이 아닌 이상 분명 성체분배를 위해 제단 아래서 대기하고 있는 사람을 보았음에도, 귀신을 본 듯 그냥 나를 지나쳐 불쑥 제대 위로 올라가는 수녀님을 본 나는, 잠시였지만 얼마나 황당하고 어이가 없었던지…. 다시 봉사자석으로 그냥 돌아가 앉아야 하나 혹은 그냥 제의실로 들어가 장백의 벗고 그냥 가버려야 하나 망설였었습니다. 왜 그리고 얼마나 수모스럽고 곤혹스러웠는지 이해가 될는지요? 그리고 내가 왜 내 아들 또래의 수도자로부터 합당한 이유도 없이 이런 모욕과 무시를 당하는 폭력을 당해야 하는지 너무도 황당했었습니다.

미사 후, 수녀님의 어이없는 행동에 '한마디 귀띔이라도 미리 하셨으면 오해도 모욕감도 없었을 것'이라는 나의 의사를 아주 간단히 무시한 수녀님의 변명은 '신부님이 하라고 해서 했다.'였습니다.

신부님이 그렇게 지정된 성체 봉사자가 있는데도 그냥 무시해 버리고 아무런 사전 통보나 조율도 없이 불쑥 해버리라고 하셨나요? 그렇지 않다면 그렇게라도 하는 것이 수녀님이 배우신 순명의 방법인가요? 신부님께 순명하기 위해서 성직자가 아닌 다른 사람은 전혀 배려하지 않아도 된다는 것인가요?

제가 아는 순명의 가치는 '하느님과의 좋은 관계 그리고 인간과의 좋은 관계를 지향하는 애덕에 뿌리'를 두고 있다고 알고 있습니다. 순명을 하기 위해서 다른 사람을 배려하지 못한다는 것은 자신의 잘못된 행동에 대한 합리화라고 볼 수 있겠지요. 그리고 서로에게 대한 배려와 관심의 나눔의 성사인 성체 성사의 의미는 제쳐놓은 채, 단순한 전례적 요식 행위를 통한 자신의 위세를 과시하려는 것일 수도 있고요. 수녀님의 그 궤변 같은 자기변명은 일상생활에서 수도자가 평신도보다 더 높다는 아무런 성서적, 수덕적 근거도 없는 귀족적 사고방식의 관습일 뿐이었습니다. 신자들이 성직자나 수도자를 존중하는 것은 그들의 직분 때문이 아니고, 세상의 가치관을 초월한 그들의 삶의 모습 때문이라는 것을 잘 아시겠죠. 평신도가 수덕 생활을 전문으로 하시는 수녀님께 별말을 다하는군요.

미사 중 당한 어처구니없는 수모가 내내 나를 괴롭히며 이 생각 저 생각으로 마음이 심란하고 우울해져, 혼자 끙끙거리는 대신, 좀 불편하고 어색하더라도 이런 맘을 당사자에게 직접 전하면 혹시 맘이 후련해질까, 또 수녀님의 무심한 한 행동이 아무 죄 없는 신자에게 얼마나 큰 상처를 입힐 수 있는지 아신다면 앞으로 이 본당이나 혹 다른 본당 수녀님으로 소임을 하실 때 참고가 되지 않을까 하여 몇 자 말씀드렸습니다. 어려서부터 복사를 하면서부터 환갑이 지나는 오늘날까지 여러 수녀님과 만나게 되고, 엄마 같고 누나 같은 몇몇 수녀님들을 제외한다면 더 많은 수녀님의 인간적인 약점으로 성교회 안에서 상처받고 분노하고 슬퍼하는 일들은 아마도 세상 끝날까지 계속될 것이 틀림없을 것입니다.

아마도 제가 너무 오래 제단 근처에서 서성거렸나 봅니다.
이제는 장백의를 완전히 벗어야 할 시간이 됐나 봅니다.

내 질문에 어떻게 답하실지 보자

구약성서에 많은 예언자가 나오지만 그분 중에서 나는 '요나'와 '하바국' 예언자를 가장 좋아한다. 그분들의 말씀이 누구보다 훌륭하고 좋아서가 아니다. 이 두 분의 하느님께 대한 태도가 다른 정통 예언자들처럼 하느님 편에 서서 하느님의 대변인이 되어 인간을 훈계하고 야단치는 것이 아니라, 우리 속절없고 부질없는 속세 인간들처럼 아주 솔직하고도 꾸밈이 없어서이다. 우리 인간 편에 서서 감히 하느님께 불만을 터트리기도 또 신경질을 내며 때론 대들기도 하는 그 인간적인 모습이 너무도 나와 흡사하다.

하느님 말씀을 전하는 예언자가 갖는 고난과 역경이 무서워 사명을 받고도 모르는 척 도망가다 결국 고래 배 속까지 들어가게 된 요나, 아주까리 그늘을 없애버렸다고 '차라리 날 죽이라'고 성질 내며 대드는 그 철들지 못한 막내아들 같은 투정이 너무 예쁘다(?).

하바국서는 전체가 3장밖에 안 되니 아마 일 년에 한 번 읽힐까 말까 하는 것 같다. "의로운 사람은 그의 신실함으로써 살리라."라는 구절이 하바국 예언서에서 가장 많이 인용되는 것 같으나, 나는 그보다 하바국이 "주께서는 눈이 밝으시어 남을 못살게 구는 못된 자들을 그대로 보아 넘기지 않으시면서 어찌 배신자들을 못 본 체 하십니까?", "나쁜 자들이 착한 사람들을 때려잡는 데도 어째서 잠 자코만 계신단 말입니까?" 하며 하느님을 막 호통치는 모습에 박수를 보내고 싶을 만큼 통쾌함을 느낀다. 그리고 이 말을 하고 나서 '어디 내 말에 뭐라고 답하시나 보자!'라며 주먹을 불끈 쥐고 코를 벌렁거리며 단단히 벼르고 있는 모습이 상상된다. 성질 또한 불같고 급해서 가만히 그 답을 기다릴 수 없어 조금이라도 더 빨리 더 정확히 듣고 싶어 씩씩거리며 망대 꼭대기까지 뛰어 올라가 '눈에 불을 켜고' 하느님의 대답을 기다리는 모습이 영락없는 우리의 모습이라 나는 이 괴상한 이름을 가진 하바국이 좋다.

베드로를 보시는 예수님의 눈

베드로의 성격은 다혈질적이고 즉흥적이어서 컨디션이 좋을 때는 불꽃처럼 타올랐다가 얼마 가지 않아 즉시 의기소침해지고 나서기를 좋아하는 성격이었다. 먼저 나서지만 문제의 핵심을 제대로 이해하지 못해 언제나 예수님에게 호된 질책을 당한다. 그냥 가만히 있으면 50점이라도 딸 텐데, 괜히 나서다가 "사탄아, 내게서 물러가라!"라는 극단적인 꾸지람도 듣게 된다.

그리고 베드로는 성격이 충동적이고 과격했다. 변덕이 아주 심했기에 뒷감당도 못 할 말들을 서슴없이 해서 나중에 많이 고생하는 스타일이었다. 마음만 앞섰지 몸이 따라주지 않는 인간의 전형이었다. 컨디션이 좋을 때나 만사가 잘 풀릴 때는 목숨이라도 바칠 기세로 열렬히 예수님을 따랐지만, 상황이 자신에게 불리하게 전개된다 싶을 때는 즉시 '언제 그랬냐'는 듯이 말꼬리를 내리고 뒤꽁무니를 뺐다. 왜 이런 사람을 나의 본명 성인으로 선택해 주셨는지 나는 우리 어머니를 참 많이 원망했다.

그러나 베드로는 자신이 안고 있었던 그 모든 인간적 결함을 상쇄하고도 남을 탁월한 장점들이 있었다. 그것은 바로 예수님을 향한 '열정' 그리고 순수함이었다. 비록 성격상의 나약함으로 인해 오래 지속되지 못하던 열정이었지만, 베드로가 지녔었던 예수님을 향한 열정은 참으로 대단한 것이었다. 그리고 베드로는 가장 결정적인 순간에 예수님을 배반하는 실수를 범했지만, 겸손하게도 자신의 실수를 어린아이처럼 인정하는 솔직함을 가졌다.

이러한 성격과 태도는 우리식으로 듬직하고 점잖고 사려 깊고 감정 표현을 쉽게 드러내지 않는 그런 점들로 사람됨을 평가하는 사회라면 베드로는 제자단의 일원은커녕 부제직 원서도 제출치 못할 그런 인물임이 틀림없다. 어떤 신부님이 이런 성격과 태도의 사람을 지원자로서 추천서를 써줄 것인가? 아니! 아마도 우리나라 신학교 분위기로 보아서는 덕이 없고 경망스러운 사람으로 찍혀 보따리를 싸 쫓겨났어도 벌써 쫓겨났을 인물이다.

그런 사람을 예수님은 제자로 그것도 수제자로 당신 교회를 맡기셨다. 예수님의 사람됨을 보시는 눈은 일반 사회의 판단 기준을 뛰어넘기 때문이다. 예수님은 겉으로 표현되는 모습보다는 속을 보시는 분이기 때문일 것이다. 나는 예수님의 그런 눈을 알아보시고 베드로 세례명을 지어주신 우리 어머니께 감사드려야겠다.

사람을 느낄 수 있으신 예수님

성전 정화 사건은 나에게 많은 생각거리를 주고 있다.

무엇보다도 나는 이 사건에서 어떤 신학적인 배경이나 뜻 이전에, 환전상들의 테이블을 집어 엎는다거나 채찍으로 장사하는 사람들을 후려치시는 모습이 이상스럽게도 정겹게 느껴진다. 거룩하시고 인자하시고 근엄하신 모습이 아닌, 불의를 보고 참지 못하고 한 성질 부리시는 모습에서 인간적인 친근함을 볼 수 있기 때문이다. 우러러보고 흠숭하고 높이 떠받드는 하느님의 아들이라는 형이상학적인 그분의 정체보다도 우리처럼 울고 웃고 슬퍼하고 분통을 터트리는 우리 같은 인간 예수님은 내가 기쁠 때같이 기뻐하실 줄 알고, 내가 억울한 일을 당하거나 슬퍼할 때 위로해 주실 수 있고, 내가 피곤할 때 같이 쉬어주실 수 있는 분으로 쉽게 느껴질 수 있기 때문이다.

무화과 저주 사건에서도 마찬가지다. 나는 착하신 예수님이 어찌 죄 없는 무화과나무를 저주하여 말라 죽게 하시는가? 한참 동안 정말 이해 못 할 성질머리 급한 인류의 스승 예수님이라고 생각했다. 물론 이 사건을 두고 열매 맺지 못하는 이스라엘 백성들의 운명을

상징적으로 표현했다고들 좋~게 해석하지만, 그 장면을 계속 생각
하면서 나와 같은 예수님의 모습이 같이 오버랩되면서 성질 내시는
모습이 어찌 보면 나와 참 비슷하다는 유사성을 느꼈다. 나무를 저
주하기 전에 분명히 성경은 예수님께서 배가 고프시던 참이라고 했
다. 배가 고프신 예수님, 허기질 때 신경이 좀 날카로워지는 것은 당
연한 일이다. 이런저런 사정이 우리와 꼭 같은 감정을 가지신 정겨
운 모습으로 다가온다.

모든 것을 완벽하게 갖추신 하느님께서는 배고픔을 느끼실 수가
있겠나, 생인 손가락이 얼마나 아픈지 느낄 수가 있으신가, 오줌보가
곧바로 터져버릴 것 같은 급박함, 또 그것이 해결되는 그 시원스런 쾌
감을 느끼실 수가 있나…. 물론 아실 수는 있겠지만 느낄 수 있다는
것은 또 다른 문제다. 그런 의미에서 우리와 같은 사람이 되어 오셔
서, 우리와 같은 감정과 감각을 느낄 수 있는 분이기에 예수님은 나
를 좀 더 잘 이해하실 수 있고, 더 가까이 다가갈 수 있는 분이시다.
하느님이라는 지고지존한 자리를 떠나 사람이 되시어 우리와 같은
분이 되셨고, 우리와 같이 살다 가신 나자렛 예수님이기에 우리는 소
위 인간적으로 그분에게서 정을 느낄 수 있는 것이 아닌가 한다.

야곱- 그 치가 떨릴 인간

그 이름의 의미부터가 '발꿈치를 움켜쥔 자'라는 뜻을 가진 야곱이라는 인물이 소위 이스라엘 민족의 성조가 됐다는 것에서부터 나는 하느님께 반발을 했었다. 학생 시절 창세기 모임을 하면서 조금 더 잘 알게 되면서부터는 더욱 본격적으로 싫어, 아니 경멸하고 조소했던 인물이었다. 자신의 이득을 위하여서는 수단과 방법을 가리지 않는 모사꾼일뿐더러 또한 자신의 자존심까지 내팽개쳐버리는 굴욕적 행동도 서슴지 않는 또한 자식들에 대한 편애도 지독스러운 그를, 도무지 정상적 인격의 소유자라고는 생각도 할 수 없는 인격 파탄자인 그자를 성조로 떠받드는 모두도 참으로 내게는 한심스러운 존재들이었다.

어릴 적 나는 나와 두 살 차이의 남동생과 심리적인 피해의식을 많이 갖고 자랐다. 생긴 용모나 공부하는 머리나 동생은 나보다 나았다. 국민학교 4학년 때부터인가는 내 키까지도 앞지르기 시작했다. 부모님들은 느끼지 못했을지라도 나는 그러한 열등의식 속에서 장손인 나에게보다도 더 많은 관심과 사랑과 칭찬과 배려를 해주는 부모님을 속으로 상당히 원망했었다. 집을 떠나고 싶다는 생각이 아마도 신학교라는 좋은 피난처로 가는 데 큰 작용을 한 것은 틀림없는 일이다.

이곳 미국에 와서 페인터로 일하면서 부딪치는 인종 중 가장 조심해야 할 백성들이 바로 야곱의 후손들인 유대인들이다. 처음에는 상냥하고 친절하다가 일이 끝나면 사람을 잡는 게 바로 이들이다. 최소한의 투자로 최대의 이익을 보려는 심산이 작용하는 결과이다. 몇 년간의 경험으로 이들과의 거래를 분하지 않게 하는 방법을 터득했지만 그래도 여간 신경을 쓰며 조심해야 할 부류가 아니다. 이들은 소수민족인 우리에게뿐 아니라 백인인 다른 인종들에게도 이해관계가 성립되면 정말 무자비할 정도로 피를 짜 말린다고 세탁소를 경영했던 백인 할머니에게서 직접 들었다. 이들을 직접 경험하게 되면 어째서 유럽 사람들이 역사적으로 유대인들을 그렇게 증오하고 멸시했는지 그 이유를 충분히 납득하게 된다.

야곱에 대한 묵상 글도 꽤 읽었지만, 성서의 성조라는 전제를 두고 하는 말들인지라 결국은 대부분의 글이 이 인간의 행동을 정당화시키는 결론으로 끝나고 만다. 그러나 송 봉모 신부님이 쓰신 '야뽁강을 넘어서'라는 부제가 달린 『집념의 인간 야곱』이란 책을 읽으면서 몇십 년간 원수 같은 인간 야곱을 미워하고 경멸하는 그 근본 이유의 근거가 갑자기 항아리 밑동이 깨져버리듯 그냥 사라져 버리고 말았다. 송 신부님이 그 책에서 비교적 그의 인간 됨됨이를 선입견 없는 솔직한 '몹쓸 인간'으로 내내 써 내려간 것이 우선은 마음에 들었다. 그러나 무엇보다도 나의 어리석은 야곱에 대한 미움을 한 방에 날려보낸 이유는 나와 같은 생각을 같이해 준 송 신부님의 해설 때문이 아니라, 이를 읽어 내려가는 중 성서라는 것은 한 개인이나 한 민족의 역사나 이야기가 주체가 아니라 그것은 하느님의 인간에 대한 사랑 고백서라는, 즉 모든 성서 내용의 주인공은 바로 하느님이라는 사실을 새삼 깨닫게 되면서부터이다. 우연히 책 내용 중에도 'Craig Barnes'라는 사람의 말을 다음과 같이 인용하여 설명하는 내용이 나온다. "야곱의 이야기는 실상 야곱의 이야기가 아니라 야곱을 변화 성숙시키기 위하여 야곱에게 도전하시는 하느님의 이야기라고 말해도 좋을 것이다".

그러니까 나는 연극에 나오는 배우의 배역을 보고 이제껏 흥분하고 노여워했던 것이다. 나는 50년인지 60년인지 모를 미워하는 한 인간의 사슬에서 풀려났다. 발걸음이 이렇게 가벼울 수가 없다.

예수님,
그거 베드로 사도에게 너무하신 거 아닙니까!

마르코 복음을 읽다 보면 이해 못 할 장면이 등장하는데, 바로 애제자면서 수제자인 베드로 보고 "사탄아, 내게서 물러나라!"라고 고함을 치시는 장면이다.

사정인즉, 예수님이 사람의 아들이 반드시 많은 고난을 겪으시고, 원로들과 수석 사제들과 율법 학자들에게 배척을 받아 죽임을 당하셨다가 사흘 만에 다시 살아나셔야 한다는 것을 제자들에게 가르치기 시작하셨다는 데서 출발한다.

이 말을 들은 베드로의 심정을 추정해 보자. 모든 것을 버리고 예수님이 그리스도 구원자로 등극하시는 날만을 기다리며 온갖 어려움에 시중에 꾸중도 마다치 않고 제자 생활을 견디어 왔는데, 당시 기득권 세력들에게 고난을 받고 죽임을 당한다니…. 이것은 도대체가 말이 안 되는 상황이다. 이 위대한 우리의 스승이 그깟 놈들에게 고난을 받다 죽는다는 것도 말이 안 되고, 바로 조금 전에 "너희는 나를 누구라고 하느냐?"라는 질문에 베드로가 "스승님은 살아 계신 하느님의 아드님 그리스도이십니다." 하고 대답하자 예수님께서 그에게 "시몬 바르요나야, 너는 행복하다! 살과 피가 아니라 하늘에 계신 내 아버지께서 그것을 너에게 알려주셨기 때문이다. 나 또한 너에게 말한다. 너는 베드로이다. 내가 이 반석 위에 내 교회를 세울 터인즉, 저승의 세력도 그것을 이기지 못할 것이다. 또 나는 너에게 하늘나라의 열쇠를 주겠다. 그러니 네가 무엇이든지 땅에서 매면 하늘에서도 매일 것이고, 네가 무엇이든지 땅에서 풀면 하늘에서도 풀릴 것이다."라며 잔뜩 띄워놓고 갑자기 사탄 새끼라니?

베드로 사도 입장에서 보면 기가 차고 놀라자빠질 지경이었을 것이다. 아니, 그러면 스승이 고난을 받고 죽을 것이라는데 '정 뜻이 그러하시다면 그렇게 하십시오.'라고 말해야 하나? 당연히 그렇게 해서는 안 된다고 극구 말리는 것이 인지상정인데, 거기다 대고 '네 놈은 하느님의 일은 생각하지 않고 사람의 일만 생각하는구나!'라는 동문서답 같은 답변으로 베드로 사도를 놀라게 하시니 예수님도 참 답답하기는 우리네와 별다름 없는 것 같다.

우리네 같은 무지렁이도 당신이 하느님께 받은 사명이나 당신의 운명을 차근차근 제자들이 이해할 수 있도록 설명을 해줬어야지, 느닷없이 죽겠다는데 누가 '그럼 그렇게 하십시오.'라고 대답할 수 있었겠는가?

예수님! 그것은 예수님의 실수입니다.

예수님의 성전 정화 유감

예수님이 성전을 정화했다는 그 사건은 아무리 생각해 봐도 그것은 일종의 돈키호테 같은 난동 수준이었지, 결코 성전을 정화했다고는 볼 수 없는 대목이다.

성전 정화는 그리스의 안티오키아 4세 치하에 성전의 주요 기물이 파손되고, 이방인 신상이 대신 놓이고, 돼지 피가 뿌려지며 야훼 신앙을 모독하고, 그곳에서 그 신에게 향을 피우는 등 찬양과 흠숭의 전례가 자행되었던 장소를 다시 원상 복구하며 전례 법에 따라 정화 예식을 거행했던 것이 성전 정화였다.

예수님의 경우 성전도 아닌 성전 입구 이방인도 들어갈 수 있는 지역인 성전 뜰에서 제물로 쓰일 동물을 팔거나 성전에서만 사용되는 성전용 화폐로 환전해 주며 수수료를 챙기는 사람들의 상을 뒤엎고, 채찍으로 그들을 후려쳤다는 사실은 성전 정화와는 아주 먼 의미가 된다고 보아야 한다.

물론 성전 뜰에서 장사하는 사람들 뒤에는 그들의 뒤를 봐주거나 혹은 권리금을 챙기는 성전 사제들과 제사장이 있었다는 것은 사실이다. 예수님도 사나이라면 그런 말단 조직에서 일하는 사람을 상대할 것이 아니고, 실제 권력을 가진 집단인 사제단을 상대했어야 했었다. 나는 예수님도 참 치사하다고 생각한다. 예루살렘 입성 때 백성들의 호산나 환호성에 기를 얻으셨지만, 사제단을 직접 상대하기는 좀 겁이 나셨던 모양이다. 아니! 사실상 사제단의 주요 수입 원천을 두고 망나니짓을 한 것이 이미 권력자들의 마음에 '죽일 놈'이 될 것을 몰랐을 리 없는 예수님이었다. 오늘날에도 본당 주임 신부에게 올 미사예물을 힘없는 보좌 신부에게 방향을 틀어준 본당 수녀들이 어느 날 소리 소문 없이 본원으로 원대 복귀되어 가는 사건들을 보면 사제의 수입원에 손을 댄 사람의 무모함의 대가는 예나 지금이나 다름이 없다. 그래도 그렇지 이왕 죽기로 작정한 난동이라면 좀 더 본때 있게 종기의 고름이 나오는 그 원천과 싸웠어야지, 아무리 생각해도 내 성에는 차지 않는 쩨쩨한 짓이었다.

그리고 성전에서 장사하는 사람들을 상대로 성질을 부리셨다면 오늘날 교회에서 교회의 이름으로 벌이는 그 무수한 영리 사업에는 눈감고 계셨을까? 교회가 운영하는 거대 종합병원에서 돈 없어 수술받지 못하는 가난한 환자가 없는가? 제왕 같은 경영으로 신문과 방송을 운영하며 일방적인 교회 홍보와 정부 정책 보호에 앞장서는 어용 예언자 노릇은 하지 않는가? 교인들의 헌금으로 사들인 교회 묘지를 비싼 값에 팔아서 큰 이득을 취하지 않나?

가난한 젊은이들이 하느님 성전에서 백년가약을 맺고 하느님의 축복을 받으며 혼배를 하고 싶지만, 성전 사용료, 사제 예물, 성당 전속 사진관 등등으로 성전을 돈벌이 수단으로 사용하여 힘없는 젊은이들을 울리지는 않는가? 등등 예수님 당시의 성전 사제들에 비해 오늘날 교회에서 하는 수익성 사업이 과연 하느님 나라 확장에 올바로 쓰이고 있는지 묻지 않을 수 없다. 내 생각에 예수님은 회초리가 아니라 보안대 대공 분실이나 헌병대에서 고문할 때 사용했던 미군 야전용 침대 각목 수십 개도 모자랄 것이라 생각한다.

그런데 예수님은 나보다 조금 더 현명하신 것만은 틀림없는 것 같다.

예나 지금이나 일반인들에게는 사제들에 대한 절대적 신뢰 내지 공경의 마음이 있다. 사제가 잘했건 못했건, 사제를 비난하는 사람은 일종의 배교자나 파문받아야 할 것 같은 자로 더 큰 비난을 받기 때문이다. 그래서 예수님은 그것만은 피하신 것이 아닌가 한다. 나는 바보같아서 직분에 어긋나는 교직자를 앞뒤 안 가리고 들이받아버리기 때문에 가까이 있던 사람도 멀어지게 하는 것임을 잘 알고 있지만, 나 죽기 전에 이 반골 꼴통인 고약스런 성질이 고쳐질지 모르겠다.

예수님의 실언

복음시를 읽다 보면 예수님께서 하지 않았으면 더 좋았을 뻔한 말씀들이 가끔 느껴진다. 그중 하나는 십자가 위에서 우도에게 "너는 오늘 나와 함께 낙원에 있을 것이다."라고 말씀하신 것이다. 그 우도가 예수님을 만났고, 예수님의 진심을 알았다면 이미 하느님 나라에 살고 있는 것인데 "오늘 낙원에 있을 것이다."라고 미래형으로 말씀하심으로 하늘나라는 죽어야 가는 나라라는 인식을 심어줘 버렸다는 것이다.

우리 교회 가르침 중 완덕의 완성은 예수님을 만나는 것이다. 그것이 구원의 절정인 것이다. 보일 듯 말 듯 사실 예수님을 만날 수 있다는 것은 그리 만만한 일은 아니다. 묵상기도를 통하여서도 그분을 만났는지 정확히 알기는 알쏭한 일이다. 수덕 신비를 좀 알면 알수록 그분을 만날 수 있다는 것은 일상인들에게는 요원한 목표가 된다는 것을 느낄 수 있으니 말이다. 그런데 십자가의 우도는 이미 그분을 만났고, 그분은 그 우도의 진심을 극도의 십자가 고통 속에서도 느끼고 감동까지 하셨던 것이다.

예수님의 복음 선포로 이미 땅에 와있는 하느님 나라, 복음서 통틀어 100번도 넘게 부르짖었던 그 가공할 업적에 돌아가시기 전에 잠시 정신이 혼미해지셨는지 그만 코 빠트리고 마신 것이 아닌가?

하긴 그분을 100% 완전한 분으로 생각해서 절대 실수를 안 하실 분으로 생각한다면 어쩔 수 없지만, 그건 참 인간미 없는 모습이 아닌가 한다.

오히려 우리처럼 온전한 인간으로 배도 고프고, 소변이 마려워 쩔쩔매고, 피곤해서 그냥 널브러져 잠에 푹~ 빠져버리고, 이쁜 여자를 봤으면 가슴도 두근거리고…. 그런 사람 맛 나는 냄새로서 우리 보통 사람과 친근해질 수 있는 분이라야 우리의 구세주라 할 수 있지 않을까?

그러니까 당신의 사명을 완수하시기 전 잠시 코 빠트리신 것 좀 이해해 주면 어떨지 모르겠다.

조폭 두목 예수님

성경을 읽다 보면 좀 충격적으로 번역된 구절이 발견된다. 그중에서의 압권은 단연 지난 주일 복음인 요한복음 마지막 장에 나오는 구절이다.

"애들아, 무얼 좀 잡았느냐(요한21, 5)?"

부활하신 예수님께서 제자들에게 나타나시는 장면이다.

이 말씀을 들을 때마다 나는 항상 이렇게 들린다.

'아그들아, 무얼 좀 잡았느냐?'

조폭 두목이 부하들을 부르며 쓰는 말인 줄은 누구나 안다.

그런데 조폭도 아닌 예수님이 이미 장가들어 유부남인 사람도 있는 제자들을 이렇게 불렀다는 상황이 도대체 납득이 안 간다는 것이다.

내가 중학교 다닐 때도 제자들에게 꼭 존칭어를 쓰셨던 선생님이

유난하게 기억난다. 수업을 할 때는 물론이고, 개인적으로 대화를 나눌 때까지 꼭 존칭어를 써주셨다. 물론 선생님은 당시 흔하디흔했던 매질이나 따귀 세례 같은 것도 없었다. 그분의 인품은 반세기가 지난 지금까지 은은한 향내로 내게 남아있다.

내가 여학교 선생으로 있을 때 수업 중에 물론 존칭어를 쓰지는 않았다. 욕을 한 적은 없었지만, 때때로 '이놈들'이라거나 '자식들'이란 단어를 써가며 성깔을 부린 적은 있었다. 언젠가 내 수업을 녹음해서 들어본 적이 있었는데 반말 하대로 학생들에게 수업하는 것이 적잖이 거북스럽게 들려서, 서울의 남자 고등학교로 와서는 수업 말씨부터 존칭어로 고쳤다.

그런데 대부분의 남자 고등학교 선생님들이 하대를 쓰는 분위기라서 그런지 '기생오라비' 말투라는 뒷소문에 뒷맛이 씁쓸했지만, 이미 그렇게 시작한 말투를 고칠 수 없어 몇 년 후 학교를 그만둘 때까지 계속했던 기억이 난다.

그런데 예수님의 그런 말투라니….
우리에게 즐거운 상상을 주기 위해 그런 번역을 했다면 몰라도 조폭 두목이 친구 삼자고 할 분위기를 만드는 것 같아 그 대목을 대할 때마다 영 어색하기 짝이 없다.

아! 또, 사마리아 여인네에게 하시는 말투 또한 그분의 신원을 아주 모호스럽게 하는 말투로 기억된다.

"너에게 물을 청하는 내가 누구인지 알았더라면 오히려 네가 나에게 청했을 것이다. 그러면 내가 너에게 샘솟는 물을 주었을 것이다(요한 4, 10)."

세상에, 예수님이 조선 시대 양반 출신도 아닌데, 알지도 못하는 딴 지방 젊은 여인네에게 첫 대면에 이 무슨 망발인가 말이다. '너'라니….

흔히 무당이나 점집 사람들이 의뢰인에게 무슨 신적 영적 권위 같은 느낌을 주려고 일부러 하대하는 장면을 가끔 드라마 중에 보기는 하지만, 예수님이 차마 그런 의식을 갖고 사마리아 여인을 대했을까? 아주 혼란스러워진다.

하느님의 한탄

"청하여라, 너희에게 주실 것이다. 찾아라, 너희가 얻을 것이다. 문을 두드려라, 너희에게 열릴 것이다."

예수님의 이 허세스러운 말씀 때문에 피 보는 것은 아버지 하느님이신 것이다. 이 말씀으로 인해 그동안 수천 년간 신심 가득하고 영성이 철철 넘치는 사람들이 얼마나 밤낮으로 지리 불문 청하고 찾고 두드렸을 것인가!

그 용한 예수님도 사람들 등살 때문에 '한적한 곳'이나 '외딴곳'으로 자주 도피하셨지 않았던가? 그리고 몰려드는 사람들에게 나 말고 저기 저 하늘에 계신 분 쪽으로 방향을 제시하며 당신은 슬쩍 빠져버리는 약은 방법을 쓰셨음을 복음서를 주의 깊게(?) 읽으면 그 행간의 의미를 알아볼 수 있다.

아버지 하느님 입장에서야 마른하늘에 날벼락 맞으신 경우가 아닌가? 끊임없이 징징거리는 인간들이 피곤하면 저만 그런가? 시달림당하는 거야 똑같은데 당신에게 슬쩍 밀어놓고 자신은 '한적 곳'

으로 피신이나 하고…. 하! 괘씸한지고!

그리고 그 인간들도 그렇지.

웬만한 일들은 지들이 잘 알아서 할 수 있게 내 '혼'을 쏟아 얼마나 잘 만들어놨는데, 그냥 처음부터 해달라고 두드려대고 징징거리고….

아예 자기네들 요술 방망이로 알고 있어!

지네들도 애들 키워봐서 알잖아?

시도 때도 없이 젖 달라, 업어달라, 놀아달라, 장난감 사달라…그렇게 끊임없이 징징거리는 자식하고, 혼자서도 잘 놀고, 방싯거리고, 알아서 해결하려 노력하는 자식 중 누가 더 마음이 가것어?

"진인사대천명(盡人事待天命)"이라는 말도 못 들었남? 우선 내가 그들에게 준 그 '하느님다운' 능력으로 할 수 있을 때까지 하고 '나'를 봐야지, 우째 첨부터 도와달라고 좋게 말해 축복(bene dicere)해 달라고 졸라대냐….

나도 좀 '외딴곳', '한적한 곳'으로 가 쉬고 싶다.

어느 사제의 경우

　　　　내 생에 있어 나에게 세상을 열어준 사람은 물론 우리 부모님이다. 그런데 삶의 현장에서 또 다른 세상을 열어 오늘의 우리 가족이 있게 해준 사람이 있다. 당연히 부모님처럼 절대적인 은인이 되어야 하겠지만 이 경우는 그 정반대가 되었고, 부모님이 주신 행복한 세상은 가시밭길로 변하게 되었다. 그러니까 이런 처지를 만든 사람을 흔한 말로 인생을 거꾸러트린 원수라고들 부른다.

　부제 서품일 전 치밀한 투서 작전과 고자질로 결국 여섯 사람의 동기 인생을 완전히 파탄시켜 놓고도 조금도 거리낌 없이 영혼의 아버지라 부르는 '성스러운 신부님' 반열에 성공적으로 진입하여 승승장구, 피정 지도하고 고백 성사 주고 훌륭하고 재미있는 강론하는 존경받는 본당 신부님으로 자리를 굳힌 그 사람은 항상 내 가슴에 뽑히지 않는 가시였다. 이뿐 아니라 같은 성당에서 같은 성체를 받아 모시고 같은 식탁에서 같은 음식을 나누어 먹던 가까운 후배 신부들에게 무시 내지 능멸당하고, 되먹지 못한 수녀들에게조차 모욕을 당할 때, 그놈의 얼굴이 오버랩되며 원망과 증오의 대상이 돼왔다.

성치 못한 아들을 키우고 가슴 아파하며 이어지는 고통 속에 한 줄기 은총의 빛이 가슴속으로 비추어질 때, 원망과 증오를 없애려고 그 원천의 샘을 파 없애버리기로 작정하고, 바로 이웃에서 사목하는 그 원수를 찾아가 서로에게 있을 앙금을 털어버리려 했지만, 어이없고 우스운 꼴만 당하고 씁쓸히 그 사제관을 걸어 나오며 순진한 내 맘도 문제였지만, 참으로 용서라는 것이 얼마나 힘이 드는 것이라는 것을 절감했다.

수차례의 성령 세미나를 참석하며 구하고 또 다짐하는 것은 미움을 없이 해달라는 것이었고 또한 자신을 돌아보며 녀석은 내게 하느님을 만나게 해준 은총의 도구였지 미움의 근원은 아니라는 자각이었지만, 완전히 녀석을 용서해 준 것은 아니었던 것 같았다. 왜냐하면, 녀석이 돈 문제로 그 본당 내부에 큰 분열이 생기고, 신자들 간에 신부파와 반대파로 갈라져 고소하고 위협하고 욕하고 싸우는 모습을 보면서 은근히 그런 일이 일어난 것이 고소하다는 가벼운 쾌감이 나를 자극하고 있음을 느꼈기 때문이다. 그는 남가주 한인 천주교 신자들이 공동으로 사용할 피정 센터 건립을 위해 한국 성당을 돌아다니며 모금한 헌금을 모두 자신의 개인 계좌에 입금하여 아무도 그 내역을 알 수 없게 만들었다. 급기야 로스앤젤레스 교구 차원의 조사가 시작되고 더 이상 체류 계약 연장을 거부한다는 방침 아래 한국에서 날아온 본 교구 소속 주교와의 모종의 비밀 언약과 함께 20여 년의 교포 사목을 접고 본 교구로 다시 귀속되어 갔다. 보속으로 몇 년간 어느 수녀원 지도 신부를 하다 다시 본당 신부로 임명되었다는 소리를 들었다.

그러니까 녀석의 투서와 고자질로 마지막 순간에 사제에의 꿈을 접고 전혀 생각해 보지 못했던 세상 속으로 내동댕이쳐진 여섯 사람의 운명을 비웃듯 녀석의 오뚝이 같은 인생 역전에 그냥 쓴웃음만 지을 수밖에 없었다. 그렇게 많은 사람에게 큰 상처를 주고도 결코 자신의 행동에 조금의 반성이나 후회가 없는 그 철심장의 사제라는 위상을 가진 사람을 가진 교회 조직의 속내를 나는 어떻게 이해해야 할지를 모르겠다.

평생을 두고 후회할 행동

지금도 생각하면 내가 얼마나 어리석은 인간이었는지 평생을 두고 후회하고 안타까워하는 한 가지 사실이 있다. 그날 74년 12월 3일 우리 교구 부제 5명은 교구청에서 '환속 청원서'를 쓰라는 명령에 따라 당시 부주교라고 칭해주던 신부님의 구술에 따라 청원서를 쓰고 교구청 문밖을 나섰다.

지금은 그 건물이 주교관 숙소로 사용되는 명동 성당 바로 아래 언덕에 있는 붉은 벽돌의 2층 관공서 같은 건물이다. 당시 우리 6명에 대한 투서와 모함으로 문제를 일으켜 악명을 떨치게 했던 원흉은 미국으로 빼돌려 신시내티 어느 신학교로 유학을 보내고 난 뒤였다. 우리뿐 아니라 같은 반 타 교구 부제들, 그리고 아랫반 후배들이 그러한 학교의 처사를 두고 데모도 하고, 항의도 했지만, 이미 교적을 타 교구로 옮겨 그 주교가 행한 처사라 학교도 어쩔 수 없었던 것 같았다.

소위 성교회 성직자들의 상식적으로도 납득이 가지 않는 행정 조치에 나는 이를 갈고 분노했다. 너희 같은 놈들하고는 같이 놀 수 없다! 교구청 문을 나서며 분노와 서러움, 앞날에 대한 불안 등으로 어찌할 바를 몰랐던 것이다. 고등학교 입학으로 시작된 군대 3년 포함한 12년간의 사제의 꿈이 완전히 산산조각나던 순간이었으니까. 그런데 그 모습…, 분노로 교구청 문을 박차고 나오는 그 모습이 평생을 떠나지 않고 각인되었다는 거다. 12년이라는 적지 않은 기간을 기도하고 배우고 수련했다는 나는 과연 무엇을 배우고 수련했던 것일까? 그 모습은 하나도 제대로 한 것이 없었다는 증거였던 거다. 적어도 사제라는 영적 아버지로 서품되기 일주일 전의 모습은 정말 텅 빈 머리밖에 없었던 것이다.

내가 하느님의 섭리를 진정 믿었던 사람이라면 이러한 인생의 대전환점에서 교회 책임자들에 분노할 것이 아니라, 눈을 들어 하느님을 바라보았어야 했던 것이었다. 교구청 바로 위에 있는 성당으로 뛰어들어가 거기서 원망을 하건 분노를 하건 울고불고하건 그 제대 앞에 엎드려 하느님께 따지고 응답을 들을 수 있는 자세였다면 그나마 12년 수련이 그렇게 텅 빈 채로 남지는 않았다는 거다. 교구청의 짓거리는 분명 잘못된 것이라도 그 밑바닥에는 자격 없는 내가 기도가 무엇인지 하느님이 무엇인지도 모르고 그 자리만 바라보고 세월을 보냈다는 것이다. 모든 근본적인 문제의 바닥에는 준비되지 못한 나한테 있었다는 것을 당시에는 깨닫지를 못했던 것이었다.

우리가 그때 제출한 '환속 청원서'는 교황청에서 조건이 충족되지 않았다 하여 불가 처분을 받고 서울 교구로 돌려져 왔지만, 그 문서는 우리에게 전달되지도 않고 교구청 어느 서랍 속에 묻혔다. 후에 그런 무책임하고 인정머리 없는 인간들을 혼내주고 싶어 5명이 야구 방망이로 교구 사무실을 완전 박살을 내려 했지만, 아직 마음만 그랬었지 간땡이가 좀 덜 부었던 것 같았다. 소신학교 동창 중 어떤 사람은 모함을 받고도 신학교를 나와 7년을 기다리며 참다가 결국 사제 서품을 받고 훌륭한 사제로 존경받다가 몇 년 전에 먼저 세상을 떠난 사람도 있다. 고등학교 때 바로 내 옆자리 앉아서 티격태격 싸우던 친구였다. 나는 한 시간 아니 5분도 못 참고 '네놈 같은 것들하곤 안 산다!' 하고 12년의 노력을 허사로 보낸 사람과 비교가 되는 거다.

아! 그런데 나는 지금도 '하느님, 왜 내 발을 교구청 문에서 그 성당 제단 계단으로 데려다주지 않았어요!'라며 하느님을 또 원망하니, 하여간 나는 내 행동에 이렇게도 책임을 질 줄 모르고 평생을 남 탓 하느님 탓만 하다가 가는 게 아닌가 싶다.

사실 하느님께서는 사제보다도 더 성품에 맞는 일을 계획하고 계셨던 것이 아닐까 하는 생각이 이렇게 나이가 든 후에 희미하게나마 깨닫게 되는 요즘이다.

금경축을 지낸 동창 신부들을 생각하며

　　　　　　금경축 행사를 치르는 동창 신부들의 사진이 『평화신문』에 실린 모습이 보인다. 실쭉 웃는 신부, 근엄히 폼 잡은 신부, 어정쩡한 표정을 지은 신부 등…. 모습이 제각각이었지만, 한결같이 그런 모습들 뒤로는 학교 때 같이 지내던 그런 천진한 모습들이 더 진하게 느껴졌었다. 하긴, 대부분 녀석을 그때 부제품 이후 헤어지고 아직 한 번도 만나보지 못해 지금의 중후한 그 모습들이 잘 상상이 안 되기 때문이기도 하리라.

　　신부라고 하는 직책이 있기에 자신들의 참모습 겉에 여러 겹의 옷을 입어야만 하고 또 그렇게 오십 년씩이나 살다 보니 그런 모습들이 어느새 자신의 참모습인 양 굳어져 버린 녀석들이라도 어렸을 때 그냥 꾸밈없이 살던 그 모습들이 더 인간적으로 가깝게 느끼기 때문이리라. 공포의 유교장 신부님 아래서 기죽어 살면서도 온갖 개구쟁이짓을 하던 일이라든가, 우리 반만 고3이 되어도 머리 기르는 것을 허락하지 않는다고 면도로 빡빡 밀어 시위하던 일, 점심 시간이나 저녁 식사 후 농구장이나 배구장으로 본인이 먼저 해야겠다고 달음박질치던 일 등등. 그냥 그 시절 그렇게 지내던 그 얼굴들이 한편 그립기도 했다.

그동안 살아온 세월만큼 달라진 삶의 방식 때문에 옛날 학교에서 가졌던 그런 맛을 기대할 수는 없지만, 그래도 반가운 마음 대신 서먹한 만남 때문에 뭔가 무안한 것 같고, 뭔가 꿀리는 것 같은 마음이 들더라도 목에 꽃 화환을 걸고 신자들로부터 축하를 받는 동창 놈들 모습을 보고 어쩌면 그 속내를 거의 다 알고 시내던 놈들에게까지도 나는 진심으로 그들이 거기에 서 있어주었음에 감사를 드리고 싶다. 인간적인 약점을 좀 보였다 한들 그것이 무슨 그렇게 큰 죄가 될까? 또 잘 사네 못 사네 했었어도 짧지 않은 세월을 많은 심리적 어려움을 겪으면서도 많은 사람의 등불이 되어주고 하느님 은총의 전달자가 되어주었음은 틀림없기 때문이다.

빠진 내 몫까지 충실히 챙겨준 녀석들 진심으로 축하하고 고맙다.

강요된 환속

　　나는 74년도 7월에 부제품을 받고, 같은 교구 동기인 김○○의 투서로 당시 부제품을 받은 서울 교구 부제 5명과 함께 그해 12월 3일 교구청에 불려가 당시 총대리였던 최석호 신부의 강요로 '환속청원서'를 쓰고 교구청을 나서며 소신학교 3년, 군대 생활 포함 대신학교 9년, 이렇게 12년의 신학생 생활을 마치게 되었다. 16살에 들어가 그 생활에 젖어 살며 27살에 전혀 다른 세상으로 아무런 준비도 없이 버려져 나오게 되었던 것이다.

　신학교 들어가기 전 어린 나이부터 매일 미사를 하고 복사를 하며 오로지 꿈꿔 왔던 사제에의 꿈이 그 마지막 순간에 회오리바람처럼 사라져 버리는 그 안타까움, 그 아쉬움, 그 슬픔과 분노를 어떻게 표현할 수 있을지 모르겠다.

　물론 그렇게 된 데는 우리의 잘못이 있었음은 인정한다.

　이해를 돕고자 우리의 그 사건의 진상을 간단히 설명하자면 다음과 같다.

　지금도 그런 행사가 계속되는지 모르지만 72년 여름 방학부터 교구에서는 용문 서울 캠핑장의 터를 닦는 노동력을 교구 신학생과 일반 대학 천주교 동호회의 도움을 받고자 봉사활동을 겸한 캠핑을 지시했었다. 부제반을 제외한 모든 교구 신학생이 참석해야만 하는 행사였고, 또 여학생들을 만날 수 있는 자리여서 모두들 상당히 기대하며 기다렸던 행사였다. 이 행사의 주관을 최고 학년인 연구과 1학년에서 맡아 진행했었다. 73년, 우리 반이 연구과 1학년이 되고 주관을 할 때, 대표 책임자가 바로 그 김ㅇㅇ이었다. 그와 철학과 때부터 관계가 좋지 않았던 한 명이 참석하지 않았지만 모두 열심히 제 역할을 충실히 다하여 캠프 행사는 무사히 마칠 수 있었다. 그러나 자신이 대표 책임자였던, 행사에 참여치 않았던 그 한 명에 대한 앙심으로 교구 동기 모임의 분위기가 아주 어색해졌다. 그래서 교구 동기들의 화목과 오해를 풀자는 의미에서 캠핑 행사 후 청계천 어디 냉면 집에서 저녁 회식을 했는데 교구 동기들은 모두 참석했지만, 김ㅇㅇ만 일부러 참석하지 않았다. 사실 그는 우리보다 3년 앞서 서울 소신학교에 다니다 자퇴 형식으로 왜관 순심 중·고등학교로 전학을 갔다가 졸업 후 베네딕토 수도원에서 3년 수련 뒤 서울 교구로 입적하여 사실상 우리보다 3년 앞선 선배였다. 제대 후 우리 본 반과 합류된 학생이어서 동급생이지만, 선배 같은 태도로 다른 동급생들과도 그리 원활한 관계는 아니었다.

저녁을 간단히 마치고 방학 중 그냥 헤어지기 아쉬워 2차로 가볍게 술 한잔씩 더 했으면 좋겠다는 분위기는 아주 당연한 것이었다. 그러나 당시 학생 신분으로 주머니 사정이 그리 넉넉지 않았던 관계인 데다 이미 저녁 식사로 주머니를 거의 비운 상태로 비싼 술집을 갈 수는 없었고, 그렇다고 직장인들처럼 술을 자주 마셔 어느 곳에 적당한 술집이 있는지 아는 턱이 없었던 차였다. 가볍게 막걸리를 마실 수 있는 곳일 수 있다는 한 사람의 제안에 따라, 그가 매일 방학 중 집에서 성당으로 미사 다니는 길목에 있는 선술집으로 가게 되었다. 그러나 저녁을 먹고 우왕좌왕하는 중에 시간은 이미 늦어지는 줄 모르고 시작한 2차는 분위기에 휩쓸려 그만 거의 자정에 가까워지게 되었고, 당시 통행금지 시간이 있던 관계로 선술집 여인이 안내하는 근처 가까운 숙소, 거의 여인숙 같은 곳(돈이 없었으니)으로 몰려가게 되었던 것이다. 우선은 통금에 걸리지 말아야 했으니까. 문제는 거기서 있었다. 술집의 몇몇 여자들이 그곳까지 따라 들어온 것이었다. 여인숙 방 하나에 좁게 마주 앉아 아무리 간땡이가 큰들 거기서 무슨 일을 벌일 수가 있었을까? 통금 시간 지나기만 기다리고 새벽이 오기만을 기다릴 뿐이지. 물론 개중에 시간 지남에 따라 다른 방이 비어 그쪽으로 자리를 옮긴 사람도 있어 거기서 무슨 일이 있었다 한들 그것은 하느님과 그 사람과의 문제이겠지.

그렇게 밤을 보내고 새벽에 여관을 나와 각자 제집으로 돌아갔다. 이것이 소위 73년(부제품 받기 1년 전) 방석집 부제 사건의 요지이다.

이 일이 있고 나서, 부제품을 앞둔 1달 전쯤(74년 6월경) 술집을 같이 갔던 6명 중의 한 명이 김ㅇㅇ과 술을 마시며 지난 여름방학 중에 있었던 술집 사건 이야기를 털어놓았다. 그는 이것을 상대를 거꾸러뜨릴 수 있는 호재로 가슴속에 간직했다. 그리고 과연 이를 부제품을 앞둔 학기말 고사 시간부터 모의를 꾸민다.

학기말 고사 중에 학교로 그와 1학년 때부터 서로 불편한 관계에 있던, 캠프에 오지 않았던 그 학생과 분도회 신학생인 한 명이 신약성서 시험 중 서로 부정행위를 했다는 투서가 들어왔고, 두 사람은 담당 교수 신부님께 불려갔다. 시험 답안지를 비교 검토한 교수님은 서로 부정행위를 한 서술을 전혀 발견하지 못하므로 무고로 결론지었다.

시험이 끝나고 부제서품 피정 중에 또다시 교구청과 신학교로 당시 술집 접대부로 일했다며 왜관 근처로 와 살고 있다는 익명의 여성으로부터 그를 상대로 그가 어린 학생들을 데리고 술집을 갔다는 투서가 들어왔다. 이것 역시 무고가 판명이 나게 되었다. 우리 반 모두는 누가 이런 투서를 계속하는지 다 알고 있었다. 김○○의 끈질긴 모함은 계속되었다. 그러나 모든 모함과 투서는 모두 무고로 결정되었다.

부제품 받는 당일 74년 7월 5일 아침 식사를 마치고 우리 반 모두는 김대건 신부님 상 앞에 모여 피정을 잘 마쳤음을 감사드리고 앞으로 성직자로서 신부님의 뒤를 따를 것을 기도하며 각자 명동 성당으로 갈 준비를 하게 되었다.

그러나 아침 식사를 일찍 마친 김○○은 서둘러 교구청으로 들어가 김수환 추기경님께 그를 비롯한 오늘 부제품을 받을 6명이 일년 전 술집에 가서 자고 왔다고 말씀을 드렸다. 추기경님께서는 이미 모든 서품이 준비된 상황에 부제품 전체를 취소할 수 없으시다며, 그와 투서자인 김○○ 두 사람만 오늘 부제서품 대상에서 제외하고 서품식을 거행하셨다.

부제품을 받고, 방학이 시작되면서 우리는 당시에 일주일간 학교에서 예비군 훈련을 받았다. 훈련을 받는 동안 당시 사무처장이었던 최석호 신부님을 보내 진상을 조사하게 했는데, 그분은 우리의 문제를 고백성사하듯 이야기하라 하여 모든 사실을 숨김없이 진술하였다. 우리 부모님은 나의 성소를 위해 내가 신학교 입학하던 63년 3월부터 매달 첫 목요일에 나를 위한 생미사를 12년째 계속 드려주고 있었고, 나름대로 나의 성소에 대한 확신이 있었기 때문이었다. 그런데 예비군 훈련이 끝나고 이어서 열렸던 서울 교구 사제 피정을 이용해 최석호 신부는 마치도 교회 미래를 걱정하는 듯 피정 신부들에게 서울 교구 부제들이 그룹 섹스를 했다고 떠벌렸던 사실을 나의 아버지 신부님이셨던 김윤상 신부님이 그게 사실이냐고 내게 물으셔서 답한 적이 있다. 그렇게 해서 소문은 점차 악소문화하여 번져나가게 되었다. 특히나 부제들의 그룹 섹스라는 그 자극적 주제는 수녀들의 입을 통하여 자신들의 첨가된 추측과 상상이 더하여져 더욱더 악화된 사실로 번개처럼 전국적으로 퍼져 나갔다.

마침내 우리 반이 사제 서품되는 12월 8일 전 5일, 악화된 소문이 극에 치닫던 74년 12월 3일에 우리는 교구청으로 불러들여 가 환속 청원서를 쓰라는 명령을 받고 쓰고 나와 교구청 문을 나섰다.

12년, 어떤 이에게는 15년이라는 인생 결실을 맺어가는 가장 중요한 시절을 보낸 사람들의 소명을 그렇게 잘린 장작 패기처럼 아무렇게나 동강 내버리고 그냥 밖으로 내버려졌다. 거기에는 가톨릭의 기본 윤리인 '하느님의 모상'이라는 인간의 존엄성이라든가 피교육자들의 인권 같은 여지의 개념이 끼어들 자리는 없었다. '자모이신 성교회의 교직자'들의 어이없는 무책임함과 비정함에 피교육자인 우리로서는 무자비한 점령군 왜놈들의 칼에 코와 귀가 베어져 나가고, 목이 잘려 나가는 힘없는 백성 꼴이 된 것이 일생의 한으로 맺힌 것이다.

일생 원하던 사제 꿈이 꺾인 채, 나는 충북 음성의 한 사립 중학교 교사로 채용되었으나 사는 것 자체가 고통이었고, 지옥이었다. 매일 밤 꿈마다 이제 그 문제는 다 해결되었고 곧 신품을 받는다는 꿈을 사흘 도리로 꾸기 일쑤였고, 합동미사를 드린다고 제대로 행렬하며 나가는데 너는 자격이 없다고 끌어당겨져 열외로 제외되는 꿈 같은 것이 꿈의 대부분이었다. 아침에 잠을 깨면 몸은 완전히 땀에 젖어 흥건히 젖기 일쑤였고…. 사는 것이 사는 게 아니었다. 그래서 이런 악몽을 계속 꾸며 한탄하며 지낼 것이 아니라 새 삶을 살자고 결혼을 서둘렀다. 결혼하면 이런 꿈도 안 꿀 테니까.

결혼을 하기 전에 혹시나 '환속청원서'가 허락되어 합법적으로 혼배성사를 받을 수 있는지 알아보기 위해 교구청을 찾아 '교황청 환속허락서'를 요구했다. 그때는 최석호 신부가 자리에 없었고 최광연 신부인가 다른 신부가 대신 청원서가 반려돼 왔다고 당황해하였다. 우리가 써낸 그 환속청원서는 교황청에서 요건이 충족되지 않아 허락될 수 없다고 반려되어 왔었던 것이다. 그 문서는 최석호 신부 책상 서랍에 그냥 뭉개져 있었고, 당사자인 우리 부제 어느 누구에게도 통보되지를 않았다. 이것은 이미 서품받은 성직자에게 마땅히 제공해야 할 의무를 위반한 사항임이 틀림없다. 사무처장 위신을 지키기 위해 교황청의 명령을 위반한 것은 물론 교회법적 환속 절차도 무시해 버린 것이다. 환속 청원서가 반려된 줄 알았더라면 몇 년이 걸리든 어느 나라로 가든 기다려서 서품받을 희망은 있었을 텐데, 그 희망의 싹마저 교회 책임자는 싹둑 잘라버리고 우리를 대했던 것이다. 왜 그래야 했을까가 평생의 의문이다.

불행히도 71년도에 군에서 제대하며 복학한 우리 반과 우리 윗반들은 당시 교회법을 담당하셨던 프란치스코회 안 베다 신부님의 잦은 결강과 거의 폐강에 가까운 수업으로 교회법에 대해 전혀 무지했었으므로 아무 대응도 못 하고 그냥 마무리되고 말았었다. 그래도 우리의 성적표에는 교황청에서 요구하는 교회법 수강 요건을 모두 충족시키는 시간과 점수가 가짜로 게재되어 있다.

그럼 신부도 못 되게 하고, 신랑도 못 되게 할 것이냐고 따져 물으니 이미 신부도 결정되고 결혼할 모든 준비가 다 되어있으니 그 내용을 담아 '환속청원서'를 다시 쓰라고 요구하는 황당한 일이 벌어졌다. 개판도 이 정도면 수준급이었다. 소위 성직자라는 사람들이 남의 인생을 이렇게 가로막고 휘젓고 훼방을 놓을 수 있는 것인지 참으로 가관도 아니었다.

우여곡절 끝에 수소문해서 일본에 가있었다는 교황대사에게 전화로 다급한 사정을 설명하여 구두로 혼인 승낙을 받고, 환속이 허락될 것을 기대하며 혼배성사마저 조건부 허락한다는 교구장의 허락서가 떨어졌다.

우리가 이런 복마전을 겪는 동안 자기 동기들을 배신하고 투서질을 하고, 서울 교구에서는 제적되었지만 마침 주교가 된 김남수 주교의 배려로 그 밀고자는 미국 신학교로 보내져 신품 받을 준비를 하는 희극이 벌어지고 있었던 것이다. 윤리 신학을 배우지 않은 깡패 사회에서도 동료를 배신한 자는 그 사회에서 제척이 되는 것이 상식인 세상에 소위 예수님의 대리자라는 자리에는 그런 자도 앉을 수 있는 것이 성교회의 전통인지 모르겠다. 김남수 주교는 직접 미국으로 와서 그를 안수하여 신부로 서품하였다. 조건은 이미 한국에서는 그의 악명이 신부며, 신학교에 널리 퍼져있으니 미국에서만 사목하기로 했다고 하였다. 그렇게 신부로 서품받은 자가 이곳 로스앤젤레스에서 20여 년이 넘게 소위 사목을 하며 벌인 악표양이 어떠했는지 그가 담당했던 한인 성당은 둘로 나뉘어 서로 고발하고 싸우고…. 골프를 좋아했던 그자가 내기 골프를 하며 어떤 억지와 속임수를 썼는지 골프를 좋아했던 교우들이나 외교인들 사이에서는 혀를 내두를 유명 인사였다. 그를 서품했던 김남수 주교가 사목 방문차 LA에 들러 한 교우 집에 머무르면서 '당신이 주교로 한 일 중 가장 후회되는 일 중의 하나가 바로 그를 신부 만든 것'이란 말씀을 했다는 것을 그 교우에게서 직접 들은 바 있다. 결국 그는 돈 문제와 교회 분쟁으로 로스앤젤레스 교구에서 추방당하는 모욕을 안고 떠나는 결과를 얻었다.

교회 밖의 사람들이 이런 희극들을 본다면 얼마나 재미있어 할까? 학교생활이 있고, 교회 성직자 생활 내용이 있고, 성적 흥분도 있고, 우정과 배신, 교묘하고 집요한 투서 방법과 배신자의 화려한 등장, 순하고 정직한 자들의 처절한 패배와 그 후의 삶 등등. 우리의 이 이야기를 드라마로 엮는다면 『더 글로리』이상 아마 희대의 히트를 칠 내용이 될 것임을 확신한다.

그 드라마에서 주목받는 쫄깃한 내용이라면 당연히 그래도 아직까지 한국 사회에서 그 타락상이 드러나지 않은 소위 사제라는 사람들의 이중성이랄 수 있다. 자기들끼리는 한없이 자비롭고 비밀스럽게 서로의 비행을 눈감아 주지만, 내 권한 안에 있는 사람들에게는 무자비하게 냉정하고 무관심한 그들의 모습이랄 수 있겠다.

나는 심한 자폐증과 근육 위축증으로 말도 못 하고 걷지도 못한 중증 장애아 아들을 고쳐볼 심산으로 81년도에 아무도 모르는 미국으로 오면서 모진 고난 속에서도 나를 버티어 준 것은 그래도 신앙의 힘이었다고 생각한다. 성령 기도회를 착실히 10여 년 봉사하면서 하느님 사랑에 불타던 때라, 본당 신부님이 부탁하는 예비자 교리를 봉사하며, 2시간 강의를 위해 30시간을 준비했다. 11시 미사 후의 교리 강의를 위해 8시 미사에 참여해 미리 마음을 가다듬고 기도하며, 교리 교실을 정리 정돈을 직접 해 두며 예비자들이 교실에 들어오면 편안한 분위기를 만들기 위해 노력했다. 참 열과 성을 다하며 지내던 때였다. 그때 본당 신부님이 이왕 그렇게 교리봉사며 성체봉사며, 전례봉사를 하니 미국에 있는 종신 부제직으로 봉사하면 어떻겠느냐는 제의를 했었다. 나는 이미 부제품을 받았고, 그 직무가 정지된 상태이므로 그것을 다시 청원하여 직무 정지된 부제품을 다시 풀어달라고 교황청에 청원서를 내보겠다는 본당 신부님의 제의가 있었다. 그런 일이 실제 허락될 수 있는지는 모르지만 일단은 시도를 해보자고 해서, 그 첫 절차로 내가 부제품을 받았다는 사실을 증명하는 '서품증명서'를 서울 교구로부터 받아오라는 것이었다. 나는 e-mail로 74년 7월 5일에 받은 부제서품 증명서를 발행해 줄 것을 요청했었다. 몇 차례의 이 메일에도 교구청은 묵묵부답이어서 결국 전화를 했다. 당시 사무국장으로는 스스로 위세 높은 신부가 맡고 있었다. 후에 평화방송 사장이 되어 '사도행전'을 56강에 걸쳐 성령과 사도들의 역할을 열성적으로 강의하는 것을 들으며, 어떻게 이런 강의를 하는 자가 실제 행동은 그의 말과 상식과 그렇게 별개로 할 수 있는지 안타까운 생각이 든 적이 있다. 그는 그런 하찮은 문제는 서품받은 지 얼마 안 되는 처장 신부인 김ㅇㅇ이라는 신부를 시켜 "형제님, 증명서를 원하시면 Los Angeles 교구청에서 정식 문서를 보내 청하도록 하세요."라는 기막힌 대답을 반복했다. 추천서를 요청한 것도 아닌 세례 증명서 같은 사실 증명만 해달라는 요청을 해당 교구장의 명의로 공식 요청을 해야 해줄 수 있다는 것은 '너 하고는 상대하기 싫다'는 명확한 뜻이 분명했다. 나중에 안 사실이지만, 나의 요청을 받고 교구 문서고를 샅샅이 뒤져 74년도 교구 부제 서품 대장을 찾았지만 그것은 존재하지 않았고, 현재도 존재하지 않다고 했다. 그런 사실을 숨긴 채 일반 교우가 미국 교구장에게서 서품 사실 증명을 요청하는 공식 요청서를 들어줄 리 없다는 기발한 아이디어로 나의 요청을 거부했던 것이었다. 남의 나라에 가서 이미 배운 지식과 경험으로 교민 사회에 봉사하겠다는 뜻을 굳이 나의 출신 교구에서 앞장서 꺾어버리는 그 비위장을 어떻게 이해해야 할지 난감했다.

내가 부제로 팽 당하고 평신도 신세로 살면서 성직자들한테 당한 설움은 서품받지 못한 설움의 몇 배나 되는 모욕적이며 분한 것들이었다. 특히 바로 밑에 후배들은 성당에서 우연히 마주쳐도 결코 먼저 아는 체하는 법이 없다. 내가 후배를 기억하는데 선배를 모를 리 없음에도 바로 귀신 본 듯 모른 체하는 무안을 얼마나 겪었는지…. 신부가 안 됐으면 사람도 아닌 것인가! 최소한의 인간관계에서 네가 무엇이 됐느냐를 따지며 사람을 대하는 것이 교회의 가르침인지 모르겠지만, 사제란 사람들은 또 그 이름을 가진 기관들은 그런 것을 지독히도 따지며, 사람을 모욕하며 무시하는 것이다.

본당 신부 환영 신심단체 모임에서 동창 신부인 황창연 신부를 심하게 비난하고 욕하는, 나와 18년 후배 되는 외방 전교회 소속 신부에게 '신부님은 부정적인 인식이 좀 남다르다'며 비난을 중지할 것을 요청한 바가 있었다. 성직자가 신자들 앞에서 다른 성직자의 비위를 스스럼없이 이야기하는 것이 내가 듣기에 너무 거북하였기 때문이었다. 그 이후 한 1년여 우리 본당에 머물며 그는 다른 신심단체 모임에서나 각 지역 모임에서나 기회 있을 때마다 나를 '신학교에서 퇴학 맞은 놈'이라며 불고 다닌다고…. 그런 소문이 내 귀에 안 들어올

리가 없었다.

20여 년 전에 미국에서 20년 만에 처음으로 한국을 나갔다. 비록 내가 사제가 되지는 못했을망정 가톨릭 대학 교정과 감나무골, 낙산은 나의 고향과 같은 곳이다. 같은 교정을 12년 내 젊은 살과 뼈가 자란 곳이라 꿈속에서라도 가고 싶은 곳이었다. 학교 입구 수위실에서 73년도 졸업 74년 부제서품자이며, 30년 만에 찾아온 곳이니 교정에 들어가 잠시 거닐다 올 수 없냐고 했다. 나의 여권과 신분증인 미국 운전면허증을 맡길 테니 들여보내 달라고 간청을 했다. 수위는 어디다 전화를 몇 번 걸며 내 사정을 말하더니 안 된다고 하며 못 들어간다고 했다. 그때 40~50대 되어 보이는 신부는 씽긋 한 번 인사로 아무 제지 없이 들어가는 것이 보였다. 서품받지 못한 설움을 이렇게 줄 수 있는가 생각하며 들어갈 수 있는 방법을 생각해 보았다. 결국 내 힘으로는 이 기막힌 차별의 장벽을 넘을 수 없는 것을 알고, 나의 국민학교 때부터 후배이며 같은 본당 개구쟁이였던 후배 신부가 그곳 사제관 숙소에 머물러 있어 그에게 전화해 겨우 들어가는 해프닝이 있었다.

왜? 서품받지 못한 졸업생은 가톨릭 대학의 동문도 안 된다는 것인가? 그곳은 나의 Alma Mater(모교)가 될 수도 없다는 말인가? 가톨릭 대학의 설립 이념은 오로지 차별적 권위의식을 가진 성직자 양성에만 있고, 신품받지 못한 올바른 신자 생활을 하는 사람은 교정도 거닐 수 없는 불량 위험분자로 분류해야만 하는가?

자기 유산을 미리 챙겨 집 떠나 온갖 악에 젖어 살다 집으로 돌아온 아들도 품에 안아 받아주는 그 아버지도 있는데, 서품받지 못했다고, 사는 동네가 다르다고 이렇게 내 집에 와서 내 집 마당을 한번 거닐어 보겠다는데 빗장 걸어 잠그고 대놓고 모욕하고 능욕할 수 있는가? 못자리 중의 못자리인 그곳에서 자란 싹들은 어찌 그리도 가라지 같은 인격이 되어 나를 서럽게 하는가?

동기들이 금경축을 맞이하는 50년이 지난 나는 지금도 그때 못 이룬 사제직이 그립다.

이 도밍고 수사

동기들을 투서하여 파멸시키고 미국으로 보내져 신부로 서품된 그가 투서 대상으로 여겨 서품 당일 부제품을 받지 못했던 동기, 이 도밍고는 충청도의 천석꾼의 아들로 태어났다. 어린 나이에 부모님 모두 병사하시는 바람에 고등학교 때부터 신문팔이, 구두닦이, 아이스 케이크 등을 팔며 고학으로 고등학교를 졸업하게 되었다. 그리고 중앙 대학교 국문과에 입학하여 서울시에서 운영하는 청소년 돌봄센터 봉사자로 숙식을 해결하며 6년 만에 졸업을 하게 되었다. 그후 살레시오 수도회에서 3년 수련 후 교구 신학생으로 가톨릭 대학교에 입학하였다. 그래서 그는 평범하게 학교에 다녔던 우리 반의 대부분의 학생보다는 7~8살이 더 많았다. 부제품에서 제외되었던 관계로 교구에 정식 성직자로 등록된 신분에서 비껴갔기 때문에, 타교구나 수도원으로 지원해 갈 수 있었다.

그는 마리아니스트 수도회에 입회하여 다시 바닥부터 새 수사 지원자로 시작하여 청원기, 수련기를 거의 10여 년에 걸쳐 마치고 평수사가 되었다. 서원 후, 목포에 있는 마리아회 고등학교 교사로 재직하면서 고려 대학교 교육대학원에서 「Thomas Aquinas의 교육사상 연구」 논문으로 석사학위를 받았다. 그리고 인천 대건 고등학교 교장으로 10여 년간 재임하면서 전국 가톨릭 중등교장회 회장직을 다년간 역임했다.

교장 재임 시 그는 어렵고 난처한 처지의 사람들을 일반 사람들보다 유별나게 볼 수 있는 따뜻한 마음을 갖고 있었다. 수도원에 입회하고자 했으나 본당 신부가 추천을 안 해주어 곤란에 처한 학생을 총장 신부에게 직접 추천서를 써주어 입회하게 했다. 그 학생은 결국 로마까지 가서 교회법 박사 학위까지 받고 돌아와 그 수도회의 기둥으로 현재 활동하고 있다. 뮤지컬계의 블루칩이라 일컬어지는 정성화 씨 또한 그의 눈에 띄어 동문 장학금으로 연예인 학원에 주선시켜 오늘날 우뚝 서게 되는 발판을 마련해 주기도 했다. 가톨릭 대학 수위로 몇십 년 동안 교문을 지켜오신 분의 딸이 중등학교 교사 자격증은 땄으나 취직을 못 하는 것을 딱하게 여겨 고등학교 예하 중학교 교사로 취직시켜 주었다. 거기서 남편도 만나 결혼도 하고…. 이러한 잔잔한 감동적 사연은 그의 임기 중 끊이지 않았다.

교장 사임 후 초당 대학교 대학원 사회복지학과에서 석사와 1급 사회복지사 자격증을 따두었다. 마침 인천시에서 노인 요양원 건물을 건립해 주고 그 운영권을 가톨릭 수도원에 맡기기로 하였는데, 이를 예견한 듯 그는 이미 그 자격증을 갖고 있었다. 그가 설립자 겸 원장으로 있는 시설은 직원들의 헌신적 봉사로 전국에서 가장 인기 있는 노인 요양원이 되었다. 입원 대기자만 항상 100여 명 이상이 대기할 정도로 유명한 곳이다. 그렇게 되기까지 훌륭한 요양원의 기초와 봉사자 교육을 철저히 하고, 투명한 운영으로 환자와 직원들의 존경을 받았다. 은퇴 후 현재 84세의 마리아니스트 최고령 수사로 수도와 기도에 전념하고 있다. 누구의 미움으로 멸망당할 뻔한 그의 삶이 이렇게 고난 속에서도 피어난 우아하고 아름다운 꽃처럼 향기로운 삶으로 이어지고 있다.

저자와 이 도밍고 수사(오른쪽)